## Coleção Sobrenatural:
# VAMPIROS

## COLEÇÃO SOBRENATURAL:
# VAMPIROS

### ORG. DUDA FALCÃO

**AVEC EDITORA
PORTO ALEGRE, 2015**

Copyright ©2015 Lord A, Giulia Moon, Fred Furtado, Simone Saueressig, Duda Falcão, Nazarethe Fonseca, Alexandre Cabral, Ju Lund, Carlos Patati, Carlos Bacci e Marcelo Del Debbio

Todos os direitos desta edição reservados à AVEC Editora

Nenhuma parte desta publicação poderá ser reproduzida, seja por meios mecânicos, eletrônicos ou em cópia reprográfica, sem a autorização prévia da editora.

Publisher: Artur Vecchi
Organização e Edição: Duda Falcão
Capa e diagramação: Marina Avila
Revisão: Miriam Machado

**Dados Internacionais de Catalogação na Publicação (CIP)**

Coleção sobrenatural: vampiros / organizado por Duda Falcão.
– Porto Alegre : AVEC, 2015. – (Coleção Sobrenatural; 1)
       Vários autores.
       ISBN 978-85-67901-04-6
       1. Contos brasileiros    I. Falcão, Duda   II. Coleção

CDD 869.93

Índice para catálogo sistemático:
1.Contos : Literatura brasileira 869.93

Ficha catalográfica elaborada por Ana Lucia Merege – 467/CRB7

1ª edição, 2015
Impresso no Brasil/ Printed in Brazil

AVEC Editora
Caixa Postal 7501
CEP 90430-970 – Porto Alegre – RS
contato@aveceditora.com.br
www.aveceditora.com.br
Twitter: @avec_editora

# SUMÁRIO

**PREFÁCIO** ..... 9
LORD A

**O DIA DA CAÇA** ..... 15
GIULIA MOON

**SANGUE E POEIRA** ..... 47
FRED FURTADO

**O ORQUIDÓFILO** ..... 63
SIMONE SAUERESSIG

**O VAMPIRO CRISTÃO** ..... 79
DUDA FALCÃO

| | |
|---|---|
| OLHO POR OLHO | 97 |
| NAZARETHE FONSECA | |
| ALL IN | 123 |
| ALEXANDRE CABRAL | |
| ANUNCIAÇÃO | 149 |
| JU LUND | |
| A FONTE DA DONZELA | 157 |
| CARLOS PATATI | |
| COLONIZAÇÃO | 189 |
| CARLOS BACCI | |
| PARSIFAL | 197 |
| MARCELO DEL DEBBIO | |

# PREFÁCIO
### *Lord A*

ESCREVER SOBRE VAMPIROS e vampiras é uma arte para artistas seletos. Embora todos nós apreciemos o fato de eles serem caçadores indiferentes em busca de sangue, e que às vezes se apaixonam pela presa – a fórmula monstro superficial caçado por herói dos bons costumes já não existe desde o final dos anos sessenta. Tanto que nos livros, filmes, seriados e games existe um Drácula do romance de Bram Stoker e um Drácula da cultura pop – o eterno mutante e o anti-herói ou mal supremo de uma narrativa. E, mesmo assim, o personagem requer um tônus vigoroso, denso e bem desenvolvido para cativar e conquistar seu espaço junto aos fãs. Sem dúvida, Bram Stoker acertou no alvo ao insinuar que o seu personagem Drácula era descendente de um povo guerreiro e caçador que tinha origens totêmicas e orientais e o dragão como animal sagrado. Detalhe marcante que o cineasta Francis Ford Coppola explorou como ninguém em sua versão pessoal da história – e Gary Oldman imprimiu com maestria no imaginário de todos. Este é o ponto focal de uma boa história de vampiros – o olhar nômade de um caçador de tempos antigos, de muito antes do surgimento da agricultura e da propriedade privada. Forçosamente camuflado em tempos posteriores, quando seres menores criaram um mundo artificial, empobrecido de sentido e que deixa o niilismo como marca patente no desenvolvimento pessoal de cada um de nós. As pessoas vivem para seus umbigos, como peças superespecializadas de grandes corporações e proibidas de ver o todo –limitadas ao mercado de trabalho como a expressão máxima de sua realidade. Bom, o Drácula de Stoker vindo em seu navio amaldiçoado, chamado Deméter, para a cosmopolita Londres do século XIX –meca da cultura ocidental daquela época –, remete ao insondável, ao orgânico e ao lado feral que subjugará todas as presunções e ilusões de maneira esmagadora, recordando o outro lado do ser humano que é afetivo, emocional e, às vezes, sombrio...

Outra época e outro universo, antes do apolíneo Egito solar, uma poderosa rainha e seu rei, ambos heróis civilizatórios, são traídos por seus ministros, emboscados, assassinados em uma conspiração com o uso da magia ancestral – e, assim, descobrem o espírito de Amel e se tornam o rei e a rainha de todos os condenados, de todos os malditos e dos vampiros. Sedentos de sangue, subvertem toda a ordem daquilo que criaram como déspotas implacáveis. Enfim, quando se cansam do sangue que derramaram, hibernam como estátuas de mármore e são os que devem ser protegidos. Inúmeros guardiões se revezam em tal função, até que, incontáveis séculos depois, o som do violino de um ousado e imprudente Vampiro Lestat recobra os sentimentos da antiga Rainha. No universo ficcional de Anne Rice, surgido nos tempos da revolução sexual, os vampiros e vampiras ganham nuances e ares de requintada densidade psicológica e da maldição de terem que viver como são através dos séculos –provando que o amor verdadeiro é sobrenatural. Na sua maior parte, os humanos são coadjuvantes vítimas da sede e dos caprichos desses seres. O príncipe Lestat era o que a própria Anne Rice nomeou como seu superego, tudo aquilo que almejava poder vir a ser e, assim, tornou-se protagonista de inúmeras peripécias transmidiáticas. Amou e confrontou a rainha de todos os condenados, um espelho do seu inconsciente; teve seu corpo roubado e foi forçado a reviver sua humanidade perdida; abraçou o céu e o inferno, conhecendo da boca do próprio demônio os mistérios do Jardim Selvagem; tornou-se um santo em suas próprias palavras e, depois de quase uma década sem publicação, retorna como regente dos vampiros. É a morte, é o artista que destrói elegantemente para que venha o que tem que vir...

Outra encruzilhada na calada da noite. Onde vivem os vampiros e vampiras? Em outro universo, eles saíram da escuridão, caminham entre os vivos e reclamam direitos de cidadãos comuns graças à invenção de um sangue sintético que vem a integrá-los na sociedade de consumo. Bem como trazer os dilemas e questões de preconceito, minorias perseguidas e outros tópicos das agendas sociais que usam o vampiro como a máscara perfeita. Nos romances de Charlaine Harris e no seriado True Blood, o qual foi inspirado neles, vampiros estão por toda parte e são personas influentes na sociedade ou mesmo na algibeira de estradas que levam a lugarejos perdidos como a cidadezinha de Bon Temps, onde uma garçonete com estranhos poderes é desafiada por milhares de aventuras junto de vamps, metamorfos, lobisomens, fadas e muitos outros seres fantásticos. Neste universo, Deus é um vampiro! Não, espera aí... Lilith, o lado feminino de Deus é a primeira vampira e a mãe de todos eles –com desígnios incomuns para seus filhos e para a humanidade, como é mostrado nas últimas temporadas. Há vampiros milenares como o vigoroso Eric Northman e sua fiel "sidekick" Pam –há tolos românticos e de coração partido como o sulista Bill Compton. E toda sorte de questionamentos válidos e possíveis do que é a vida nesta sociedade de consumo, para vivos e mortos, em infinitas zonas limítrofes cinzentas e pantanosas. Os mais antigos defendem valores mais afirmativos e estruturantes para cada ser –ou simplesmente enlouquecem... já os mais novos são espelhos de estereótipos do cotidiano que de repente alcançam a imortalidade e não sabem o que fazer com isso... enquanto alguns desejavam ter encontrado Cristo, como o personagem Godric – outros vendem o próprio sangue como droga para humanos viciados...

Há vampiros que se envolvem em triângulos amorosos de todos os tipos. Alguns alcançam a imortalidade por sua beleza e espirituosidade, por conta de bruxas ou vampiras. E mesmo depois que a amante voraz desaparece, continuam em vão a procurá-la em uma adolescente pré-universitária que recorda a antiga musa. Enquanto isso, numerosas intrigas colegiais e maldições familiares envolvem os imortais em infindáveis contendas. Assim é o universo dos irmãos Salvatore em *The Vampire Diaries*, que também começou nos livros e alcançou o sucesso, quase duas décadas depois, com nova versão e adaptação para o prestigiado seriado televisivo juvenil. Existem outros universos em que o Caim bíblico se torna o primeiro vampiro e patriarca de incontáveis linhagens que misturam arquétipos junguianos, pastiches cinematográficos e posições políticas variadas em intrínsecos jogos de poder e conquista, como no RPG *Vampire: The Masquerade* e seu autoproclamado mundo das trevas de horror gótico. Também há aventuras inigualáveis ambientadas ao nosso redor, aqui no próprio Brasil, quando somos atacados por sete vampiros lusitanos do Rio D'Ouro, despertados de um esquife de prata – sete corpos sem alma que receberam poderes do próprio diabo em troca de um deles servi-lo... assim se iniciam as aventuras das histórias do *best-seller* André Vianco em diversos livros. Outra vampira que transita entre o eixo Rio–São Paulo e, no passado, em terras orientais, é a sensual Kaori da autora Giulia Moon. E mesmo na Inglaterra, um vampiro chamado Edward, ainda nos anos 1990, aventurava-se através de casos sinistros saídos diretamente dos folhetins, nas histórias de Marcelo Del Debbio. Quase que simultaneamente, vampiros se escondiam no parque da Aclimação e travavam perigosas decisões aqui perto de casa, no livro "Os Noturnos" de Flávia Muniz. Vampiros e Vampiras moram por toda parte – quantas presas não foram vizinhas do sedutor Jerry Dandrige do filme "A Hora do Espanto" e quantas vezes não apostamos corridas de motocicletas sob o luar na praia e nos escondemos em grutas com retratos de Jim Morrison, assim como os "Garotos Perdidos". Vampiros e Vampiras são nobres, sabem reconhecer amigos, escolher inimigos e, principalmente, suas presas – que, às vezes, só vencem a disputa por conta da força do roteiro mesmo.

Vampiros da literatura, tais como Drácula e Lestat, até hoje são aspectos masculinos vigorosos e referências que dificilmente serão digeridas ou prontamente assimiladas por gerações futuras. Vampiras como Carmilla, Claudie e Kaori ainda hoje espreitam o feminino –um padrão de liberdade inviolável e desafiador –camufladas e prontas para se desvelarem como for necessário, quando é chegada a hora de abater e saciar a sede. Certamente, os vampiros e vampiras serão a herança e o legado cultural mais refinado que deixaremos para as gerações que vierem depois que tivermos partido. O homem ou mulher imortal, que herdaram dos semideuses e das figuras andróginas dos relevos renascentistas suas formas – e seus espíritos de eras arcaicas onde apenas havia a caça e a selvagem natureza – uma era de ouro saturnina, sem dúvida.

A essa altura, eu já falei demais sobre vampiros e lancei em vossas mentes e corações sementes negras, que se enraizarão no profundo e fértil solo de vosso imaginário, alentado e acalentado pelas emoções e perigos que viverá nas próximas páginas deste provocativo livro. Desejar uma boa leitura é pouco – portanto, eu desejarei uma feliz caçada a cada um de vocês e que, ao interromperem esta leitura por conta das obrigações e compromissos, sempre fiquem com sede de mais...

**LORD A OU AXIKERZUS SAHJAZA** é o nome noturno de um Vampyro que aproveita sua atemporalidade há mais de duas décadas como artista plástico, Dj, escritor e promotor de eventos para pessoas afins – em alguns momentos, tenta aprender a tocar violino e, em outros, coordena o chamado Círculo Strigoi. É o autor da obra "Mistérios Vampyricos" lançada pela Editora Madras em agosto de 2014. Para conhecer a trajetória e seu trabalho público ao longo da última década, acesse www.redevamp.com.

# O DIA DA CAÇA

*Giulia Moon*

GIULIA MOON é escritora, ilustradora e publicitária. É autora da série de aventuras da vampira japonesa Kaori, que já tem três volumes publicados: Kaori: Perfume de Vampira (Giz Editorial, 2009), *Kaori 2: Coração de Vampira* (Giz Editorial, 2011) e *Kaori e o Samurai Sem Braço* (Giz Editorial, 2012). Tem em seu currículo várias coletâneas de contos, entre elas, a recente *As Vampiras – Flores Mortais* (Giz Editorial, 2014). Conhecida como titia Giu pelos fãs, Giulia está sempre presente nas redes sociais, onde troca ideias sobre vampiros, animes, gatos e rock japonês com os seus leitores. Para encontrar Giulia, procure-a em: www.giuliamoon.com.br

O DIA DA CAÇA começou numa sexta-feira, no centro da cidade.

Durante o dia, fervia gente de todo tipo naquele conjunto de ruas estreitas e antigas. Mas, à noite, só gatos pingados andavam apressados nas ruas ou se embriagavam nos poucos bares abertos. E esse cenário melancólico combinava com o meu estado de espírito.

Eu tinha vinte e três anos, boa aparência, e era bastante popular entre os colegas da faculdade de Direito, cujo último ano frequentava. Geralmente, as minhas sextas-feiras eram agitadas, mas, naquela noite, eu perambulava por ali, sem nada para fazer. Aborrecido. Entediado. Era como eu me sentia. Acabara de me dar conta de que a vida era uma sucessão de rotinas com poucas emoções ou desafios. Os mesmos amigos, as garotas de sempre. As pessoas viviam um dia após o outro sem muito empenho, deixando que as circunstâncias traçassem o seu rumo. Como eu fazia naquele instante, andando à toa nas ruas próximas da faculdade.

Mesmo assim, ao passar na frente de um cineclube, acabei descobrindo um filme interessante: *Nosferatu*, o clássico de F. W. Murnau. Comprei um ingresso para a sessão da meia-noite, e resolvi procurar um lugar para lanchar. Como sempre, estava atento às pessoas ao meu redor, imaginando encontrar, quem sabe, alguma garota que me despertasse algum interesse. Mas as únicas mulheres por ali eram as de pouca roupa e muita maquiagem, irritadas com a falta de clientes. Uma delas se aproximou, exibindo os seios imensos, cheia de caras e bocas. Eu não estava, definitivamente, a fim. Fugi dela, murmurando uma negativa, e ouvi a sua voz esganiçada gritar às minhas costas. Dizia, entre outras coisas, que eu era um playboyzinho de merda. E que devia tomar cuidado, pois ia me dar mal. Muito mal. Não lhe dei ouvidos e continuei a caminhar, indiferente. Talvez devesse ter prestado mais atenção ao que ela dizia. Hoje eu sei que aquilo foi uma espécie de premonição.

Quando dei por mim, encontrava-me numa ruela escura, onde uma farmácia e uma vitrine de *sex shop*, já de portas cerradas, eram os únicos pontos iluminados. Depois de alguns passos, notei que lá havia também um sebo, e ele estava aberto, apesar do adiantado da hora. Curioso, parei para observar a vitrine entulhada de livros e discos de vinil, separada da rua por um vidro sujo, que havia perdido a maior parte da sua transparência. *Leitor Voraz*, dizia o letreiro em estilo antiquado. Espiei pela porta e descobri uma área bem maior do que a fachada sugeria. Meia dúzia de estantes que se enfileiravam sob a fraca luz amarelada; pilhas de livros de todos os tamanhos e formatos espalhavam-se pelo chão. Olhei para o relógio. Faltavam quinze minutos para o início da sessão no cinema, tempo mais do que suficiente para uma rápida olhada. Resolvi entrar.

O lugar estava deserto. Não vi nem mesmo o responsável pela loja. Perguntei-me como esses negócios antigos e confusos conseguiam sobreviver, pois duvidava que a frequência de clientes fosse muito maior durante o dia. Ainda mais nesse lugar, tão escondido! Eu mesmo já passara por ali várias vezes e nunca notara o sebo. No entanto, quando comecei a percorrer as estantes abarrotadas, encontrei vários livros raros, alguns em ótimo estado. Impressionado, concluí que a loja era um achado, e merecia uma exploração mais minuciosa.

Em meio a tantos livros, um, em particular, chamou-me a atenção: uma brochura sobre mumificação com ilustrações impressionantes em bico de pena. Esqueci-me de tudo e comecei a examiná-la, parado no espaço estreito entre duas estantes. Depois de alguns minutos, ouvi alguém andando dentro da loja. Presumi que o proprietário finalmente tinha dado as caras, e continuei a folhear o livro.

De repente, um braço surgido do nada me enlaçou pelo pescoço. A situação era tão inusitada que pensei se tratar de uma brincadeira, talvez de algum dos meus colegas da faculdade. Protestei, meio irritado:

— Me solta, cara. Não tem graça!

Então ouvi um som esquisito atrás de mim. Era uma risada sarcástica, maldosa. Assustado, tentei me desvencilhar, mas o braço se fechou com força, puxando-me para trás. Alguém empurrou um pano úmido sobre o meu rosto, e um cheiro enjoativo invadiu as minhas narinas. Estava sendo drogado! Comecei a gritar, mas a minha voz foi abafada pelo pano. E, quanto mais eu gritava, mais aspirava a droga. Senti a visão se turvar. Vi vagamente meus pés chutando a estante, derrubando uma montanha de livros. Então tudo escureceu.

Quando abri os olhos, vi o rosto de um homem. Tinha o queixo quadrado e a cabeça raspada. Senti uma dor aguda na cabeça, pois ele me segurava pelos cabelos, os seus olhos arregalados me examinando com atenção. A sua íris tinha uma coloração estranha, avermelhada. Eu quis gritar, mas não consegui. Estava totalmente paralisado, embora pudesse ver e ouvir tudo. Depois de me observar em silêncio, o desconhecido me ergueu. Jogou-me sobre os ombros, como se fosse uma criança. E começou a andar.

Ele caminhava rápido. Vi meus braços balançando, inertes, sobre o seu dorso. O chão gasto de madeira passando sob os meus olhos. Talvez pelo efeito da droga, cada passo do estranho parecia me jogar num poço profundo, para ser elevado em seguida a uma altura estonteante. Eu sentia o meu estômago revirar, a boca seca, mas o pior de tudo era a sensação de completa impotência. Estava apavorado, mas nada podia fazer.

Atravessamos um corredor até um quartinho escondido nos fundos da loja, onde uma luminária do tipo industrial iluminava uma mesa retangular. O homem depositou-me sobre ela. Vi de relance um velho gaveteiro e uma cadeira estofada num canto da sala. Não havia janelas nas paredes nuas, o que dava ao lugar uma aparência ainda mais sufocante. De repente, um celular tocou. O homem apressou-se a atender a ligação e deixou a sala, fechando a porta atrás de si. Tentei me mexer, mas o meu corpo continuava completamente inerte. Era como se fosse mais uma peça do mobiliário, que só mudaria de lugar se alguém me movesse. Não era à toa que o sequestrador não demonstrava qualquer receio de me deixar ali, sozinho. Eu estava desesperado. Por que aquilo estava acontecendo comigo? Era só um estudante, filho de comerciantes de uma pequena cidade do interior. Não havia nada que justificasse um sequestro.

Depois de alguns instantes, o agressor voltou, trazendo a minha mochila, que havia ficado na loja. Ouvi-o abrir o zíper e vasculhar o conteúdo. Depois, veio até a mesa e endireitou o meu corpo sobre ela. Ele tentava me arrumar, esticando a minha camiseta, ajeitando o meu cabelo desalinhado. Esses cuidados não combinavam com a sua aparência, pois era um gigante musculoso, forte como um lutador de vale-tudo. Ao perceber o meu olhar assustado, ele riu. Senti um arrepio. Os seus *caninos* eram enormes. Mais que isso, eram curvados e terminavam numa ponta afiada. Nunca tinha visto algo assim.

De repente, os olhos vermelhos do estranho se moveram em direção à entrada. E ele sumiu do alcance da minha visão. No mesmo instante, ouvi a porta se abrir. Uma voz masculina soou:

— Calma, Bóris. Sou eu.

— *Qualé*, Radamés! — o outro reclamou. — Não entre assim, sem bater. Quase pulei no seu pescoço!

— Perdão — disse o recém-chegado, chegando mais perto. — Mas avisei que vinha, não?

Ele era bem mais baixo que o sequestrador. Tinha cabelos pretos e a pele morena, e usava um terno de bom corte. Vi na sua boca os grandes caninos, semelhantes aos do gigante, quando voltou a falar.

— Não exagerou ao telefone, Bóris. É uma boa presa. Alguma tatuagem de mau gosto? Você sabe que isso deprecia o produto.

— Não sei. Vou ver agora.

Aterrorizado, assisti o gigante tirar a minha roupa com movimentos cuidadosos. Examinou meu corpo, cada pedaço dele, de forma minuciosa, como se fosse um médico.

— Parece em bom estado — comentou Radamés, que assistia com os braços cruzados. — Mas o humano está muito nervoso. Cuidado para não perdê-lo.

— Está brincando? É jovem, não vai pifar — respondeu o gigante. — Hoje foi a minha noite de sorte. Estava me preparando para a caçada, quando vi a presa dentro do sebo, praticamente se atirando nas minhas mãos!

O outro pareceu alarmado.

— Você o pegou *dentro* do sebo? Fez muito mal! Se descobrirem a entrada da Loja...

— *Bah*, ele só estava xeretando nos livros. E não tinha ninguém a quilômetros de distância. O que você queria? Que eu deixasse esta belezinha escapar? — Ele apontou para mim. Os olhos de Radamés brilharam.

— Admito que seria uma pena. Mas não se descuide, Bóris.

— Confie em mim, velho. Eu sou o melhor. Você sabe disso.

— Sim, eu sei. Você sempre faz questão de repetir.

Radamés retirou um par de luvas de silicone do bolso e as calçou. Com elas, abriu a minha boca e examinou os meus dentes. Depois apertou a ponta dos meus dedos.

— Sistema circulatório bom. Corpo em ótimo estado, quase sem hematomas.

— Foi uma caçada perfeita, estou lhe dizendo! — insistiu Bóris.

Radamés retirou as luvas e jogou-as num canto.

— Ele está aprovado para a vitrine — disse. — Vai alcançar um bom preço.

— Ótimo, estou precisando de grana.

— Você sempre está, Bóris. Sempre está. Aproveite, pois a Loja vai encher esta noite.

O gigante levou Radamés até a porta. Trocaram cumprimentos e se despediram. Eu estava cada vez mais aterrorizado. Eles não estavam interessados em resgate, pretendiam me *vender*. Mas para quê? Eram traficantes de escravos? Eu só tinha uma certeza: precisava fugir. Mas como? Enquanto isso, Bóris remexia nas gavetas. Quando voltou, trazia alguns papéis.

— Você se chama Diego, segundo os seus documentos — disse ele, preenchendo um formulário. — Não se preocupe, não vai se machucar, por enquanto. As mulheres são a maioria entre os clientes da Loja. Elas não compram produtos danificados.

Ele olhou para mim com ar satisfeito.

— Você vai render muita grana... As vampiras adoram rapazotes como você.

*Vampiras.*

Essa palavra já tinha me passado pela cabeça, mas logo a descartara, de tão absurda. Vampiros eram criaturas de cinema, não podiam estar ali, na minha frente. Mas agora eu ouvira claramente: *vampiras*. Senti todo o meu corpo se arrepiar de medo. Os caninos longos, a conversa sobre vender humanos... Eu estava chocado. Ia ser vendido a monstros que se alimentam de sangue humano. Isso não podia ser verdade. Isso não estava acontecendo comigo!

— Pronto, você já está registrado como mercadoria – disse Bóris, guardando o formulário no bolso. — Vamos lá.

Ele ergueu-me de novo nas costas. Saímos da saleta e atravessamos o corredor, até chegar a uma escada. Descemos por ela, cada vez mais para o fundo, para o subsolo. As paredes rústicas de cimento logo deram lugar a túneis espaçosos, cobertos de pichações. Reconheci, sob as camadas de tinta na parede, alguns símbolos antigos do metrô. Já ouvira falar desses túneis, abandonados vinte, trinta anos atrás. Lugares esquecidos que agora fervilhavam de vampiros! Vultos sombrios cruzavam por nós, muitos deles carregando prisioneiros. Era incrível. Existia um mundo secreto nos subterrâneos da cidade. Um mundo cujas entradas estavam ocultas em lugares pouco visíveis, como o fatídico sebo onde eu fora capturado.

Depois de enveredar por um labirinto de corredores e escadarias, chegamos a uma sala bastante iluminada. Lá, fui entregue a dois vampiros de aventais brancos, toucas higiênicas e luvas de silicone, que, com gestos precisos e desprovidos de emoção, removeram todos os pelos do meu corpo, com exceção dos cabelos e sobrancelhas. Em seguida, fui lavado com água morna e sabonete, enxugado e vestido com um calção largo de algodão. Por fim, Bóris rabiscou com uma caneta à prova d'água o seu nome e um número de código no meu peito. Eu estava pronto para ser vendido.

A Loja era um salão amplo e agradável. Uma música suave vinha dos alto-falantes. Pessoas conversavam, sorriam com taças de bebida rubra nas mãos. Era um cenário agradável, não fosse a visão aterradora de dezenas de prisioneiros expostos sobre pedestais. Homens brancos, negros, asiáticos. Mulheres envoltas em túnicas diáfanas, cuja transparência as cobria, mas ao mesmo tempo as exibia. Todos pareciam em choque, paralisados de terror.

A um sinal de Bóris, dois vampiros me levaram até um dos pedestais, o único ainda vazio. Puseram-me de joelhos com os braços para o alto, os pulsos presos a uma corrente que vinha do teto. A minha boca foi amordaçada por uma tala que lembrava um arreio. Por último, Bóris sacou uma seringa do bolso e injetou algo no meu braço. Imediatamente, senti os pulsos formigarem. Comecei a recuperar os movimentos.

— Assim está melhor! — disse Bóris, preenchendo o meu preço numa plaquinha. — Agora você parece vivo. Muito mais apetitoso!

Do pedestal, eu podia enxergar a entrada principal, e vi vários vultos femininos se aproximarem, deslizando sobre o piso como assombrações. Belas e ricamente vestidas, as vampiras começavam a chegar. Paravam ao lado dos prisioneiros e apalpavam os seus músculos, examinavam a dentição, cheiravam os corpos. Algumas os arranhavam com as unhas afiadas para experimentar o sangue. Decidida a compra, sacavam a carteira e pagavam em dinheiro vivo, bolos de notas eram passadas de mão em mão. Concluída a transação, a vítima era retirada do pedestal e levada por um dos túneis do salão. Nunca mais seria vista.

Então ela surgiu. Era uma mulher lindíssima, e todos se viraram para admirá-la. Com olhos verdes ferozes, ela varreu o ambiente como uma leoa. Ao vê-la, parada na entrada, senti um calafrio. Todos os meus instintos me diziam para fugir, pois lá estava a verdadeira predadora. Mas nada podia fazer, estava sendo exibido em destaque, no melhor ponto da Loja. Quando ela me avistou, senti a minha pele arder, o seu olhar queimava como fogo. No instante seguinte, ela surgiu na minha frente. Estendeu a mão e tocou o meu corpo. Estremeci. A mão era macia e gelada. Suas unhas eram vermelhas, a mesma cor do seu vestido. Dos seus cabelos flamejantes.

— Seja bem-vinda, Diana — saudou Bóris, fazendo uma reverência.

Ela me observava com uma expressão indescritível de lascívia. Por um instante, o universo parou à sua espera, enquanto analisava cada centímetro do meu corpo.

— Interessante... — disse, afinal. — Não é um trabalhador braçal.

— É um estudante, tinha material de faculdade com ele — disse Bóris. — Bonito e jovem como você gosta, Diana. Sem marcas no corpo, com a pele fresca e as carnes firmes. Uma mercadoria de primeira!

De repente, senti a mão da vampira avançar para dentro do meu calção. Com o susto, soltei um gemido baixo. Ela sorriu, cruel, e prosseguiu a vistoria, sem se incomodar com a vergonha estampada no meu rosto. Por fim, olhou para a placa do preço, e o seu sorriso desapareceu. Voltou-se para Bóris, que esperava, paciente, e disse:

— Vamos negociar.

Ele a olhou de viés:

— Sem negociações. É pegar ou largar.

— Não seja ridículo — ela riu. — Nenhum humano vale esta fortuna.

— Veja ao redor! — o caçador abriu os braços, apontando para os outros prisioneiros. — Mendigos, velhos, espécimes de segunda. Você vê alguém que esteja à altura do meu humano?

— Não — ela admitiu. — Mas é seguro?

— Claro! Não terão como saber do desaparecimento dele durante dias.

A vampira riu entredentes.

— Pago a metade. E você sabe que odeio quando me contrariam... Não sabe?

Bóris também riu, cínico.

— Quem não conhece a crueldade da Tigresa Ruiva? Mas Radamés me garante, Diana. Se quer este humano, vai ter que pagar o meu preço.

Ela fuzilou-o com o olhar.

— Talvez eu não o queira mais.

A vampira virou-se, como se fosse se afastar. Bóris agiu rápido.

— Ora, vamos, Diana... Que tal um bom desconto? — Colocou um pedaço de papel dobrado na mão dela. Diana abriu o papel e olhou-o sem pressa.

— Não trago dinheiro — disse com ar indiferente. — Posso mandar a quantia para Radamés, amanhã.

— Claro, claro — Bóris apressou-se a responder. — Você não é como as outras, Diana. Você tem tratamento especial!

Ela pareceu satisfeita.

— Entregue-o na minha casa. Você sabe o endereço.

ೞೞ

Pouco me lembro do que ocorreu depois. Tenho na memória cenas esparsas da viagem na perua fechada que me levou, amarrado e amordaçado, a uma propriedade no campo. Dos vampiros me arrastando pela entrada de uma bela mansão. Das esculturas e estátuas brancas me observando do alto da escada majestosa em curva. Depois veio o silêncio. A escuridão. E o despertar repentino num quarto magnífico. Todo o meu corpo doía, principalmente os pulsos, nos quais as cordas tinham deixado marcas dolorosas.

— Bóris é um brutamontes — disse uma voz feminina. — Vou me queixar ao Radamés por entregarem a mercadoria com esses vergões.

Era ela. Diana. A sua figura curvilínea surgiu à minha frente sem aviso, como uma aparição. Ela usava um belo robe de seda negra. Um provocante sutiã de rendas se insinuava pelo seu decote.

— Ajoelhe-se — ordenou.

Enfeitiçado pela sua presença, demorei a reagir. Ela gritou:

— Humano idiota!

O corpo dela esticou-se para frente, como se fosse feito de borracha. Esticou muito, muito mesmo. Comecei a gritar, assustado. Ela colocou a mão sobre a minha boca. Ouvi-a dizer no meu ouvido:

*"Cale-se."*

A minha voz desapareceu no mesmo instante.

— Vou agora provar você... — ela sussurrou.

Ela ia beber o meu *sangue*! Pensei em atirar-me aos seus pés e pedir por piedade. Talvez, naquele momento, essa atitude poderia ter me trazido algo de bom. Mas não foi isso que fiz. Empurrei Diana e corri em direção à porta. No mesmo instante, ela me alcançou.

Comecei a gritar por socorro. Ela agarrou o meu pescoço, logo abaixo do queixo, e começou a me arrastar para a cama. Tentei fazê-la abrir os dedos para me soltar, mas foi inútil. Ela me sufocava. Os meus pulmões vazios pareciam prestes a explodir. Ia morrer!

Voltei a mim com o peso de um corpo sobre o meu. Diana estava lá, empurrando-me para a cabeceira da cama. Os seus olhos estavam finos, cheios de prazer. A sua boca abriu-se de um jeito medonho, impossível para a anatomia humana. E fechou-se sobre a minha garganta. Parei de respirar por alguns instantes, pois a dor era imensa. Senti o meu sangue sendo drenado e, com ele, a minha vida. A morte tinha o cheiro sedutor de jasmim. O perfume dela... Eu não lutava mais. Estava em paz, aceitava a morte, ansiava por ela.

Mas Diana tinha outros planos. Lambendo os beiços como uma gata, afastou-se do meu pescoço após alguns minutos. Deixou-me ali, no limiar da morte, quase inconsciente, entre os lençóis manchados de sangue.

— Ouça bem, estudante... — Ouvi a sua voz ao longe. — Antigamente, todos os vampiros caçavam. Hoje, os caçadores como Bóris capturam humanos para nós. Só precisamos ir até a Loja e comprar um homem ou uma mulher viva, uma comida bem fresca. Ou adquirimos só os sacos de sangue, que é bem mais barato. Tudo organizado e civilizado, como vocês, humanos, fazem com outros animais há milhares de anos.

Ela passou o dedo sobre o sangue no meu pescoço e o lambeu.

— Mas você foi muito caro... Não vou consumi-lo de uma vez.

Com um gesto, chamou os serviçais.

— O seu sangue é bom, estudante. Fiz uma compra excelente — ela disse, enquanto eu era carregado para fora do seu quarto. — Voltaremos a nos encontrar.

ତତ

Passei os dias seguintes prostrado, sem forças para me mexer. Os serviçais vampiros pareciam aborrecidos com o meu estado. Trouxeram um unguento escuro e malcheiroso, que aplicaram na ferida do meu pescoço. Alimentavam-me com uma espécie de sopa substanciosa. Graças a isso, e à minha juventude, consegui me recuperar depois de alguns dias. Para o alívio dos meus carcereiros, só restaram no meu corpo as cicatrizes dos dois caninos de Diana no pescoço.

Restabelecido, fui encerrado numa cela sem janelas, nos porões da mansão. Era tudo tão escuro e silencioso! A única mobília da cela era uma cama macia. As luzes só eram acesas enquanto eu era alimentado. Não havia nada para fazer, nem alguém para conversar. Eu vivia em sobressalto, aterrorizado com a perspectiva de ser levado de novo para Diana. Porém, os dias se sucediam e nada acontecia. Absolutamente nada.

Passaram-se meses. No início, eu ainda tinha esperanças de ser encontrado. Rezava para que meus pais me procurassem, para que a polícia investigasse o sebo e encontrasse o covil dos vampiros. Mas, com o tempo, acabei percebendo que isso era impossível. Não havia pistas, nem testemunhas. Para o resto do mundo, eu tinha simplesmente evaporado. Caí num poço profundo de desânimo e frustração. Aquilo estava acabando comigo, mas ninguém ligava. Por que ligariam, se eu não era mais do que alguns litros de sangue, apenas um alimento estocado? A minha amargura cresceu. Na loucura da minha solidão, maldizia os que amava por terem me abandonado. Imaginava-os felizes, saudáveis e livres, enquanto eu vegetava naquela prisão.

Quando conseguia dormir, tinha sonhos bizarros, em que era torturado e sugado, não por vampiros, mas pelos meus pais, pelos amigos da faculdade, pelas garotas que namorei. E eram sonhos tão realistas que eu acordava em prantos como uma criança, com medo de voltar a dormir. Para o meu horror, depois de algum tempo, os pesadelos passaram a persistir mesmo depois que eu despertava. Criaturas disformes começaram a aparecer. Eu os via no escuro, arrastando-se, fazendo ruídos obscenos, colocando as patas rugosas sobre mim. Aterrorizado, eu gritava durante horas, tomado pela histeria. Mas ninguém vinha me calar. O meu corpo era conservado, mas a minha mente apodrecia como comida velha, naquele vazio sem fim.

Então, uma noite, um vampiro desconhecido veio me examinar. Trouxe dois assistentes, que usavam uniformes brancos impecáveis.

— Olá, bonitão — disse ele, estendendo a mão. – Acho que não fomos apresentados. Pode me chamar de Julius.

Ergui os olhos e vi um homem gordo, de rosto redondo e rosado, quase infantil. Tinha fartos cabelos loiros eriçados com gel e aparentava uns trinta anos, um tipo bem diferente dos vampiros sombrios e atléticos que eu havia visto até então. Mas não respondi ao seu cumprimento. Apenas continuei sentado na cama, olhando para o vazio.

Ao perceber que eu não iria lhe dar atenção, Julius resmungou irritado. A um sinal seu, os dois assistentes apressaram-se em me segurar. Depois de fazer algumas anotações numa cadernetinha, ele pegou a fita métrica e começou a medir cada parte do meu corpo. Em seguida, colocaram-me sobre a balança. O vampiro abanou a cabeça.

— Ah, mau, mau... Você está tão acabadinho!

Ele segurou o meu queixo e disse, como se falasse a uma criança:

— Não vou lhe dar falsas esperanças, meu querido. Nunca sairá daqui. O seu destino é ser sugado até a morte pela nossa belíssima diva vampira, madame Diana. No entanto, não gostaria de viver de forma confortável até a sua hora chegar?

— Do que está falando?

— Da vida! — sorriu entre os caninos. — Dos prazeres. Das alegrias. A sua vida vai melhorar agora, garoto.

— Não entendo.

Ele deu uma risadinha e disse, dando um tapinha nas minhas costas:

— Logo vai entender. E vai conhecer a minha arte. Lembre-se: coma bem!

E saiu assoviando.

Depois disso, as condições do meu cárcere mudaram. Fui levado a um quarto com uma janela guarnecida com barras de ferro. Por algumas horas do dia, o sol entrava por ela, e isso me alegrava. Julius passou a vir todas as noites. Pesava o meu corpo e tirava novas medidas. Anotava coisas, falava outras para si mesmo. Ele observava tudo em mim: os fios de cabelo que caíam, a cor das pupilas, a espinha que surgia nas costas. Deixava vitaminas e remédios para que eu tomasse, e, se não lhe obedecesse, os seus assistentes me obrigavam a fazer o que ele queria.

Dias se passaram desse modo. Eu me sentia melhor. Passei a alimentar alguma esperança, voltei a imaginar planos de fuga. Mas tudo mudou de novo numa noite, quando fui agarrado mais uma vez pelos assistentes de Julius enquanto dormia. Fui arrastado até as dependências de serviço da mansão sem maiores explicações e, mais uma vez, lavado e destituído da barba e dos pelos. Com as mãos e os pés atados, fui carregado até a cozinha, onde fui abandonado numa cadeira. Chegou a hora, pensei. Ia ser morto, afinal.

Um dos assistentes trouxe-me uma taça que continha, com certeza, algum tipo de droga.

— Por que não? — murmurei, dando de ombros. — Você vai me obrigar de qualquer forma.

Era só um vinho adocicado, que desceu queimando a minha garganta. Depois de se certificar de que eu havia bebido todo o conteúdo da taça, o assistente tornou a enchê-la. Bebi mais uma vez. E de novo e de novo. Algumas taças depois, vi Julius se aproximar esfregando as mãos.

— Vejo que já está pronto, meu querido. Não está tão viçoso quanto eu gostaria, mas daremos um jeito nisso com a maquiagem.

— Vá à merda — eu disse devagar. Sentia a língua pastosa, o álcool já começara a agir.

— Não, não. Nada de palavras feias à mesa — ele parecia satisfeito com o meu estado de embriaguez. — Agora você vai conhecer a minha arte. Alegre-se, está na presença de um gênio!

— Gênio? — comecei a rir. — Você é só um vampiro sádico como todos os outros.

Ele agarrou o meu queixo com um movimento rude. Seus dedos apertaram o meu maxilar com força, como se fossem arrancá-lo.

— Não me provoque... — rosnou. — Não posso perder a inspiração!

Tão inesperadamente quanto começara, a sua fúria cessou. Os dedos se afrouxaram e a voz voltou a se tornar suave.

— Entenda, garoto, eu sou um *artista*! O maior expoente de uma arte rara que só os vampiros apreciam. Agora não me atrapalhe, preciso me concentrar.

Assim dizendo, afastou-se com ar ocupado, fazendo um sinal para os assistentes. No mesmo instante, eles trouxeram um fardo que me deu arrepios. Como eu suspeitava, era outro humano comprado na Loja. Uma mulher negra, algemada e amordaçada, foi retirada de um saco com o cuidado costumeiro dos vampiros obcecados em manter a mercadoria em boas condições. A moça não se mexia, parecia em choque. A palavra "Bóris" estava rabiscada no seu peito. O meu coração disparou, ao ver o nome do responsável pela minha desgraça. Ele continuava a fazer vítimas.

— Belíssima! — exultou Julius aproximando-se da garota. — Vejam... Que pele, que músculos, que proporções!

Quando ele a tocou, a mulher começou a se debater, como se voltasse a si. Foi logo subjugada pelos vampiros, que a obrigaram a ingerir o vinho adocicado. Ela tentou cuspir a bebida, mas um tubo foi introduzido na sua garganta e um litro inteiro do vinho, despejado. Logo os seus olhos ficaram embaçados e ela parou de resistir. Julius esperava, paciente.

— Ah, isto ficará lindo... — murmurou. — Andem, levem a garota.

Todos os assistentes começaram a se mover sob a batuta do seu chefe. A garota foi carregada para o salão, e eu fui esquecido por alguns instantes na cozinha. Por obra da bebida, os meus olhos começaram a se fechar, exaustos. Não sei quanto tempo dormi. Mas fui acordado por Julius, que me ergueu da cadeira com um tranco.

— Vamos! — disse, carregando-me nas costas. — Vai ver uma das minhas obras agora.

O salão estava iluminado por centenas de velas, e as paredes exibiam uma delicada cobertura de rosas negras. Milhões delas. Olhei ao redor, surpreso. O perfume inebriante das flores misturava-se ao cheiro de especiarias lançado ao ar em incensários. Um vapor fino adensava-se pelos cantos, conferindo um aspecto de sonho às belíssimas esculturas do salão.

Perto da entrada, alguns vampiros assistentes estavam ocupados com algo. Preparavam a garota humana, que agora tinha belos arabescos dourados pintados sobre a pele. O seu corpo nu encontrava-se preso a uma estrutura de metal, que o forçava à posição pretendida por Julius: os braços abertos em cruz, o rosto para cima, uma perna estendida e a outra, erguida e dobrada. Um par de grandes asas negras abertas, cobertas com penas verdadeiras, havia sido instalado na estrutura, na altura das costas da moça. Quando nos aproximamos, estavam começando a içá-la, suspensa por fios quase invisíveis que vinham do teto.

— Não, não! — Julius avançou, largando-me no meio do caminho. — Vocês não decoraram a cabeça!

Vi a garota ser abaixada, enquanto um dos assistentes trazia um novo adereço: uma máscara veneziana de ave, ornada com plumas negras. De relance, vislumbrei o rosto da moça, quando lhe puseram a máscara. Senti um arrepio. Seus olhos estavam inexpressivos. Dementes.

A um sinal de Julius, a garota foi erguida de novo, desta vez, com o corpo na posição horizontal, como se estivesse em pleno voo. As plumas da máscara balançavam com leveza. As asas negras pareciam prestes a bater, levando-a para longe. Uma lágrima correu pelo meu rosto. Tinha finalmente entendido que tipo de arte Julius criava. Uma arte macabra, que transformava o assassinato frio e cruel de humanos em belas cenas de sonho!

Nesse instante, caído onde Julius me abandonara, vi um sapato de salto finíssimo pisar o chão, na altura dos meus olhos. E uma voz conhecida soou.

— Uma ave negra como entrada, Julius? Você é um gênio!

Diana estava ali. Passara a outra perna sobre o meu corpo caído e parou à minha frente. Ela falava com Julius, mas os olhos verdes estavam colados em mim.

— Ainda não começou com este aqui? — ela me cutucou com a ponta do sapato. — Vai dar tempo?

– Com certeza, madame! Não é bom prepará-los com muita antecedência, pois ficam muito estressados.

Ela deu alguns passos para frente, e eu pude vê-la em todo o seu esplendor. Usava um vestido escarlate, com largos saiotes de tule sobrepostos que iam até o chão. O corpete de couro negro justíssimo ia da cintura até o contorno inferior dos seus seios firmes e roliços, deixando-os completamente à mostra. Um enorme e pesado colar de rubis enfeitava o pescoço fino e longo.

— Eu quero... Não. *Exijo* que se supere com este humano — ela sibilou. — Ele é especial.

— É o que farei, madame.

Então ela se agachou e segurou o meu rosto com a mão gelada.

— Tenho sede do seu sangue, criança... — sussurrou.

Julius observou com ar cúmplice:

— Só um pouco mais de paciência, madame.

Ela se ergueu.

— Sim... Eu posso esperar.

Os seus olhos verdes queimavam a minha pele, mais uma vez.

— Alegre-se, estudante — ela disse, arreganhando os dentes numa risada feroz. — Chegou a hora do *abate*.

༺༻

Quando fui reconduzido à cozinha, os assistentes haviam deixado ali uma belíssima escultura de metal. Era composta de uma série de adornos de ferro negro, em forma de galhos espinhosos entrelaçados, que avançavam para os lados, formando uma espécie de bandeja. No centro, havia um nicho que lembrava um corpo em repouso. Em toda a escultura, centenas de rosas douradas completavam a decoração.

— Muito bem, coloquem o humano no seu lugar – ordenou Julius.

Senti que era colocado de pé. Alguém havia me desamarrado. Aproximei-me da estrutura metálica com passos vacilantes. Estendi as mãos e toquei nas rosas. Eram geladas. Outras mãos, mais geladas, ergueram-me. Fui depositado na bandeja, o tronco levemente torcido, como se dormisse. Braçadeiras de metal fixaram firmemente meu corpo na posição. Comecei a entender por que Julius sempre conferia as minhas medidas. Eu me encaixava com perfeição, ali.

— Serviu como uma luva! — exultava o artista. — Agora, girem!

Um dos assistentes girou uma roda na base da escultura. Para minha surpresa, um mecanismo pôs-se a funcionar, e a estrutura inteira começou a se mover. Senti meu corpo sendo forçado pela engrenagem.

— Não resista, ou a máquina deslocará suas juntas — avisou Julius. — A pose ficará perfeita, mesmo que esteja morto. Mas o seu rosto ficaria um horror! Por isso, é melhor você cooperar...

O mecanismo parou. Eu estava agora de pé, um dos braços estendido, como se colhesse uma rosa. Julius corrigiu um pouco a pose, ajustando a máquina. Por fim, a roda foi girada mais uma vez, completando as três variações da obra. Na última, eu estava deitado de bruços, os braços dobrados e as mãos sob o rosto.

— Perfeito! Assim, todas as partes do humano ficarão ao alcance dos convidados — disse Julius aos assistentes. — Voltem à posição original.

Mais bebida me foi trazida. Não me recusei a tomá-la, pois o álcool me ajudava a suportar o medo. Queria alcançar o estado de demência que vira na garota negra, mas desconfiava que isso não me seria permitido. Enquanto isso, os assistentes de Julius besuntaram o meu corpo com algo que o deixou levemente dourado. Era mel, mas tinha também temperos

O DIA DA CAÇA | 31

e condimentos. Meu rosto foi pintado e maquiado com tons dourados e acobreados; os cabelos, que haviam crescido durante o cativeiro, foram penteados e presos. Trouxeram minúsculas rosas negras verdadeiras, trançadas delicadamente entre fios finíssimos. E as puseram sobre meu corpo, caindo dos ombros em direção às coxas.

— A mordaça! – berrou Julius. — Tragam aqui!

Era uma mordaça que, na parte externa, tinha o formato de uma rosa dourada. Ela foi colocada na minha boca com facilidade, pois não opus resistência. Julius parecia eufórico com o resultado. Mesmo os vampiros assistentes pareciam extasiados.

— Andem, está na hora! — bradou Julius. — Levem a minha obra-prima para o salão!

Os assistentes carregaram a escultura com todo o cuidado. Para manter o suspense, uma cortina negra fora instalada, isolando a área onde eu seria exibido. Julius deu os últimos retoques nas rosas sobre o meu corpo e se afastou com ar nervoso. Quanto a mim, uma estranha calma dera lugar ao pavor. De onde estava, podia enxergar a garota negra um pouco acima da cortina, suspensa no ar como um lustre macabro. A bela ave agora tinha a garganta cortada. Sorri. Estava feliz por ela, pois não sofria mais. E, logo, tudo ia se acabar também para mim.

Sussurros sinistros indicavam que um ou outro convidado mais curioso tentava descobrir o que a cortina ocultava. Os serviçais impediam a aproximação, pedindo paciência. Finalmente, depois de alguns minutos, a voz inconfundível de Diana soou:

— Mostre-nos a sua arte, Julius.

A cortina foi aberta. Um murmúrio de admiração partiu dos convidados. Vi espanto e enlevo em seus rostos, enquanto olhavam para o meu corpo. Mas vi também a fome, a cobiça pelo sangue. Uma música barroca começou a soar, enquanto os assistentes giravam a roda. Era "La Notte", de Vivaldi. Gritos de surpresa acompanharam a transformação da escultura, até voltar à forma original.

As palmas irromperam, espontâneas. Julius agradecia, embriagado no seu momento de consagração. Vi o próprio Radamés entre os convidados, como que hipnotizado, olhando para mim. Diana adiantou-se e chamou um valete. Ele trouxe uma bandeja com dezenas de adagas reluzentes.

Diana pegou uma delas e aproximou-se.

— Uma iguaria requintada, preparada por um artista, senhores...

— ela disse, fazendo uma reverência a Julius. — Experimentarei, agora, a sua obra-prima.

Ela tocou o meu peito com a ponta da adaga. A lâmina estava gelada. Até então, eu me encontrava resignado ao meu destino. Mas esse sentimento se evaporou naquele exato instante. Fiquei aterrorizado. Os meus músculos se retesaram e comecei a forçar as braçadeiras. Os meus gritos, transformados em gemidos pela mordaça, soavam como música sinistra, quebrando o silêncio absoluto do salão. Então senti a faca enterrar-se na altura do meu coração. Parei de me mexer, horrorizado. Diana sorriu. Não havia forçado muito a lâmina, apenas o suficiente para me fazer parar. Moveu-a para um lado. Para o outro. Eu gemi de dor. O sangue brotou com abundância pela ferida. Diana afastou graciosamente os cabelos do seu rosto e inclinou-se sobre o meu peito para lambê-lo.

Quando a sua língua atingiu o corte, senti uma estranha sensação de gozo. Era um bem-estar inédito, uma excitação... Confuso, vi os olhos de esmeralda de Diana se fixarem nos meus. E, naquele instante, eu a desejei, mais do que qualquer outra coisa no mundo.

— Tire-me daqui... — sussurrei. — Quero ser só seu.

Os seus olhos adquiriram uma tonalidade incerta. Ela parou de me sugar por um átimo de segundo. Mas a magia terminou de repente, com a súbita dor de uma ferroada. Depois outra. E outra. Dei-me conta que os outros convidados estavam me sangrando.

Descobri, pela primeira vez, as infindáveis nuances da dor, uma de cada vez, ou várias juntas, como sons de instrumentos diversos tocando numa sinfonia. Vi o vampiro chamado Radamés enterrar a sua adaga na minha coxa, e depois sugar a ferida com a sofreguidão de um bebê faminto. Vi os demais vampiros atacarem os meus braços, pernas, pescoço, em êxtase. E o ruído... Oh, meu Deus, que ruído assustador, o do sugar animalesco, sôfrego, de várias bocas! De tempos em tempos, a roda girava, e outras partes do meu corpo eram oferecidas aos predadores nesse festim. E as ferroadas se renovavam.

Então tudo acabou. A voz de Diana soou:

— Parem de sugar — comandou ela. — O jantar está servido.

Houve alguns murmúrios de protesto. Mas logo se calaram. Algumas mesas haviam sido introduzidas no salão. Sobre elas, estavam expostas esculturas humanas, belas mulheres com pernas, braços e troncos entrelaçados, amarrados com fitas negras. Cada uma trazia uma rosa vermelha na boca. Rosas cheias de espinhos, que as faziam sangrar. Os convidados abandonaram o meu corpo retalhado ao vê-las. Atiraram-se sobre as mesas, excitados. Quanto a mim, continuava preso à escultura. Ainda estava vivo.

☙❧

Julius empurrou a escultura até a cozinha já limpa e arrumada. Os vampiros assistentes tinham se ido. Então Diana entrou, limpando com um lenço a boca suja de sangue.

— Odiei este prato! — fulminou ela, apontando o dedo para mim. — Achei de mau gosto. E o sabor estava horroroso!

— M-mas — balbuciou Julius, estupefato — todos ficaram extasiados! Foi um sucesso!

— *Foi um fracasso*! — ela gritou. — O que fez, afinal? Entupiu-o com vinho barato? E o que foi aquela parafernália de mecanismos grotescos?

Antes que ele respondesse, ela fuzilou:

— Nunca vou perdoá-lo, Julius. Vou arruinar a sua reputação! — ela aproximou-se de mim, os olhos verdes cheios de maldade. — Leve este humano para o meu quarto. Eu mesma vou dar um fim nele, depois de dispensar os convidados!

Senti um calafrio. *"Tire-me daqui. Quero ser só seu"*, eu lhe dissera no salão. E, agora, ela estava fazendo o que eu lhe pedira. Diana saiu, batendo com força a porta da cozinha. Julius deixou-se cair numa cadeira e ficou alguns minutos com a cabeça baixa, as mãos sobre o rosto.

— C-como ela ousa... — murmurou, afinal. — Você viu os aplausos. Você viu a expressão nos rostos dos convidados — disse, olhando para mim como se eu pudesse responder. — *Aquilo não foi um fracasso!*

Abanando a cabeça, inconformado, ele se levantou. Veio até a escultura e segurou o meu rosto com as duas mãos.

— Você foi esplêndido, lá no salão — declarou com a voz embargada de emoção. — O seu rosto em desespero, a excitação do seu corpo quando Diana se aproximou... Foi um toque fabuloso, que eu mesmo não havia imaginado! Ah, naquele momento, eu quase caí em lágrimas!

Ele deu dois beijos no meu rosto, um em cada face. De repente, mordeu o meu pescoço. Eu me debati, aterrorizado, mas ele continuou a me sugar. Mas acabou por me soltar, após alguns goles.

— Está delicioso... — disse, estalando a língua no céu da boca. — Não há nada de errado com o sabor do seu sangue, muito pelo contrário. Aquela vagabunda deve estar maluca!

Ele andava para lá e para cá pela cozinha, resmungando. Passado o momento do choque, a raiva o dominava.

— Mau gosto? Mau gosto? Quem ela pensa que é, para chamar a minha obra de mau gosto? Vadia ignorante!

O vampiro parou à minha frente e me encarou.

— Eu a conheço bem. Ela vai torturar você de forma horrenda. Vai puni-lo por tê-la desejado. É assim que ela age. Ah, mas que vadia! Não sei por que fui aceitar este trabalho!

Sentou-se e começou a tamborilar os dedos no tampo da mesa. Ele só conseguia se concentrar na sua derrota, e parecia ter me esquecido. De repente, levantou-se. Foi até a despensa e voltou com uma taça de vinho. Retirou a rosa da minha boca e a beijou. Em seguida, atirou-a pela janela com um gesto dramático.

— Agora sou eu quem lhe oferece um drinque, meu belo Apolo. Beba este vinho... Não é aquele vinho doce que lhe demos antes.

Colocou a taça nos meus lábios.

— Beba! — insistiu ele. — Será o nosso último brinde.

Abri a boca. O que me restava fazer? O gosto era estranho. Eu não queria continuar, mas Julius despejou o líquido na minha boca até esvaziar a taça. Em seguida, sacou um alicate e cortou as braçadeiras que me prendiam à escultura. Caí nos seus braços, fraco e zonzo. Ele me ergueu com facilidade sobre os ombros. Depois, saiu da cozinha, levando-me às costas.

— Espere... — murmurei. Aonde vai?

Ele não respondeu. Tínhamos chegado à garagem. Havia carros de vários tipos estacionados lado a lado. Julius colocou-me no banco de motorista de um jipe.

— A chave está no contato — disse o vampiro. — É tudo o que vou fazer por você.

Custei a acreditar no que estava ouvindo.

— Obrigado!

Ele não respondeu. Apenas deu-me as costas e desapareceu.

༺༻

Parti a toda velocidade daquela casa sinistra. Só depois de uns bons quilômetros, parei o jipe para tomar fôlego. Estava nu, o corpo cortado e ensanguentado, no limite das minhas forças. Para piorar, comecei a me sentir mal de verdade. Saí do carro e vomitei. Mas, em vez do alívio que esperava, continuei a sentir uma dor horrível no estômago. O que estava acontecendo? A dor vinha em ondas agudas, que cortavam a minha respiração, de tão dolorosas. Vomitei de novo. Mas o alívio não vinha, ao contrário, as dores pioravam. Caí no chão, desesperado.

Precisava de ajuda. Arrastei-me em direção à luz de uma casa à beira da estrada. Mas, quando cheguei perto do portão, um cão começou a latir. Estava acorrentado próximo à casa. A porta se abriu e a silhueta de um homem destacou-se contra a luz.

— Quem é?

— Por favor, me ajude! — gritei.

A luz do portão foi acesa.

— Você está... pelado! — gritou o homem, alarmado. — Vou chamar a polícia!

— Espere, eu fui sequestrado... Estou ferido!

O homem pareceu hesitar. Depois, disse:

— Fique aí!

Ele pegou um pedaço de pau e avançou, cauteloso. Comecei a lhe falar, tentando explicar o que tinha acontecido. Ele se assustou de novo, e eu não sabia por quê. Virou-se e correu até o cão. Ia soltar o bicho sobre mim. Apavorado, agarrei-o pelas costas. O homem reagiu com socos e pontapés, mas consegui segurá-lo. Tentei fechar a sua boca, pois ele gritava como um louco. Mas, quanto mais eu o imobilizava, mais ele se debatia e berrava. Mal percebi como tudo aconteceu. De repente, eu estava sobre ele, abocanhando o seu pescoço. E comecei a sugar.

Quando terminei, tinha o cadáver do homem nos meus braços. Mas, apesar do horror que sentia pelo que tinha feito, a dor no estômago havia sumido. Toda a ansiedade, também. Até o cachorro havia parado de latir, tinha se refugiado no interior da casinha, aterrorizado. Eu estava confuso, precisava pensar. Ergui o cadáver, estranhando a sua leveza. Levei-o para dentro da casa, depositando-o sobre o sofá. Ainda em choque, entrei no chuveiro e tomei um banho quente, pois me sentia gelado, muito gelado. Ao sair, ao olhar-me no espelho, levei um susto. Os ferimentos do meu corpo haviam sumido. Grandes caninos haviam crescido na minha boca.

Caninos que tinham aterrorizado o pobre homem. Por isso ele fugira assustado, quando me vira de perto.

Meu Deus! Desde quando eu me tornara um *deles*?

Deixei-me cair no sofá, ao lado do cadáver, ainda sem acreditar no que havia acontecido. Eu ainda era um humano, momentos atrás, quando Diana e os seus convidados se deliciavam com o meu sangue. Então tudo ficou claro. *Foi Julius!* Havia algo naquele vinho que o desgraçado tinha me dado. Mas por quê? A resposta só podia ser uma: ele queria se vingar. Percebera que Diana me desejava, apesar de tudo. Por isso, transformou-me em algo que ela não podia mais possuir, algo que não era mais humano... E agora, eu não só tinha virado um monstro, como também tinha me comportado como um. Tinha matado alguém!

Precisava botar a cabeça no lugar e pensar no que fazer. Em primeiro lugar, necessitava de roupas. Fui até o quarto da minha vítima e peguei uma calça, camisa e um par de tênis. Agora, precisava fugir. Já tinha me demorado muito por ali. De fato, pequenas hesitações podem causar a ruína no mundo dos vampiros, e eu estava prestes a ter provas disso. Quando me preparava para ir embora, uma voz conhecida soou às minhas costas.

— Ora, ora... Um vampiro recém-nascido!

Um gigante me espiava pela porta da sala. Era Bóris. Comecei a tremer.

— C-como me achou tão rápido?

Ele gargalhou.

— O jipe tem um rastreador GPS. É muito fácil pegar caras que não estão acostumados a fugir! Mas você conseguiu me surpreender. Nunca imaginei que fosse virar um de nós.

Ele bateu palmas com ar irônico. Eu olhava ao redor, pensando desesperadamente em como fugir. As janelas, a porta dos fundos, tudo devia estar trancado. Os meus movimentos não escapavam a Bóris, mas ele parecia não se importar.

— Sabia que nós, caçadores, não apenas trazemos a caça, mas sumimos com os restos depois que os clientes acabam as refeições? — disse. — Eu estava pronto para enterrar o seu corpo em algum buraco, mas você conseguiu escapar. Mas não se engane, achando que tem alguma chance contra mim, garoto. Vampiro ou humano, você não passa de uma *presa*!

Recostou-se na moldura da porta e continuou:

— Só existe um jeito de transformar um humano em vampiro. A troca de sangue. Você foi sugado por vários vampiros hoje, mas um deles lhe deu o próprio sangue para beber. Seja quem for, vai pagar caro por isso! Mas chega de papo furado. Vamos ao trabalho!

Eu o vi pular sobre mim. Não sei bem o que me fez saltar, não para o lado contrário, mas para o teto. Acho que Bóris também não esperava por essa reação, pois suas mãos apenas roçaram na minha roupa. Antes que pudesse se virar, atravessei a sala pelo teto e consegui sair pela porta da frente. Apesar de desajeitada, a minha agilidade era surpreendente, pois alcancei o muro e o venci com um salto, indo cair bem mais adiante. Olhei para trás e vi Bóris em meu encalço, passando também pelo muro com facilidade.

Corri em zigue-zague, tentando despistá-lo, até que não vi mais a sua sombra enorme atrás de mim. Então ele surgiu de repente, pela frente, já em pleno salto, derrubando-me no chão. Acostumado a perseguir suas vítimas, tinha tomado algum atalho que eu desconhecia. Embora tivesse muito mais força do que antes, eu não era páreo para ele. Logo estava caído de bruços, os braços torcidos para trás. Comecei a gritar por socorro.

— Cale a boca! — ele rosnou. — Quer que os humanos nos encontrem?

Ele sacou algo do bolso e me golpeou. Aquilo entrou nas minhas costas, produzindo uma dor inacreditável. Imediatamente, parei de lutar. O meu corpo estava inerte, como se tivesse sido dopado.

— Outra dica para um novato: os vampiros de verdade não morrem com uma estaca no coração. Só ficam paralisados. Para nos matar, corte a nossa cabeça ou nos deixe sob o sol, para virar cinzas — disse Bóris, enquanto me colocava de novo nas costas. — Pena que isso não vai lhe servir de nada. Você nem é mais um alimento. Vai ser morto rapidinho.

༻༺

Bóris dirigia o jipe na estrada montanhosa, rindo, satisfeito. Ele se livrara do cadáver do homem que eu tinha matado, enterrando-o num local afastado. Escondera a moto que usara para seguir o meu rastro. E agora estava me levando de volta, para as garras de Diana. Eu estava sentado ao seu lado, preso pelo cinto de segurança no banco de passageiro, ainda paralisado pela estaca.

O caçador parecia muito excitado com a minha captura. Assoviava, fazia piadas. E acelerava. Fazia as curvas em alta velocidade; os buracos da estrada não mereciam dele qualquer cuidado, pois passava sobre eles sem se importar com os solavancos. Num desses trancos, senti a estaca se deslocar nas minhas costas. Surpreso, percebi que havia recuperado os movimentos da mão. Era isso, então! A estaca precisava estar bem enterrada no coração, ou o seu efeito era limitado. Fingi que nada acontecera e continuei imóvel, esperando por uma oportunidade para escapar.

O rádio tocava rock na potência máxima. Bóris cantava, a sua voz de vampiro misturando-se aos acordes alucinantes da guitarra. Na estrada, vez por outra, velhas caminhonetes cruzavam por nós. De repente, um caminhão-jamanta surgiu na outra mão. Ele fazia a curva aberta demais. Bóris murmurou um palavrão, controlando o jipe. Era a minha chance. Com um movimento rápido, agarrei o freio de mão e puxei. O jipe travou e bateu no caminhão. Foi lançado para a amurada, atravessou-a e caiu pela encosta, capotando várias vezes. Senti o meu corpo no ar. E depois veio o choque violento contra o chão. Em meio à dor, consegui ouvir um estrondo ensurdecedor, o ruído contínuo de algo enorme deslizando. Uma sombra imensa, com os faróis faiscantes, vinha em minha direção. Era o caminhão! Saltei o mais longe que podia. Quando bati de novo no chão, desmaiei com a dor.

Quando acordei, mexi os braços e as pernas e senti, aliviado, que o corpo vampírico tinha se curado. Examinei as minhas costas e vi que a estaca não estava mais lá, tinha saído na queda. A jamanta estava tombada sobre os destroços do jipe. O caminhoneiro parecia morto, mas algo se mexia sob a cabine. Era Bóris! Mesmo com toda a sua força, ele não conseguia se libertar do peso da jamanta sobre o seu corpo. Pela primeira vez, ele parecia apavorado. Eu também estava. Pressentia a aproximação do sol. Mais um dia de verão tórrido ia começar. O meu corpo de vampiro mandava me esconder, procurar um abrigo com urgência, coisa que Bóris não podia fazer. Como ele mesmo dissera, para transformar um vampiro em cinzas, tinha que expô-lo ao sol. E era isso que iria acontecer à sua cabeça e à metade do ombro, visíveis sob a jamanta.

Então, ele me viu:

— Garoto! Estou feliz que esteja bem! Venha aqui!

Fiquei parado, observando-o com cautela.

— Me ajude! — disse o caçador. — Vou recompensá-lo. Farei tudo o que você quiser...

Olhei para o sorriso forçado. Os olhos faiscantes de raiva reprimida.

— Ajude-me a erguer o caminhão, *porra*! — berrou, por fim, perdendo a paciência. Depois, voltou à fala macia. — Juntos, conseguiremos. Seremos parceiros. Eu o protegerei como a um irmão, eu prometo!

Tive vontade de rir. Sem uma palavra, dei-lhe as costas.

— Ei! Volte aqui! Eu vou te matar, garoto. Juro que vou!

Comecei a correr. Ouvi ainda os gritos de Bóris durante um bom tempo, mas estava preocupado com a minha própria segurança. Não tinha a mínima ideia de como me abrigar.

O sol já surgia no horizonte quando encontrei a caverna no meio do matagal. Era um buraco imundo, cheio de insetos e fungos, mas era o único lugar disponível. Atirei-me para dentro dele, em meio ao barro e à umidade. Era estranho. Eu me sentia muito bem, ali. Fui dominado por um sono irresistível. O dia amanhecera. Fechei os olhos e dormi.

༄༄

Dizem que o criminoso sempre volta ao local do crime. Foi o que fiz na noite seguinte. Como o acidente se dera numa estrada pequena, e não havia testemunhas, esperava que ainda não tivesse sido descoberto. Mas a polícia já chegara. Vigiei-os, escondido no mato, enquanto remexiam nas ferragens. Ouvi os comentários sobre o cadáver sem cabeça de um gigante.

Recomecei a andar, satisfeito. O caçador estava morto. Mas agora outro problema começava a me afligir: o desejo por *sangue*. E esse desejo era quase incontrolável, pelo menos para mim, um novato. Tentava pensar em outra coisa, mas não conseguia. Logo, a sede me dominou. Todo o meu corpo parecia seco, ávido pelo líquido rubro. Era de enlouquecer!

Então ouvi um movimento no mato. Dois olhos brilharam no escuro. Dirigi a minha máxima atenção para lá, e percebi que os meus sentidos tinham se tornado bem superiores aos de um ser humano. Distingui a textura de uma pelagem marrom em meio à folhagem. Ouvi a respiração nervosa. E, para meu espanto, percebi que agora possuía um sentido a mais: sentia o sangue que corria nas suas veias. Sabia o tamanho aproximado do animal, se estava saudável, se era jovem... Graças ao seu belo sistema circulatório.

O animal escondido era um cão, um vira-lata robusto e selvagem. Não pensei muito, e nem poderia, pois o meu corpo reagiu quase de imediato. Quando dei por mim, estava sobre o bicho, abocanhando o seu pescoço peludo. Senti um cheiro forte de lixo e urina. O sabor não era tão bom quanto o do sangue humano, mas era satisfatório. Em minutos, o cão estava morto, as veias ressecadas até a última gota. E eu me sentia bem melhor.

Passei o dia seguinte na mesma caverna, pois não tinha ideia de como me abrigar de outra maneira. Acordei de novo faminto, e a falta de alternativas me fez procurar mais um cão para me saciar. Desta vez, tinha em mira um belo pastor alemão capa preta. Sabia que não era um cão sem dono, mas a fome não me permitia esperar por uma presa melhor. Ao atacá-lo, descobri que era muito mais forte e feroz do que esperava. O cão me mordeu e conseguiu escapar, antes que eu o sugasse. Fui bastante ferido, mas o meu corpo se curou mais uma vez.

Faminto e maltrapilho, andei sem rumo durante horas, até chegar a um sítio bem cuidado, alguns quilômetros adiante. Tomando cuidado para me manter oculto, rondei a propriedade, examinando-lhe as condições. Havia luz na sala, alguém ainda estava acordado. Olhei pela janela e vi uma moça sentada no sofá. Tinha os cabelos castanhos cortados curtos. A sua nuca aparecia sob o roupão azul que vestia, o que lhe dava um aspecto muito sedutor. Olhava de tempos em tempos para o relógio cuco da parede e vinha até a janela para esperar alguém. Talvez o marido? Os pais? De qualquer forma, parecia estar sozinha. E eu precisava das coisas que ela tinha. Roupas limpas e dinheiro. E rápido, antes que a polícia ou os vampiros me achassem.

Como se fosse um sinal do destino, a moça abriu a porta e veio até a varanda. Depois, sentou-se numa cadeira de vime. Resolvi me mostrar. Aproximei-me, acenando.

— Oi! Boa noite!

Como era de se esperar, ela se assustou. Mas manteve a calma.

— Boa noite — disse, olhando rapidamente para os fundos, onde estavam os cães. Mas eles não podiam mais protegê-la, pois eu tinha me alimentado com o sangue de um deles. E havia matado os outros dois. — Em que posso ajudá-lo?

A tranquilidade na sua voz deixou-me envergonhado. Ia mentir e enganá-la. Mesmo assim, insisti no meu papel:

— Sofri um acidente e andei vários quilômetros até aqui. Posso usar o seu telefone? Perdi meu celular quando bati o carro.

Ela estava em dúvida. Decidia se confiava em mim. Os seus olhos eram azuis. Tão bonitos! Então ela tirou o celular do bolso do roupão e me ofereceu.

— Fique à vontade. Vou lá dentro um instantinho e já volto.

Agradeci efusivamente e liguei para um número qualquer, fingindo falar com alguém da família. Mas estava alerta, pronto para fugir. Quando a moça retornou, vi que não havia motivo para preocupações. Ela tinha entrado para trocar o roupão por uma camiseta e uma bermuda.

— Eles só poderão vir me buscar amanhã — eu lhe disse, devolvendo o celular. — Será que...

Ela me olhou em dúvida. Apressei-me a esclarecer:

— Só quero ficar na varanda. Prometo não incomodar.

Estava quase certo de que ia dizer não. Mas ela disse:

— O senhor está machucado?

— Não, senhora — respondi com um sorriso.

— Venha para dentro — ela retribuiu o sorriso. — Pode tomar um banho, se quiser. Eu vou fazer um cafezinho.

— Não quero dar trabalho. Mas aceito o banho...

— Claro. Meu nome é Celina.

— O meu é Diego.

Ela me conduziu para um banheiro cheiroso e limpo. Tentei, sem sucesso, não sujá-lo com o barro das minhas roupas. Era surreal. Eu me preocupava com a sujeira no banheiro da moça, mas estava prestes a roubá-la. Então ela bateu à porta.

— Se quiser usar roupas limpas... Eram do meu irmão — ela me entregou uma muda de roupa. — Tem toalhas no armário.

Fiquei olhando para as roupas um tempão, depois que ela saiu. Fazia séculos desde que alguém me tratara de forma decente, como um ser humano. Era irônico, pois eu não merecia mais esse tratamento. Com muito custo, consegui superar a emoção e tomei um banho quente. As roupas estavam um pouco largas, mas serviram bem. Olhei-me no espelho. A transformação em vampiro fizera bem à minha aparência. Os meus olhos tinham adquirido um tom dourado e, no geral, parecia mais adulto. Sentindo-me melhor, fui até o terraço, onde Celina me recebeu com um olhar de admiração.

— Muito obrigado de novo — eu lhe disse. — Se quiser voltar para dentro, eu fico aqui, esperando que venham me buscar.

Na verdade, eu tinha decidido ir embora. Já tinha conseguido as roupas, não ia pegar mais nada de Celina. Mas ela insistiu:

— Tome pelo menos o café, acabei de passar — disse, indicando a bandeja na mesinha, ao lado das cadeiras de vime.

Café... Dava-me náuseas, só de me lembrar do sabor da bebida.

— Não, obrigado. Proibição médica.

— Então prove um biscoitinho. É caseiro.

Eu adorava biscoitos. Mas, agora, aquilo parecia tão apetitoso quanto barro seco.

— Desculpe. Não posso comer nada. Desculpe mesmo.

Ela pareceu desapontada. Apressei-me a dizer:

— Olha, eu faço companhia enquanto você toma o seu café.

Ela pareceu satisfeita. Sentei-me na cadeira ao lado, e ela serviu-se de café com leite. Mas, notando de novo a sua atenção voltada para a estrada, perguntei:

— O seu marido está para chegar?

Ela riu.

— Não, não sou casada... É que estou preocupada com o meu cachorro, Nero. É um pastor alemão, sabe? Está sumido desde a manhã.

— Sei... um cachorro... — engoli em seco.

— Amanhã vou sair e procurar o bichinho. Os outros três que estavam no quintal também sumiram. Devem estar com Nero.

Nesse momento, ouvi um ruído de patas sobre o assoalho de madeira. Uma sombra negra saltou sobre mim.

— Nero! Pare!

Celina gritava, tentando segurar o cachorro. Mas era tarde. Eu já tinha aprendido como lidar com cães, e matei-o depois de alguns segundos. A moça recuou, horrorizada. O meu rosto crispado, com os caninos à mostra, não devia ser nada bonito de se ver.

— O... que você é? — ela conseguiu balbuciar, em choque.

— Um vampiro — respondi.

Ela tentou gritar, mas eu já estava sobre ela. Suas tentativas débeis de resistência tiveram um efeito curioso sobre mim. Senti uma excitação tremenda. Um desejo indescritível por algo delicioso, supremo, que ela guardava bem ali, ao meu alcance, dentro de suas veias saudáveis e palpitantes. Senti, nesse instante, algo se partir dentro de mim. Algo que eu trazia da minha vida passada, de humano. E que acabava de morrer.

Dediquei-me inteiramente a Celina durante as longas horas que passamos juntos naquela noite. Acariciei-a e acalentei em meus braços. Ouvi cada gemido, suspiro e súplica que brotava dos seus lábios. Sequei cada lágrima que aflorou dos seus olhos azuis, até que permanecessem parados, vidrados como os de uma boneca francesa. A nossa comunhão foi completa, como só o pode ser o abraço da fera à sua presa. Existirá outro gesto tão íntimo?

Perto do amanhecer, deixei Celina estendida no sofá da sua sala, como se dormisse. Dei-lhe um beijo na testa antes de partir.

༄༅

O dia da caça já vai terminar.

Na verdade, é noite, mas esse jogo de palavras exerce uma atração irresistível sobre mim. Olho para o alto, para apreciar o céu estrelado. Depois, para baixo, para o rosto borrado de maquiagem da mulher humana que seguro entre os meus braços. Ela pretendia me vender o seu corpo, mas eu só estava interessado numa parte dele. Aquela parte que não precisa de maquiagem, que é bela e desejável, qualquer que seja a aparência do seu dono.

Deixo o cadáver escorregar para a sarjeta, sem lhe dispensar maior atenção. Recomeço a andar. As ruelas vazias do centro parecem em expectativa, acompanhando os meus passos. À direita, ergue-se o prédio centenário da faculdade de Direito, que ainda abriga os ecos das aulas do dia, as risadas despreocupadas dos estudantes. Na rua de cima, o velho cineclube, no qual duas ou três almas solitárias vão assistir, à meia-noite, a um clássico de Murnau. E, a dois quarteirões, o meu destino: uma rua fracamente iluminada, onde uma farmácia e uma *sex shop* convivem com um velho sebo.

Ao virar a esquina, sou envolvido por uma brisa gelada. Como um sopro de vampiro. Os meus passos vibram no asfalto, um ruído solitário no súbito silêncio que tomou conta da cidade. Ou são os meus sentidos em alerta, que descartam qualquer ruído que não venha do esconderijo dos desmortos?

Estou tomado por um pouco de nostalgia. Um ano se passou desde aquele instante fatídico, quando atravessei pela primeira vez a fronteira do mundo dos vampiros. Mas as coisas mudaram. Sou agora uma lenda entre eles. Sou o novato que conseguiu sobreviver à Loja. À Diana. Que matou Bóris, o caçador. Que tem burlado o cerco dos caçadores por todo esse tempo, e matado a maioria deles. Sou o criminoso mais procurado pelo submundo vampírico. E, daqui a pouco, serei um prisioneiro. Talvez um condenado à morte.

Ou não.

O vampiro mais poderoso do subterrâneo é Radamés, o proprietário da Loja. Ao contrário do esperado, ele não ficou muito aborrecido quando soube da morte de Bóris. Os descuidos, a arrogância e os repentes de brutalidade do seu maior caçador estavam colocando a Loja em risco. Portanto, eu lhe fiz um favor ao eliminar o gigante, e ele reconhece isso.

Radamés gosta de mim. Desde o primeiro momento, eu o soube. Temos feito reuniões secretas, nas quais já negociei as minhas condições de rendição. Eu volto à Loja, e Radamés vai usar a sua influência e o seu poder para convencer os vampiros do subterrâneo que sou mais útil vivo do que morto. Ele me quer como o seu novo caçador.

Como veem, a sociedade vampírica segue regras nada rígidas, que transformam inimigos em amigos de acordo com o momento. Aqui, força é poder. O resto, até mesmo a arte, é apenas um capricho dispensável. Isso talvez explique a morte de Julius. Sim, Diana exigiu que ele fosse executado. A cabeça dele foi entregue com pompa, numa bandeja, para a Tigresa Ruiva, que a jogou aos cães. Não senti nada de especial quando soube do fato. Julius jogou mal e perdeu, só isso. Achava-se um gênio, mas, no fundo, não era uma carta de muito valor.

Estou parado, agora, na frente do velho sebo. O letreiro, "Leitor Voraz", ainda sobrevive na vitrine. As pilhas de livros no interior da loja continuam em desordem. E a porta aberta é tão convidativa quanto uma ratoeira. Mas é por ela que passarei. Estou apostando tudo neste lance. Agora vou descobrir se sou um bom jogador.

Daqui a pouco, Radamés me receberá na saleta onde fui tão rudemente aprisionado. Eu lhe prometerei fidelidade e amizade – promessa que cumprirei enquanto me for vantajoso. Nada de mais, pois ele fará o mesmo. Com a sua ajuda e a minha força, ganharei prestígio e poder neste novo mundo. Então conquistarei Diana, a Tigresa Ruiva. Esperarei até que ela baixe a guarda, e esqueça que o inimigo pode estar ao seu lado. Na mesma cama, talvez. E eu me vingarei. Ou a amarei, quem sabe? Nós, vampiros, temos muito tempo para planejar. E para mudar os planos, se for preciso.

E será isso que farei, se as minhas suposições sobre Radamés estiverem erradas. Se eu for traído, hoje será o último dia de existência de um lugar chamado Loja. Sob o meu sobretudo, trago o necessário – tudo o que a tecnologia dos humanos pode oferecer – para uma aniquilação completa dos vampiros do subterrâneo. Aposto alto, mas sou mau perdedor.

Está na hora. O meu corpo vampírico atravessa, orgulhoso, a porta para a entrada da Loja. Os dias como caça terminaram. Agora sou o caçador.

# SANGUE
# E POEIRA

Fred Furtado

FRED FURTADO é PhD em Biologia, jornalista científico, ex-editor e apresentador do podcast da revista Ciência Hoje, o Estúdio CH, entusiasta de RPG, fã de quadrinhos e nerd de carteirinha que percebeu que uma das coisas que mais gosta é contar histórias. Depois de muitos anos confinando sua criatividade aos seus amigos, ele decidiu tentar a sorte como escritor. Fred já publicou dois contos, *Choices* e *Webs of Magic*, além de uma aventura de RPG, *The Sorcerer of Volupa*, para o jogo *Honor + Intrigue*. Entre seus próximos trabalhos estão outra aventura para *Honor + Intrigue*, *The Man who killed Trujillo Maldonado*, e o capítulo sobre a América do Sul do suplemento *Atlas of Earth-Prime*, para o RPG de super-heróis *Mutants & Masterminds*. *Sangue e poeira* é sua primeira publicação em português.

A NUVEM DE POEIRA engoliu nossa pequena cidade fazendo com que o dia se tornasse noite – a segunda meia-noite, como minha avó dizia. Não era um fenômeno novo. Desde que me entendia por gente, a vida tinha sido assim. Mesmo aos nove anos, eu não sabia bem por que o mundo era daquele jeito, coberto de poeira. Para mim, aquela situação miserável era a ordem natural das coisas. Poeira na pele. Poeira no chão. Poeira nos móveis. Poeira nos pratos. Poeira na comida. Poeira em todos os lugares. E tosse. Alergia. Dificuldade de respirar e engolir. Era tanto pó na nossa boca, que cuspíamos lama.

Às vezes, ouvia os adultos maldizendo sua sina, reclamando que a nova colheita seria tão pífia quanto a do ano anterior, que a terra estava se vingando do abuso de incontáveis anos. Mais tarde, fui entender o que havia acontecido. As plantações de soja haviam se espalhado pelo interior do Brasil. Cerrado, caatinga e Amazônia foram engolidos pelos vastos campos cultivados não só por latifundiários, mas também por aqueles atraídos pelo alto preço da soja no mercado: pequenos agricultores que buscavam uma vida melhor, como meus pais. De nada adiantou os avisos dos cientistas sobre aquecimento global ou mudanças climáticas. Por 15 anos, a bonança da soja imperou. Mas aquela violência agrícola não poderia durar para sempre.

As mudanças começaram aos poucos. As chuvas foram diminuindo gradativamente de um ano para o outro. O vento, ao contrário, só aumentava de intensidade. E o solo, drenado constantemente de sua vitalidade, se transmutava em areia. Plantávamos soja, mas cultivávamos um deserto. Quando eu tinha dois anos, houve a primeira grande falha da colheita, e ela só piorou nos anos seguintes. Sem os preciosos grãos para vender, os agricultores se viram inundados de dívidas. O governo, focado em lidar com o desastre climático e econômico, pouco podia fazer para melhorar a situação. Muitos quebraram e se sentiram forçados a abandonar suas terras, procurando empregos em outras áreas ou simplesmente se mudando para outras regiões, a fim de tentar um novo começo. Aqueles que ficaram, subsistiam da esperança de que a situação melhorasse no futuro. "Ano que vem vai ser melhor", meu pai sempre dizia. Nunca foi.

As tempestades de poeira surgiram logo depois. A combinação medonha de vento forte, solo seco e ausência de barreiras deu à luz nuvens de pó de vários quilômetros de extensão. Elas varriam a terra, saindo do sul e se estendendo até o norte, cobrindo tudo com um manto de finas partículas capazes de entrar nos mais protegidos recantos. A primeira surgiu no ano do meu quarto aniversário e foi seguida por três outras. Ao longo dos meus cinco anos, presenciei 16 delas. No ano seguinte, foram 37. Quando completei nove anos, em junho, minha cidade já havia sido varrida por 123 tempestades. A maioria durava apenas minutos, mas havia aquelas que escureciam o dia por horas a fio e tornavam a noite um breu mais escuro.

Apesar de todas as mazelas, nós vivíamos e conseguíamos encontrar um pouco de felicidade naquela existência difícil. Era impossível imaginar que a situação poderia ficar ainda pior. Para todos, parecia que aquele era o fundo do poço – não havia como descer mais.

Estávamos enganados.

༺༻

Normalmente, tínhamos aviso de quando as tempestades estavam se aproximando. Das primeiras cidades no caminho da onda de escuridão, as pessoas telefonavam para os seus conhecidos nos povoados seguintes.

Estes, por sua vez, faziam o mesmo, criando uma corrente de alerta. Animais eram recolhidos, janelas fechadas, frestas cobertas e a família reunida em casa para esperar a passagem do turbilhão de poeira. Nossa cidade não costumava ser a primeira na rota das tempestades, mas, de vez em quando, justamente nas mais fortes, tínhamos essa "honra", porque o regime dos ventos nessas ocasiões vinha do sudoeste. Por isso, muitas vezes, éramos pegos de surpresa e tínhamos que correr para casa. Era comum os adultos não conseguirem reunir todos os seus animais e estes, expostos ao inclemente elemento, morrerem asfixiados.

Um mês após o meu nono aniversário, ocorreu a tragédia que iniciou aquele período terrível que está marcado para sempre na minha memória. Uma imensa e forte tempestade de poeira chegou do nada. Foi avistada no horizonte poucos minutos antes de atingir a cidade e, como de costume, todos iniciaram uma frenética correria para se proteger. Infelizmente, na confusão, os Sampaio não perceberam que seu filho mais novo, Marquinhos, não estava em casa. Quando se deram conta, a nuvem de poeira já havia engolido a cidade. Seu José, o pai de Marquinhos, não se conformou e saiu na tormenta à procura do filho. Dizem que ele teria morrido, não fosse sua mulher, Sílvia, prima de minha mãe, ligar para minha casa pedindo ajuda. Meu pai saiu à cata de José e miraculosamente o encontrou caído cerca de 20 metros de nossa moradia. Ele o trouxe de volta, e minha mãe cuidou do homem até o fim da tempestade.

No dia seguinte, os habitantes organizaram buscas e, algumas horas depois, encontraram o corpo de Marquinhos. Um grande pesar se abateu sobre a cidade, mas na época percebi uma inquietação adicional entre os adultos. Sempre que se reuniam, eles falavam em tons baixos sobre Marquinhos, como se algo estivesse errado. Embora cada criança só conseguisse pegar pedaços das conversas, quando nos juntávamos, éramos capazes de organizar algum sentido daqueles cochichos. Segundo o médico da cidade, nosso amigo não havia morrido da asfixia e sim de uma grande perda de sangue, causada por um ferimento horrendo em seu pescoço, similar à mordida de um animal. Ninguém sabia como isso podia ter acontecido. Acreditavam ter sido uma onça, mas, como ela poderia ter sobrevivido à nuvem de poeira, era um mistério.

O assunto, obviamente, se tornou um dos principais tópicos de discussão entre as crianças, e cada uma tinha sua própria teoria estupefata sobre o infortúnio que se abatera sobre Marquinhos. A ideia de que uma onça raivosa estaria espreitando a cidade era popular, mas outras opções falavam de alienígenas, chupa-cabras e mesmo de um puro e simples assassinato macabro. A discussão não poderia prosseguir sem que consultássemos nossa fonte para assuntos estranhos, o Índio Tonho. Ele era um dos trabalhadores que ajudavam os agricultores locais. Quando as condições mudaram, o Índio Tonho se virou arrumando bicos na cidade, onde trabalhava como carregador, marceneiro, eletricista e bombeiro hidráulico. Apesar de querido, o Índio Tonho era alvo de chacota entre os adultos por ter um sério problema com bebida. Era muito mais comum encontrá-lo abraçado a uma garrafa de cachaça do que sem ela. A despeito disso, ele sempre era atencioso conosco e parecia ter um genuíno prazer em nos contar histórias, especialmente sobre mitologia tupi, que dizia ser seu povo, embora nunca mencionasse qualquer tribo como sendo a sua.

Fomos procurar o Índio Tonho dois dias após a morte de Marquinhos. Nós o encontramos se recuperando de uma bebedeira particularmente longa – a garrafa vazia ainda estava em suas mãos –, que o havia deixado ignorante da recente tragédia. Quando lhe contamos que Marquinhos havia morrido, sua expressão se alterou, sendo tomada por uma profunda tristeza, e vi seus olhos marejarem. Ele ficou calado um tempo, até que perguntou como tinha acontecido. Contamos, e uma segunda transformação aconteceu. Era como se o resquício do álcool tivesse evaporado por completo, conferindo ao rosto do Índio Tonho um aspecto de concentração que eu nunca havia visto em sua face. Seu olhar se tornou intenso, e ele pôs a garrafa no chão, ao seu lado. Pediu que explicássemos tudo de novo e depois ficou absorto em seus próprios pensamentos. Finalmente, se levantou com um ímpeto desconhecido e nos disse para voltar para casa, seguindo em outra direção com passos apressados. Ele deixou a cidade no mesmo dia.

ཥཥ

Duas novas tempestades de poeira passaram pela cidade na semana seguinte: uma na manhã após o enterro de Marquinhos, a outra alguns dias depois. Apesar de brandas, elas tiveram um efeito devastador na sanidade de Sílvia – ela ficou convencida que podia ouvir Marquinhos chamando por ela de dentro da nuvem furiosa de pó que englobava a cidade. José procurou ajuda do médico, mas ele não foi muito útil. Nosso povoado era um dos muitos que haviam surgido com os anos dourados da soja. Basicamente, era um centro com banco, mercearia, posto de saúde, igreja etc., cercado de várias casas. Não havia um psiquiatra ou mesmo um psicólogo. Para esses luxos, precisávamos ir até a capital. José só conseguiu que o médico receitasse um calmante para Sílvia. Mas isso não ajudou. Na terceira tempestade após a morte de Marquinhos, ela aproveitou uma distração do marido e saiu correndo da casa para encontrar seu filho. Seu corpo foi encontrado no dia seguinte, praticamente sem sangue, e com o mesmo ferimento no pescoço.

A partir daí, o medo reprimido tomou conta dos habitantes da cidade, tornando-se uma fúria incontrolável à procura de respostas. Numa reunião no centro cívico, em meio a muita gritaria, decidiu-se que não poderíamos mais ficar esperando a onça devorar um por um. Estava na hora de tomarmos as rédeas da situação e caçarmos o "monstro". Um grupo armado foi formado e, durante vários dias, explorou os arredores da cidade em círculos cada vez maiores, até que, surpreendentemente, encontraram e abateram o predador que se acreditava estar tirando o sono dos habitantes. O corpo da onça foi exposto no centro cívico e sorrisos voltaram a agraciar o rosto de todos. Mesmo aqueles que perceberam que a onça abatida estava magra e desnutrida, parecendo mesmo doente, preferiram acreditar que ela era a causa de todo o infortúnio e que agora o problema havia acabado. Eu era um deles. Infelizmente, não demorou uma semana para perceber nosso erro.

Cinco dias depois, uma nova tempestade cobriu a região. Quando se foi, meus pais e eu fomos visitar José e sua agora única filha, Teresa. Ao chegarmos, vimos a porta aberta e uma grossa camada de pó no interior da casa, mostrando que a porta havia sido aberta durante a tempestade. Não havia nem sinal de José e Teresa. Seus corpos foram encontrados dias depois no campo, no mesmo estado que os outros. O breve alívio para a sanidade da cidade acabou. Todos estavam apavorados e procuravam recorrer a qualquer espécie de alento. A igreja organizou uma novena, o prefeito pediu (sem sucesso) reforço policial à capital, aqueles que dispunham de conhecimentos da sabedoria popular apelaram para todo e qualquer tipo de simpatia. Os mais radicais arrumaram as malas e partiram, dizendo que voltariam quando as coisas retornassem ao normal.

Na minha casa, a situação não era melhor. A propriedade dos Sampaio era a mais afastada do centro e a nossa era a mais próxima deles. Ou seja, tudo indicava que seríamos os próximos. Minha mãe e meu pai discutiam em cochichos para que eu não os ouvisse, mas eu sabia que eles estavam com medo. Eu também estava e passei a dormir na cama com eles. Mesmo protegido pelos corpos dos meus pais – muralhas mornas que me isolavam dos males do mundo –, o sono não vinha com facilidade, especialmente em noites de tempestade. O vento forte jogava a poeira contra a casa, e o barulho, para os meus impressionáveis ouvidos de nove anos, se assemelhava ao de um animal correndo pelas paredes e o teto, o bater de suas garras afiadas responsável pelo ruído. Ele rodava e rodava, procurando uma maneira de entrar e nos sufocar. Ou sugar nosso sangue.

Minha mãe queria ir embora para outra cidade, onde morava sua irmã, mas meu pai, sempre cabeça dura, se recusava a ser expulso de sua terra por algo que não conseguia ver ou compreender. Ele havia se convencido de que as novas mortes eram trabalho de outro animal. Talvez a onça tivesse uma companheira. Era o que ele nos dizia, carregando a voz com confiança exagerada. No entanto, naqueles momentos de reflexão, quando eu o pegava divagando e olhando para o horizonte, eu sabia que, no fundo de sua alma, meu pai entendia com absoluta clareza que o que estávamos passando não era natural.

Duas semanas se passaram sem mais nenhuma morte e, como que para coroar esses 14 dias de descanso, o domingo amanheceu perfeito. O céu era um profundo e uniforme azul, sem qualquer nuvem que o maculasse. O vento, normalmente furioso e incessante, havia adormecido. E o melhor de tudo: não havia qualquer grão de poeira no ar. Eu não conseguia me lembrar de nenhum dia tão bonito assim durante meus nove anos, e mesmo meus pais tiveram que forçar a memória para resgatar uma data anterior em que algo parecido tivesse acontecido. Aquele dia paradisíaco teve um efeito atenuante sobre a tensão das últimas semanas. Era como se a natureza nos dissesse que o pior já havia passado e que, de agora em diante, tudo melhoraria. Para comemorar, meu pai decidiu que faríamos um piquenique. Juntamos as provisões no carro velho que ele tinha e partimos alegremente para o campo. Naquele dia, no caminho, vimos que não éramos os únicos a ter tido aquela ideia. Havia um riacho, cerca de quatro quilômetros do centro, que era frequentado pelos moradores da cidade como um balneário. O local estava cheio, e o ar repleto de música e gargalhadas. Parecia que a felicidade havia retornado e os eventos macabros da última semana não passavam de memórias distantes.

Por volta da uma da tarde, o celular do meu pai tocou. Foi o início de uma sinfonia eletrônica causada pelo toque simultâneo das campainhas dos telefones de várias outras pessoas no riacho. Eram parentes de outras cidades e a mensagem era a mesma: voltem imediatamente para suas casas, porque o mundo está acabando. O dia ensolarado havia sido uma distração para nós e encobertara um evento de proporções bíblicas, a formação de uma supertempestade de poeira que havia começado centenas de quilômetros ao sul e ganhara velocidade por toda a manhã, rumando em direção à nossa cidade. As descrições que os parentes do outro lado da linha telefônica relatavam estavam repletas de palavras como "apocalíptica" e "fim do mundo". Meu pai, assim como todos os outros que haviam recebido telefonemas, empalideceu. Não era só a ideia de ser pego desprotegido pela tempestade que o atormentava – mal ou bem, tínhamos o carro e podíamos ficar dentro dele até o pior passar –, era o fato de que estaríamos sem a segurança de quatro paredes entre nós e o que quer que estivesse espreitando a cidade com sede de sangue.

Esse raciocínio e as conclusões nefastas a que ele chegava desencadearam um frenesi de atividade em todos que, até segundos antes, relaxavam deitados à beira do riacho ou se banhando em suas águas refrescantes. Todos corriam recolhendo toalhas, cestas e crianças, e as enfiando sem cerimônia dentro de seus automóveis. Ninguém se preocupava se ainda estava molhado e se isso iria estragar o estofamento. O que todos queriam era sair dali o mais rápido possível e estar em suas casas antes que a escuridão chegasse. Fomos os primeiros a deixar o local, já que nossa família não era grande, e eu estava perto de meus pais quando eles receberam o telefonema. Meu pai dirigiu como se estivesse indo tirar meu avô da forca, forçando o velho carro a atingir velocidades que haviam se tornado meros ideais para seu motor. Nossa fuga frenética, que em nada se assemelhava ao passeio de horas antes em direção ao riacho, levantou sua própria nuvem de poeira, certamente redobrando a angústia daqueles que vinham atrás de nós, por relembrar o perigo que se aproximava.

Quando chegamos próximo à cidade, vi a parede negra que se erguia no horizonte, crescendo rapidamente à medida que se aproximava de nós. Senti um grande aperto no peito e uma angústia que não compreendia bem, mas que mais tarde perceberia que era uma resposta emocional que vinha se desenvolvendo num crescendo, desde a morte de Marquinhos. Naquele momento, minha cabeça de nove anos estava tentando lidar com um medo avassalador que tomava conta do meu ser. A sensação era mais aterrorizante ainda, porque eu sabia que meus pais, as rochas sobre as quais a estabilidade da minha vida se fundamentava, estavam tão amedrontados quanto eu. Era como se soubéssemos que algo muito ruim estava para acontecer.

Meu pai estacionou o carro de qualquer maneira na porta de casa, prova de seu nervosismo, já que ele era quase obsessivo quanto ao posicionamento correto do automóvel em sua vaga. O apocalipse de poeira escura já havia tomado o centro da cidade, e os ventos carregados com areia nos açoitaram cruelmente pelos poucos metros que separavam o veículo da entrada. Meu pai abriu a porta e minha mãe, me carregando, se jogou para dentro. A porta fechou com um estrondo e foi como se aquele ato tivesse apagado o sol, porque nossa casa foi mergulhada na escuridão. Por longos segundos, até que meu pai acendesse a luz, a sala foi preenchida pelo uivo ensurdecedor do vento que entrava pelas janelas deixadas abertas, carregando quilos de poeira. Com a iluminação súbita, corremos para fechar tudo e depois nos reunimos na sala. Despencamos os três no sofá e nos abraçamos. As lágrimas rolaram dos meus olhos.

ಌ

Exauridos pela tensão, talvez tenhamos dormido, não sei ao certo. Quando nos movemos de novo, algumas horas haviam se passado, mas a tempestade continuava, embora aos meus ouvidos não parecesse tão furiosa quanto antes. Minha mãe resolveu cozinhar algo para comermos, e meu pai, mais centrado, foi até o quarto, de onde voltou com sua carabina. Ele olhou para mim e sorriu sem jeito, uma maneira de dizer "por via das dúvidas". A refeição resgatou um certo ar de normalidade e chegamos até a conversar sobre assuntos cotidianos, mas de maneira um pouco forçada. Depois, procuramos obter notícias do resto do mundo, mas a tempestade parecia ter devorado todas as ondas eletromagnéticas, e não só a luz. Tanto a TV quanto o rádio, a internet e o celular estavam mudos. Mesmo o telefone fixo, que tinha resistido fielmente em outras tempestades, havia se rendido ao poder avassalador da nuvem antediluviana de poeira.

Decididos a não se abater ainda mais, meus pais tiveram o lampejo de desencavar um dos muitos jogos de tabuleiros que tínhamos. Foi uma ideia brilhante. Por uma hora e meia, esquecemos os nossos problemas, imersos em jogadas de dados, compra de cartas e movimentos de peões. Naqueles breves momentos, um pouco de felicidade abrilhantou aquele período soturno e, até hoje, essa memória, a última feliz que tenho de meus pais, é uma relíquia guardada com carinho em minha mente.

As coisas pareciam estar melhorando, embora a tempestade continuasse. Achávamos que iríamos dormir e, quando acordássemos pela manhã, a nuvem teria passado. Foi então que algo começou a me incomodar. Inicialmente, eu não registrei bem o que era, mas depois percebi um som extra, além do uivo do vento e do constante "caminhar" da areia pelas paredes. Soava como se alguém tivesse cravado uma faca na parede de fora da casa e agora estivesse arrastando a lâmina, abrindo um sulco na alvenaria. Conscientemente, não consegui racionalizar a origem ou a natureza desse ruído, mas meu coração sim. Ele disparou e uma onda gelada tomou o meu corpo. Olhei para meu pai e nossos olhares se encontraram. Ele sabia também.

Subitamente, um estrondo veio da cozinha, onde minha mãe se encontrava. Um murro contra a porta, a explosão em farpas da madeira que prendia a fechadura e a abertura da barreira que isolava o local da fúria dos elementos no exterior. Minha mãe gritou e ouvimos um grunhido inumano em seguida. Meu pai agarrou a carabina e correu para a cozinha; já eu permaneci paralisado na sala. Dessa vez, o grito foi de meu pai: um "não" expelido com toda a força de seu pulmão seguido pelo nome de minha mãe. Dois tiros de carabina pontuaram sua declaração. Ruídos estranhos de sufocamento e ossos se quebrando chegaram até meus ouvidos.

Mesmo dominado pelo pavor, algo fez com que minhas pernas se movessem, mas não em direção à cozinha, e sim à porta de casa. Um. Dois. Três passos. Eu quase podia tocar a maçaneta. Eu queria tocar a maçaneta, girá-la e sair correndo, mas eu tinha que saber o que havia acontecido. Com o coração quase saindo pela boca, me virei lentamente e olhei para a cozinha. Fui recebido por uma visão dantesca. Um homem –uso esta palavra no sentido mais liberal possível, pois, até hoje, não sei bem o que ele era, mas seu porte parecia masculino – segurava as formas inertes de minha mãe e de meu pai. Sua pele era negra como a noite e coberta por sulcos que capturavam a luz fluorescente da lâmpada, como se ele fosse feito de madeira carbonizada (um estranho e independente canto da minha mente se indagava por que ele não estava coberto de poeira). Suas mãos e pés terminavam em garras longas e afiadas, igualmente negras; e sua cabeça estava coberta por uma juba ressecada e retorcida de fios pretos, se cabelos, se fibras, eu não tinha certeza. O braço direito da criatura envolvia minha mãe e sua cabeça estava mergulhada no pescoço daquela mulher que era tudo para mim. O braço esquerdo segurava o corpo do meu pai, cuja cabeça pendia numa posição não natural, só possível com o pescoço quebrado.

A cena horrenda me paralisou. Tinha que fugir, que virar e sair correndo pela porta, mas minha mente, estilhaçada pelas implicações futuras do que via, procurava, ainda que inutilmente, maneiras pelas quais eu pudesse ajudar meus pais. Perdido nesse redemoinho de planos incertos e horror brutal, percebi que a criatura parecia estar mastigando ou chupando o pescoço da minha mãe. Como que ouvindo uma deixa, uma gota escarlate escapou de onde a boca negra encontrava a pele morena daquela que havia me trazido ao mundo. A gota correu pela curva da nuca para se perder no tecido da blusa da minha mãe, mas sua trilha foi logo seguida por companheiras tão escarlates quanto ela, que abriram novos caminhos em direção à foz têxtil de seus leitos.

Um gemido escapou de meus lábios, e a criatura abriu seus olhos. Eles eram vermelhos e brilhantes, contrastando com a escuridão de seu corpo. De certa maneira, pareciam olhos humanos que haviam sido inundados por um grande volume do líquido vital, o qual parecia ter se rebelado contra o confinamento em veias ou artérias e se expandido para outras regiões no corpo da criatura. Eles me fitaram com uma força descomunal, e me senti perfurado pela intensidade do olhar, rico com a promessa de suplício. A ameaça implícita naqueles olhos dissipou minha impotência e dissolveu a cola que me mantinha plantado na sala. Com uma velocidade que jamais pude repetir no resto de minha vida, me virei, abri a porta e corri, mergulhando no turbilhão escuro de poeira. Corri a esmo no início – minha única intenção era me distanciar daquela coisa –, mas, mesmo que tivesse um destino, jamais conseguiria alcançá-lo. O terror havia apagado qualquer semblante de organização na minha mente, e eu era, naquele momento, incapaz de lembrar qualquer informação geográfica que pudesse me ser útil.

Foi então que vi a luz. Era fraca e fugidia, tanto que pensei estar imaginando sua existência, mas ela ficava mais forte de vez em quando. Dominado pelo medo, me agarrei àquela iluminação fantasmagórica como um náufrago a um pedaço de madeira flutuante. Corri em sua direção, certo de que a criatura estava poucos passos atrás de mim, pronta para o bote, mas eu acreditava que, se chegasse à luz, estaria salvo. Pareceu uma eternidade, mas hoje creio que tenha levado apenas alguns segundos para alcançar sua fonte. Meu progresso, no entanto, foi interrompido por uma forte trombada que me jogou ao chão. Tentando recuperar meus sentidos em meio à poeira esvoaçante, vi sobre mim um vulto negro, e a débil esperança que havia crescido em meu peito tropeçou e caiu em um profundo e escuro poço. A criatura havia me alcançado. Gritei e me virei, tentando rastejar para longe do monstro, mas senti sua mão agarrar meu braço e me puxar para cima, me colocando cara a cara com ele. Do nada, a luz surgiu novamente, iluminando sua face. Foi então que percebi que sua pele não era encarquilhada ou escura como a da criatura. Seus olhos eram humanos, castanhos. De fato, eles eram familiares. O ser puxou o lenço úmido que cobria seu nariz e boca, permitindo que meu cérebro aturdido reconhecesse os sinais e identificasse aquela face como pertencendo a um amigo querido.

  O Índio Tonho havia retornado. A inesperada onda de alívio me fez perder os sentidos.

૭૨

  Quando acordei, estava dentro de uma casa. Não a minha, mas a dos Sampaio. O Índio Tonho havia me carregado até lá e quebrado uma janela para que pudéssemos entrar. Ele cobrira o buraco com almofadas e cortinas. Uma cômoda e o sofá, movidos contra a janela, completavam o bloqueio. A lanterna que ele carregava, a fonte de luz que eu havia perseguido, estava ligada, permitindo que nos víssemos. Mesmo naquela situação, pude perceber uma mudança no meu salvador. Seu olhar havia adquirido uma firmeza de propósito; seu rosto parecia ter envelhecido anos nas semanas em que havia estado longe; e o seu corpo, antes um campo de batalha onde a gordura ganhava dos músculos, parecia ser agora palco de uma virada esmagadora na guerra. Todo pedaço de pele que eu podia ver estava coberto com pinturas tribais, e vários colares de contas coloridas e penas adornavam seu pescoço.

  Mas o que mais chamou a minha atenção foi a lança. A haste de madeira tinha um metro de comprimento e, ao final, se expandia numa lâmina, do mesmo material, com forma de folha que adicionava mais 30 centímetros à arma. Minha impressão era de que ela havia sido talhada por completo de um único pedaço de madeira. Ao longo da lâmina e da haste, podia ver símbolos gravados, mas não tinha ideia do que representavam. O Índio

Tonho segurava a lança junto ao corpo como se aquela fosse a posse mais valiosa de sua vida. Ele percebeu que eu havia acordado e olhou para mim. Sabendo das perguntas que passavam pela minha cabeça, começou a falar.

"Ele é velho; mais velho que nossos avós ou os avós de nossos avós; mais velho que meu povo. Ele andava pela selva quando apenas os bichos estavam aqui. Ele vive na noite, na escuridão, e tem fome de sangue. Quanto mais come, mais quer. Ele dormiu por muito tempo, mas, quando os dias ficaram curtos por causa da poeira, despertou. Ele não vai dormir de novo."

Trinta segundos. Essa foi toda a explicação que tive do pesadelo que estava vivendo. Um monstro imortal havia acordado e decidido transformar todos que eu conhecia em comida. Era tão surreal que eu não sabia bem como reagir. Mas também não tive tempo para pensar nisso. Algo golpeou a porta da casa com uma força descomunal, fazendo com que as dobradiças saíssem da parede. Um segundo golpe facilmente jogaria a porta para dentro da sala. O Índio Tonho já estava de pé e me levantou com um movimento rápido. "Suba!", ele disse, e eu corri sem pensar escada acima ao mesmo tempo em que um segundo golpe destruiu a porta. Fui direto para o quarto de Marquinhos e fechei a porta. Da sala, podia ouvir ruídos de luta, mesmo com a tempestade do lado de fora. O Índio Tonho gritava algo que eu não conseguia entender. Subitamente, o barulho parou.

Fiquei imóvel por um tempo, sem saber ao certo o que eu deveria fazer. Então, fui até a porta e a entreabri. Meu coração gelou ao ouvir os passos na escada e o ranger dos degraus. Bati a porta e corri para a janela. Tive que usar toda a minha parca força de nove anos para abri-la, pois a poeira havia se instalado no trilho. Não conseguia ouvir mais nada, além do meu coração batendo vertiginosamente. A janela cedeu e eu me esgueirei para fora do quarto. Após um segundo de hesitação, pulei para o chão, sempre certo de que, a qualquer momento, a mão negra do monstro apareceria do nada e se fecharia sobre mim. Minha aterrisagem não foi das mais graciosas, mas pelo menos não torci o tornozelo nem quebrei a perna. Meu ímpeto foi de me lançar de novo no turbilhão de poeira, mas me lembrei do Índio Tonho. Não podia deixá-lo; precisava saber se ele ainda estava vivo.

Contra todos os meus instintos, fui até a porta de entrada e, para meu horror, vi o Índio Tonho caído no chão, sua lança sobre seu corpo. A lanterna, ainda ligada, dava à sala uma qualidade mais sobrenatural ainda. Tenho a impressão de que chorei, mas minhas memórias são confusas nesse ponto. Me recordo de ter ajoelhado ao seu lado, de tê-lo sacudido e chamado seu nome, apenas para ver minhas mãos cobertas com o sangue que havia saído do ferimento em seu pescoço. Um rangido veio da escada, me fazendo olhar naquela direção e afundar no desespero. A criatura havia descido as escadas, em vez de me seguir pela janela. Seus olhos vermelhos estavam fixos em mim e sua postura era a de um animal pronto para dar o bote. Gritei e me ergui, dando um passo para trás, procurando fugir do ataque, sem perder o monstro de vista. Tropecei nas pernas do Índio Tonho e caí de costas sobre a hasta da lança no mesmo momento em que o ser pulou sobre mim. Fechei os olhos e recebi um baque forte que tirou meu fôlego. Senti o corpo da criatura sobre o meu, seu hálito pútrido em meu rosto. Ela rugiu sobre mim, deixando meus ouvidos tinindo. Havia chegado minha hora.

Os instantes se estenderam e eu permanecia vivo. Sabia disso por causa da dor, angústia, medo, taquicardia que cursavam pelo meu corpo trêmulo. Cautelosamente, abri um olho. Não conseguia enxergar direito, mas o peso do monstro sobre mim mostrava que ele ainda estava ali, embora, estranhamente, estivesse se tornando mais leve. Abri o outro olho e tentei sair de baixo da criatura que, diante dos meus olhos, estava virando areia e sendo colhida pelo vento. A lança do Índio Tonho atravessava o corpo escuro na altura do peito. Me arrastei para longe sem entender bem o que se passava. O corpo do ser ia diminuindo, cada vez mais rápido, se convertendo na famigerada poeira que dominava toda a sala. Em questão de segundos, ele sumiu e a lança caiu novamente sobre o corpo do Índio Tonho.

Os acontecimentos seguintes são um borrão. Acho que rastejei escada acima para o quarto de Marquinhos, onde fui encontrado no dia seguinte agarrado à lança. Fui levado para o hospital e depois para a casa de minha avó. Todos queriam saber o que havia acontecido, mas eu não tinha ânimo algum. Fiquei deprimido, quase catatônico. Chorava por qualquer motivo e, às vezes, sem nenhum. Minhas noites eram tomadas por pesadelos dos quais acordava gritando. Minha avó achou por bem se mudar da região e fomos morar no Rio. Anos de terapia ajudaram na minha recuperação, mas os terapeutas partiam sempre do pressuposto de que os trágicos acontecimentos da minha infância, apesar de aterrorizantes para mim, não possuíam qualquer elemento sobrenatural. Para eles, eu havia dado essa conotação porque só assim conseguia fazer sentido de tudo, aceitar a perda dos meus pais. Depois de certo tempo, achei melhor aceitar essa versão, pelo menos publicamente, e guardar a verdade para mim.

Me tornei antropólogo especializado em cultura indígena, mais especificamente nos mitos obscuros e esquecidos dos povos nativos do Brasil. Pensava que se um monstro era real, talvez os outros também fossem, mas apesar de investigar minuciosamente toda e qualquer notícia sobre acontecimentos estranhos, nunca encontrei indícios de atividade sobrenatural. Não houve mais mortes em minha antiga cidade. Além disso, ao longo dos anos, o governo finalmente se dedicou a reparar o grave desastre ambiental da região, e as tempestades de areia diminuíram significativamente de intensidade e frequência. Hoje, ninguém por lá se lembra mais das mortes da minha infância. Aqueles que se recordam, culpam as onças. Mas eu sei o que de fato aconteceu. E continuo vigilante.

Ainda tenho a lança. Por via das dúvidas.

# O ORQUIDÓFILO

*Simone Saueressig*

SIMONE SAUERESSIG nasceu em Campo Bom (RS), em 1964. Estreou na Literatura em 1987. Tem vários títulos publicados dentro do gênero do Fantástico como *A Noite da Grande Magia Branca* (2007), *A Estrela de Iemanjá* (2009), *A Máquina Fantabulástica* (1997), e o livro de contos *Contos do Sul* (2012) bem como a saga *Os Sóis da América* (2013-2014). Participou de diferentes antologias, como *Duplo Fantasia Heroica 3* (2012), *Autores Fantásticos* (2012) e *Ficção de Polpa: Aventura!* (2012). Mantém ainda a página www.porteiradafantasia.com

*Diário de viagem, 14 de abril*

FINALMENTE A FEBRE BAIXOU! Esta é a primeira vez em semanas que consigo encontrar forças para voltar a escrever este diário. Graças ao bom Deus e às poções quase intragáveis de Bongo. Se não fosse esse homem de pele escura, acho que teria morrido tão logo nos afastamos do Rio Negro e a febre se manifestou. Os carregadores mantiveram uma distância temerosa de minha tenda, e os menos civilizados e ainda muito ligados às tradições das tribos locais simplesmente desertaram. Bongo conseguiu manter conosco dois guias indígenas e é quase divertido ver como eles me olham de longe, o ar espantado, os lábios apertados. Não voltaram a me dirigir a palavra desde que a moléstia me atacou. Se não fosse por Bongo, a expedição teria fracassado. Ele é a alma que mantém o corpo de carregadores à base de recompensas e ameaças. Os índios o detestam por causa de sua pele e seus olhos amarelados, mas o respeitam. Já eu nutro por ele uma afeição nascida da dívida. Obrigado, Bongo, por não ter desistido quando a febre se apossou de mim!

A má notícia, contudo, não podia ser pior. Clarence também foi embora. Deixou a expedição tão logo a febre me prostrou. Clarence e seu canino de ouro, maldito seja! Bongo me disse que não preciso me preocupar, que homem algum atravessa estes ermos sozinho e sobrevive, e que a própria floresta se encarregará dele e de sua ambição. Mas eu não compartilho das suas certezas. Conheço Clarence. Sei que ele possui uma determinação doentia e que não desistirá de chegar primeiro. Alguém que venceu desenhando orquídeas com aquela mão deforme não se deixa abater por qualquer coisa. Lembra-se disso? A mão direita de Clarence parece uma asa de pinguim, os quatro dedos colados na mesma carne, e o polegar separado, que lhe permite segurar os lápis com os quais trabalha. Ele quer encontrar a orquídea primeiro, minha amada, quer roubar a tua glória. Farei qualquer coisa para vencê-lo!

Amanhã tornarei a escrever. Preciso dormir. Apesar da preocupação, sei que esta será uma noite para descansar.

*Diário de viagem, 15 de abril*
Descansar, dizia eu? Sigo sendo o mesmo ingênuo de sempre, no que diz respeito a este lugar. Ninguém descansa quando a floresta desperta, e a floresta desperta à noite. Desta vez, foi uma invasão de saúvas, que por alguma razão nos acharam com cara de inimigos. Os pobres carregadores uivavam de dor, quando esmagavam algum dos "soldados", que, por sua vez, respondiam com doloridas picadas. Tivemos de trocar o local do acampamento três vezes. Quando finalmente nos instalamos, vieram os mosquitos, aliás, praga onipresente sob as copas escuras a qualquer hora do dia. Foi preciso muita fumaça para espantá-los e, ainda assim, vez por outra, vinham em bando zunir em nossos ouvidos. Só o seu zumbido já me causa arrepios. Por causa deles, é que fiquei doente. Talvez, afinal, Bongo tenha razão e Clarence não chegue longe; Deus queira que não.

Porém, nem tudo são mazelas. Ao longo da tarde, encontramos várias pistas das condições para o crescimento da raridade que busco. Agora, sei, será uma questão de tempo encontrar a minha orquídea. Ouça, leia, querida Irani: em breve seu nome estará imortalizado ao designar uma flor única e rara, eu juro, meu amor. A sua memória estará preservada. Seu nome será motivo de admiração. Você verá, onde quer que esteja.

*Diário de viagem, 17 de abril*

Ontem, uma breve recaída. Depois de caminhar algumas horas, a febre voltou. Parece estar associada à luz, como se cada vez que atravessamos uma área mais clara, o sol fizesse o processo infeccioso se manifestar. Ou terão sido os mosquitos, de novo, não sei. Em todo caso, voltei a tremer e a suar frio enquanto andávamos. Bongo queria que eu parasse, mas, como das outras vezes, recusei-me. Porém, à noite, desabei no meio do acampamento. Perdi os sentidos. Despertei pela manhã, exausto, como se tivesse passado a noite em claro. Tive, inclusive, aqueles estranhos pesadelos que me acometiam durante os delírios da febre, sonhos nos quais sou uma ave sobre as copas escuras, caçando. Tenho fome, tenho sede. Quando acordei, senti a boca toda cheia de feridas, como se tivesse me mordido enquanto alucinava, mas pelo menos, desta vez, de acordo com Bongo, não tive convulsões. Além do mais, a febre baixou logo e no dia seguinte ordenei que não perdêssemos mais tempo. Estamos perto demais, agora, posso senti-lo, e pouco me importa se os guias me encarem com olhos cada vez mais hostis e bocas cada vez mais apertadas. Também pudera! Hoje, pela manhã, insisti em fazer a barba e o rosto no espelho parecia não ser o meu. A palidez excessiva, a magreza cadavérica, as olheiras profundas e escuras que tornam meus olhos azuis ainda mais claros e brilhantes... pobre índios! Devem achar que sou uma espécie de morto vivo!

*Diário de viagem, 18 de abril*
Deus seja louvado! Já posso começar a comemorar!
Chegamos hoje a uma área da floresta que demonstra as primeiras características de uma grande queimada. Isso, por aqui, é muito raro: raro é que um incêndio de grandes proporções se expanda, e mais raro ainda que suas marcas perdurem. A floresta tudo engole, como se fosse um oceano. Seu poder de regeneração é incalculável. Por isso mesmo, a presença dos guias é tão importante: só eles são capazes de localizar a área incendiada. E só lá, querida amada minha, encontrarei o que procuro. A flor rara, que só cresce em árvores secas, no oco morto, ao abrigo da luz. A flor que nasce da morte para enfeitar a vida. A lendária orquídea que busco, querida, ainda não tem nome. Como quer que se chame? *Nocten Irani*, se for negra, como me disseram? *Irani albun*, se for branca como a pureza do teu corpo, quando te entregaste em nossa noite de núpcias? *Irani glacies*, como o frio que a solidão da tua partida me causou? A morte não te roubará de mim, Irani!

Eu darei teu nome à orquídea não catalogada, essa que busco no coração da árvore morta, essa, cuja vida só existe enquanto a floresta não retoma seu domínio, que tem a vida tão fugaz quanto foi a tua, que é bela, eu sei, única e bela, como tu, querida.

E fecho o dia de hoje com lágrimas, como quase todas as noites em que conscientemente descanso a cabeça. Os guias índios me chamam "o homem rio" e caçoam, Irani, eles riem da minha dor. Ou caçoavam, antes da minha doença. Pelo menos, para isso, essa maldita febre serviu: para mantê-los no limite do respeito.

Antes de encerrar: não há rastros de Clarence! Minha esperança não há de se mostrar vã!

*Diário de viagem, 19 de abril*

Pronto! Nosso dia não poderia ter nascido pior! Um dos guias fugiu durante a noite. O outro estava bêbado demais para isso – Bongo garante uma boa dose de aguardente para eles quando paramos, para se certificar de que não farão justamente o que fez esse idiota. Agora estaremos à mercê desse único homem, maldito seja!

Em compensação, nossa busca agora não tarda mais. A vegetação rasteira já desapareceu. Tudo o que jaz sob nossas botas é o solo pobre da floresta, coberto de folhas podres. Um cheiro desagradável emana dos troncos e as copas começam a rarear. Também desapareceram os insetos – a Deus graças por isso! – mas precisamos cuidar dos nossos suprimentos. Como nos prometia o guia que nos deixou à noite, a partir de agora, a caça irá diminuir e precisaremos nos manter apenas com o que temos nas algibeiras. Os animais sadios não frequentam a floresta doente. Estamos viajando para o centro da sua moléstia. Eu, em compensação, estou melhor a cada dia. Só temo pelo sol. De agora em diante, a cobertura das árvores irá diminuir, até desaparecer. Mas você velará por mim, não Irani? Sim, eu sei: lá do alto, junto dos anjos, cujo coro deves estar enfeitando ainda mais com tua bela voz, pedirás por mim a Deus. Confio em ti, Irani! A tua orquídea está quase em minhas mãos.

*Diário de viagem, 20 de abril*

A floresta segue morrendo ao nosso redor. Já não se vê uma folha, salvo as do alto das copas e, mesmo estas, são poucas. Os clarões de sol são cada vez mais frequentes no leito da floresta. Caminho com mais cuidado, mas com mais pressa e leveza. O solo enlameado está ressecando. A lama de ontem está dura e tornou-se mais fácil vencer as raízes que emergem do solo. Abatemos nosso último macaco pela manhã – eles são nossa principal fonte de carne –, mas não pudemos comê-lo. Nosso guia disse que ele está doente, que foi sugado. De fato, o animal carecia de músculos. Sua língua e gengivas eram cinzentas, como se não tivesse sangue em suas veias. O pelo era ralo, feio, a pele pegajosa, e grudou internamente, quando segurei um tanto dela com uma pinça. Bongo optou por queimar o corpo do bicho e eu concordei. Fizemos um buraco e o incendiamos o mais afastado possível das árvores cada vez mais fibrosas. O cheiro da fumaça era repugnante e a carcaça queimou muito mais rápido do que eu imaginei que o faria, como se fosse madeira seca. Ao final, sequer seus ossos sobreviveram. Tudo se transformou num pó cinza. Creio que vou demorar para esquecer a expressão de nosso guia olhando para as labaredas que se apagavam rapidamente: por um instante, pareceu-me um soldado que se vê totalmente perdido, ou um homem que escuta de seu médico a sentença de alguma morte próxima e irreversível. Um condenado, ouvindo a sentença capital.

Mas estou exultante: a floresta está morrendo, e isso significa que minha – nossa – descoberta está próxima. Nem mesmo os continuados sonhos que povoam minhas noites me assustam mais – alguma vez os chamei de pesadelos... mas pouco importam as partes assustadoras, a sensação de violência iminente contida numa emboscada perfeita; pouco importa a sensação de força descomunal quando me lanço sobre onças, serpentes gigantescas, homens e as próprias árvores, e os destroço com meus dentes oníricos. Depois disso, sempre sonho que estou voando. E que pesadelo pode haver num sonho que me aproxima do céu onde tu estás?

*Diário de viagem, 21 de abril*
Que noite, Deus meu!
Depois de um dia intranquilo, em que o guia detectou a passagem de alguém – e estou convencido de que era Clarence, porque só nós andamos por aqui –, uma onça atacou o acampamento. Um animal famélico, só pele e ossos.
Ossos e garras e dentes. E raiva. Juro por tudo o que é mais sagrado:

a onça não parecia interessada em comida, parecia mais interessada em nos matar com o maior sofrimento possível. Com suas patas horrendas, abriu o abdômen de um dos carregadores, e as tripas do homem escorregaram para fora como serpentes luzidias, enquanto ele gritava e tentava empurrá-las para dentro, sangrando como um porco junto às raízes de uma árvore. Dois outros fugiram, de fato. Embrenharam-se na mata, aos berros. A onça não atacou o homem caído, que agonizava: saltou sobre Bongo.

Meu amigo e protetor foi arrastado pelo animal. Eu e os dois homens que sobreviveram ao ataque lutamos para trazê-lo de volta, seguimos o rasto da criatura, mas tudo o que encontramos foi sangue, pedaços da pele negra nos troncos das árvores onde tentou se segurar. Finalmente, perdemos o seu rasto junto à uma ribanceira intransponível. Mais abaixo, ouvimos o rumor de corredeiras. Eu quis descer, mas os homens se agarraram em meus braços gritando em sua língua nativa e chorando. Levei tempo para compreender que não havia mais o que fazer. Voltamos ao que restava do nosso acampamento e fizemos um balanço. Parte da nossa comida estava revirada no chão seco, e perdemos toda a água – mas o rio, como disse, está próximo. Salvei o diário e os lápis que uso para escrever, e a caixa onde devo trazer à civilização a nossa descoberta. O guia e o último carregador que continua conosco lançaram uma gritaria histérica quando encontramos o homem que tinha tido a barriga cortada. Estava morto, obviamente, eu nem esperava menos. Mas... eu estava preparado para vê-lo coberto de formigas e insetos rasteiros – custa-me acreditar que não haja nenhum por aqui. Porém, tudo o que encontramos foi seu cadáver junto ao tronco de uma seringueira esquálida. Todo o seu sangue tinha se infiltrado no solo seco, umedecendo uma área em torno de si. O curioso, o que realmente me intrigou, foi que sua mão esquerda, na qual havia um corte profundo, estava mergulhada em uma área entre as raízes da árvore. Quando o puxamos para enterrá-lo – sim, Irani, eu fiz com que enterrassem o pobre diabo. Ninguém merece permanecer insepulto, mesmo um bruto destes ermos – a mão que emergiu do tronco veio esfolada, como se alguma criatura tivesse retirado uma luva dela, e essa luva fosse a própria pele. A carne e os tendões estavam secos, mumificados.

Quando terminamos, a noite já ia alta. Alimentamos a fogueira e nos acocoramos em torno do fogo. Não dormi. Não sonhei. Perdoe-me, amada minha, por não ascender até onde estás. Havia coisas demais para pensar. Decisões para tomar. E eu as tomei.

*Diário de viagem, 22 de abril*
Somos apenas dois: eu e o guia. O último dos carregadores nos deixou esta manhã.

Foi impossível compreender a algaravia confusa e cheia de vogais que é este tal de português. E foi ainda pior me fazer entender. Enfim, ele preferiu enfrentar a floresta sozinho do que nos acompanhar. Imbecil!

Meu guia me segue. Pode imaginar algo mais estúpido do que um guia que anda atrás de quem deveria estar sendo guiado? Enfim, esta é a situação. Incrivelmente, não temo que volte atrás. Ele é meu guia, mas eu sou o seu farol. Dividimos os mantimentos que restam e a tralha de viagem, e andamos. Mais no final do dia, encontramos o que restava da mochila de Clarence, completamente destroçada. Ao que parece, também foi atacado por alguma fera enlouquecida pelo vazio desta parte da floresta. Não vimos seu corpo, mas há um bando de urubus circulando numa área à leste daqui. Não irei até lá. Ele que se entenda com sua ambição e seu Criador.

Por outro lado, não temo perder-me. A própria floresta me guia, agora. Ao nosso redor, as árvores morreram. As copas despareceram e deixaram apenas os galhos secos e negros. O fogo as venceu completamente, as orgulhosas palmeiras, as seringueiras, os jatobás, os guaranás e os cauchos. Mas lá, em algum lugar, está o tronco solitário onde a vida renasce.

*Diário de viagem, 23 de abril*
Enfim! Eis-me diante do meu destino, da criatura que carregará, daqui em diante, o teu nome, Irani! Eis a tua imortalidade, amada minha!

Esta manhã, o sol já nos encontrou andando. Não recordo de deitar depois de atualizar este diário. Lembro-me do sonho. Lembro-me de voar sobre as árvores secas, de olhar para elas como se fossem palitos queimados. Lembro-me de ver as estrelas e a lua. As grandes clareiras. Um bando de carniceiros noturnos devorando o que restava de um corpo. Também vi duas patéticas criaturas vagando sobre um deserto pontilhado de troncos secos: eu e meu guia. E vi a liberdade. A liberdade.

Ao amanhecer, os troncos altos tinham ficado para trás. Abaixo de nós, havia um deserto arenoso, pardo, que levantava pequenas nuvens de poeira cada vez que chutávamos o chão. Aqui e ali, pedaços de troncos desfeitos, negros, grandes demais para serem consumidos. E adiante, enfim, ele, o reduto! Solitário, no fundo de um baixio, ainda alto como uma torre inexpugnável, um jatobá morto. Largo. Oco. Lembro-me do som que meu sangue fazia nas veias, chiando nos ouvidos como água fervendo. Lembro-me do impacto da sola das botas, um som abafado e poeirento. Lembro-me do tato no tronco: frio e seco, madeira morta, exangue, de um jeito como jamais senti madeira alguma, nem mesmo os caibros da universidade, onde fiz os primeiros anos do meu curso de botânica e onde nos conhecemos. Contornei o tronco morto, que se esfarelava sob a palma das minhas mãos. E do outro lado, protegida do sol, uma abertura, uma fenda estreita que levava a uma brecha maior e, lá dentro, agarrada a uma estrutura escorada no interior da madeira morta com delicadas raízes aéreas brancas, a orquídea.

Havia uma única flor, Irani, uma só. Fechada, um botão prestes a se abrir. Tão grande quanto o meu punho, o exterior das pétalas negro como a sombra que a abriga, mas o interior, que pude vislumbrar através de fendas entreabertas, de um vermelho sanguíneo e vivo, quase uma brasa a iluminar a escuridão. As folhas enormes, porém secas na maior parte de sua extensão, o que denota a sua fragilidade, são de um verde-escuro, os veios de um carmesim que é quase marrom. *Ireni igni*. Eu a chamei assim naqueles momentos, meu amor. *Ireni igni*, a Irene de Fogo, igual a ti, minha amante, em nossa primeira noite, incendiando-se a mim e a si mesma de puro desejo e prazer.

Espremi-me na estreita abertura, até o interior da árvore, para poder trabalhar melhor. Não me atreveria a, simplesmente, segurar o corpo frágil e puxar suas raízes. O espaço era exíguo e o ar tinha um cheiro estranho, seco. Trabalhei durante algum tempo nas raízes mais finas e menos fortes: sua superfície era veludosa e esbranquiçada que me causava arrepios ao tocá-la e apresentava uma mutação interessante em suas pontas, uma espécie de gancho, que se aprofundava na estrutura em que estava segura, rodeado de pequenos dentinhos. Lembra um pouco as quelíceras das enormes tarântulas negras que encontramos no caminho, a que o povo daqui chama prosaicamente de "caranguejeira", e eu conheço por "mígala", mas esta é uma versão miniaturizada e delicada do monstro. Consegui soltá-las e então me dediquei às raízes maiores e mais fortes. Suas garras são ainda mais potentes e, em duas ocasiões, me feri com elas. Da segunda vez, a ponta afiada penetrou fundo na minha pele enfraquecida e suja, e espremi uma gota de sangue para limpar o corte tanto quanto era possível. As outras raízes foram mais fáceis, soltando-se uma após a outra. Finalmente, a *Irani igni* estava presa apenas a uma última raiz, que mergulhava fundo na estrutura sobre a qual havia crescido. Cogitei amputá-la, mas antes tentei puxar. Inadvertidamente, a estrutura soltou-se do restante do tronco do jatobá e a poeira tomou conta do espaço. Por um momento asfixiante e terrível, pensei que o que restava da madeira iria desabar sobre mim, prendendo-me dentro do tronco, mas logo percebi que a coisa sobre a qual a orquídea tinha crescido havia caído a meus pés. Algo redondo estava sobre a ponta da minha bota e eu o chutei para o lado, para a fresta por onde entrava um filete de luz.

 Foi quando senti o primeiro estremecimento de horror, amada minha. A coisa redonda era um crânio humano que me encarava com a eternidade carcomida de suas órbitas vazias e o sorriso patético e pútrido. Meu coração saltava dolorido contra as costelas, não apenas pelo susto de encontrar semelhante aberração servindo de base para a nossa orquídea, mas, sobretudo, porque agora o torso humano jazia a meus pés e a orquídea estava debaixo dele. O tronco do jatobá cedera onde o morto havia se apoiado em seus momentos derradeiros, e parte da madeira esfarelava-se, como se o moribundo tivesse representado o último sustento da madeira morta, como se ela tivesse se apropriado do corpo humano para se manter, como se isso fosse possível. Pedaços inteiros caíam. O tronco estava prestes a ceder, eu compreendi. Urgia sair dali. Assim, virei o tronco mumificado e verifiquei o estado da *Irani igni*. E, pasme, meu amor, ela estava praticamente intacta. O botão havia sofrido apenas uma pequena avaria, uma das pétalas tinha se danificado revelando ainda mais o esplendor rubro do seu interior. Pude ver o labelo, cujo vermelho vai escurecendo até um púrpura profundo, e identificar a coluna, negra como a noite. E o perfume que vem de lá, Irani, o aroma... como direi? Só posso ser franco. Tu me perdoarás? O aroma é um cheiro animal, entre o almíscar e o cheiro do teu sexo. Sim, Irani, a flor cheirava como tu, quando te entregavas! É um perfume inebriante, que despertou em mim o homem que morreu contigo naquele acidente de trem. Senti-me imediatamente forte, potente como outrora. Capaz de vencer o mundo por ela – por ti. O desejo cresceu de tal maneira que por um instante pensei que seria maravilhoso poder fazer amor com a *Irani igni*, como outrora o fiz contigo. Mas tua lembrança, ah, a lembrança do teu sorriso, do teu olhar, do teu toque, todos demasiado longe de mim agora, na altura dos céus, tudo isso trouxe lágrimas ao meu rosto e o ímpeto arrefeceu. Que ciúme sinto de Deus, Irani. Ele te tem e eu estou aqui, sozinho! Mas, ao mesmo tempo, que complacente foi: levou-te, mas me deixou com a minha orquídea!

Saí de dentro do tronco. A flor estava bem e eu precisava respirar. A ruína da árvore morta havia se detido. Além do mais, eu precisava arriscar: pelas lendas locais, não seria possível expô-la ao sol do trópico, que brilhava, abrasivo e insano, sobre a campina empoeirada e cheia de troncos secos. Ela se desfaria como o pó aos meus pés. Meu guia levantou-se, ágil e cheio de reverente admiração, quando eu me incorporei. Acho que agora nutre por mim uma espécie de temor religioso.

Senti o arrepio da febre tão logo o sol tocou meu rosto e puxei sobre mim o que restava da proteção do chapéu e da jaqueta. Temi que me saíssem bolhas, então ocultei minhas mãos trêmulas. Juntei-me ao índio e sentamos ao abrigo de um tronco maior, para comer um pouco, suar e descansar até o entardecer. Só voltei ao abrigo da minha orquídea quando o que restava das árvores mortas esticavam suas sombras como dedos incorpóreos sobre o pó, e o próprio jatobá desenhava um longa e larga linha escura bem diante do buraco que levava a seu interior, proporcionando uma boa área de proteção.

De gatinhas, e cuidadosamente, voltei a mergulhar na fenda do tronco. Encontrei o torso humano, e o botão... o botão parecia querer desabrochar! As pétalas estavam mais entreabertas e o cheiro dela – o teu cheiro Irani – enchia o espaço. Temi pela planta. Teria minha desastrada tentativa de libertá-la a danificado de alguma maneira? Precisava examiná-la com mais luz. Dentro do tronco, reinava a escuridão e eu sentia uma opressão em meu peito. Tive um ímpeto de beijar aquelas pétalas como um dia beijei-te, lembras? Oh, como estremeceste de prazer, meu amor! Mas eu não poderia fazer isso com a orquídea presa àquela coisa que um dia fora um homem! Repugnava-me tocar naquilo, mas era necessário. Estava decidido a levar a múmia para fora e então extrair a *Irani igni* com todo o cuidado, e foi o que fiz, apesar da náusea que me obrigava a interromper o trabalho com muito mais frequência do que desejaria.

Finalmente, consegui emergir do tronco, puxando o corpo mumificado pelas axilas. A flor, de fato, estava desabrochando. Trabalhava com cuidado, sentindo o suor escorrendo pelo pescoço e o perfume dela me impregnando enquanto se abria para mim. Não me constranjo em contar: trabalhei excitado o tempo todo, meu pensamento em ti e em nossos momentos. Só isso me deu forças para suportar segurar o corpo morto contra mim, para puxá-lo para fora no último trecho da retirada, sentindo o que restava da pele e dos ossos se esfarelar em minhas mãos.

E, por fim, eu me vi fora da árvore morta com meu prêmio, ao abrigo da luz e sob um céu de crepúsculo intenso e magnífico. Nenhum crepúsculo jamais foi tão belo, Irani, com imensas nuvens douradas contra um cinza pálido, quase prateado, e os feixes de luz que escapuliam por elas. Atrás da floresta, agora escura, o sol começava a declinar, afogando-se em um oceano de fogo dourado. Ah, o crepúsculo dos trópicos! Ah, o crepúsculo da glória!

Felizmente, ainda havia luz suficiente para que eu pudesse extrair a orquídea sem acender a única lanterna que me restara, nem tentar acender uma fogueira. Senti meu guia se aproximar, ele misturando o pavor e o fascínio na expressão de seu rosto primitivo, eu... eu... enciumado, Irani! Ah, que ciúme louco senti ao ver o índio se aproximar da orquídea, agora completamente aberta, espalhando teu perfume na brisa do fim de tarde! Poderia tê-lo matado com minhas mãos, tivesse dado apenas um passo mais! Eu o teria destroçado com os dentes, como em meus pesadelos.

Mas ele se deteve a uma distância considerável.

Verás, Irani, quando me convenci de que ele não se aproximaria de ti – da orquídea, quero dizer –, voltei-me para o cadáver mumificado, para verificar como poderia soltar a raiz. E foi quando, finalmente, percebi tudo. Foi como se o universo inteiro estremecesse e as inúmeras peças de que se compõe fossem se encaixando audivelmente, cada uma em seu lugar.

O torso mumificado ainda tinha um braço, e o braço terminava em uma deformação inconfundível: a mão do morto era como a asa de um pinguim, os quatro dedos unidos e somente o polegar deformado, quebradiço e poeirento, era separado do restante e perfeitamente flexível, tal qual quando aquele homem estava vivo.

Lembro-me de ficar imóvel diante do cadáver. Depois, cambaleando, voltei ao tronco e resgatei lá de dentro o crânio descarnado. Não havia mais nariz, somente o buraco. Os dentes haviam se perdido quase todos, exceto um, coberto de uma espécie de limo verde e pútrido. Limpei-o com os dedos trêmulos, ganindo como um cão, até o ouro reluzente emergir.

Era Clarence! O corpo mumificado era o de Clarence!

Olhei para suas órbitas vazias e o deixei cair. Podia perceber exatamente o que tinha acontecido, como se o visse com meus próprios olhos: ele encontrara o tronco do jatobá, o maldito. E, quando a noite caiu e tu floresceste, Irani, com tuas pétalas vermelho sangue e teu cheiro irresistível, mergulhou o rosto em ti para beijar-te e sorver-te, como eu quase fiz, abelhas ingênuas que somos diante do teu fascínio.

A orquídea o tomou para si, faminta que estava, sugando-o, e, finalmente retomando a vida que se esvaía. Porque tu és forte, Irani, mas a floresta é ainda mais. Há um limite para tua atuação.

Levantei-me contemplando a clareira morta e compreendendo, afinal, o que a floresta me contara o tempo todo.

A devastação não era ação do fogo. Eu devia ter percebido. Em todo lugar onde a floresta sofre com o fogo, ela se recompõe de dentro para fora e de baixo para cima. Não são suas bordas que retomam o espaço, mas as ervas do chão que vão crescendo, recobrindo o solo com sua presença fértil. Primeiro, as pequenas ervas. Depois, os arbustos, em seguida, as árvores mais tenras e baixas.

E não há nada disso por aqui. A orquídea os sugou. Ela se instalou no interior do jatobá e o devorou antes de alcançar as demais plantas através das raízes entranhadas no solo. Através do emaranhado vital da floresta, essa criatura consumiu toda a vida vegetal, tudo o que estava ao seu redor, existindo há quem sabe quantas gerações... e depois... depois... através das árvores, de seus galhos, cascas e raízes, chegou aos animais cuja vida tomou para si, exatamente como o fez com a mão do homem morto pela onça... a onça que levou Bongo... sim, era o corpo dele que os rapineiros sobrevoavam outro dia. Oh, se ainda houvesse floresta por aqui, meu amigo não teria sido sobra de feras... teria sido consumido pela magnífica criatura vegetal... estaria vivo; de alguma maneira, seria parte dela! As orquídeas, afinal de contas, são parasitas. Só que esta, Irani, esta é especial. Esta é única. Não há nenhuma outra como ela. Não faz falta que se reproduza: ela é imortal. Como tu, Irani. Agora, tu és imortal. Mas terei de trocar o teu nome, amiga minha. A orquídea não pode ter o nome do fogo, apesar da cor. O fogo é seu inimigo, mesmo que ela torne o mundo em pó, como as chamas.

Vou chamá-la *Sanguinem Irani*.

Quando volto, é tarde demais. O índio, atraído pelo perfume, está junto de ti e me encara com um olhar selvagem. Mostra os dentes como um animal e rosna enquanto se abaixa. Sinto ciúme, um poço negro que me traga e me rasga por dentro. O homem abraça o tronco mumificado de Clarence como se fosse seu, como se alguma coisa neste mundo ainda nos pertencesse, pobres diabos que somos. E, lentamente, com a expressão contraída pelo gozo supremo, mergulha o rosto entre as tuas pétalas vermelhas. Vejo a tua raiz mestra soltar-se da múmia e esgueirar-se na direção da jugular dele...

Não consigo mais me conter. Avanço. Só o mais forte pode ser o teu repasto.

Deus de todos os horrores, é assim que será.

# O VAMPIRO CRISTÃO

*Duda Falcão*

DUDA FALCÃO começou a publicar seus textos ficcionais, a partir de 2009, em antologias com temáticas fantásticas. Seu primeiro romance de aventura e horror, intitulado *Protetores*, foi lançado em 2012. Em 2013 publicou o livro de contos *Mausoléu* pela Argonautas Editora e ainda no mesmo ano foi um dos curadores do evento *Tu Frankenstein 2* durante a Feira do Livro de Porto Alegre. É também um dos idealizadores da *Odisseia de Literatura Fantástica* que ocorre na mesma cidade e editor da Argonautas editora. http://dudaescritor.wordpress.com/

AO ACORDAR, sua leveza etérea o impulsionou escadaria acima. Tochas ao longo das paredes inflamaram-se como num passe de mágica. Atravessou a porta para em seguida escutar o eco dos próprios passos sobre a pedra desgastada. Preferia caminhar, essa ação tão simples o fazia se lembrar de quando ainda era vivo.

Próximo ao altar, os pavios de velas grossas e brancas acenderam-se em sua presença. A cera derretida se acumulava no piso após escorrer de forma lenta e contínua. Ele havia perdido a noção de quanto tempo permanecera naquele lugar sem sair. Depois de décadas tendo se tornado o que era não se interessava por contar os dias ou os meses. Percebeu que seu estoque de velas estava acabando. Teria de sair para arranjar mais. Na verdade, não precisava daquela luz para enxergar no escuro. No entanto, sentia-se confortável quando olhava para o movimento calmo daquelas chamas miúdas e para as sombras que se formavam nas paredes.

Seus passos eram leves, quase não tocava o chão. Calçava uma sandália e, sobre o corpo esquálido, vestia um manto puído com uma corda amarrada na cintura. Abriu a porta que nunca estava trancada. A lua cheia esbanjava luz de prata sobre o capim selvagem, em alguns pontos, podia enxergar lápides. Alguns metros à sua frente e ao redor da edificação que o protegia, árvores altas. Conforme avançava na direção da floresta, percebeu uma movimentação no topo de uma das lápides. Observou de soslaio, pois não queria mostrar que já tinha percebido a aproximação da coisa.

Invadiu o bosque denso. Não andava por aquele trajeto havia algum tempo, mesmo assim foram tantas as vezes que o percorrera que poderia fazer de olhos fechados. Um barulho de asas, sutil e permanente, o seguia de perto. Uma hora depois de ter começado a caminhada, chegou ao outro lado da fortaleza verde que escondia a igreja. O templo fora construído no final do século XVII. Em meados do XVIII, diversas histórias macabras a seu respeito começaram a se disseminar na região. Isso gerou um gradativo abandono da comunidade à igreja. No início do século XIX, o eixo econômico da região se afastou por completo do ponto onde a edificação fora construída. Com isso, a natureza fez seu trabalho cercando o templo com árvores frondosas. Por outro lado, o vampiro se encarregara de manter o local protegido, deixando as pessoas mais curiosas afastadas de sua morada.

Chegando ao limite do bosque havia um campo aberto. Mais adiante, enxergava luzes de prédios, de casas e de faróis dos automóveis. Escutava, mesmo a grande distância, o barulho de buzinas, motores, e a pulsação sutil, porém constante, da agitação que somente as cidades modernas e industrializadas produziam durante a noite.

Sabia que, em algum momento, a pequenina coisa que o acompanhava soltaria a voz aguda e irritante:

— Não o vi sair daquele templo durante meses. O que foi? É a sede que o aflige?

O sujeito não respondeu. Apenas continuou sua caminhada.

— Por que é tão difícil fazer com que fale alguma coisa? Nessa solidão absoluta, você enlouquecerá. Já somos amigos há tanto tempo. Sou sua única confidente.

— Não me provoque ou esmago você! — disse ele sem olhar para a coisa.

— Hi, hi, hi, não seja intempestivo. Você é um dos poucos com quem gosto de conversar por essas bandas — a criatura em voo se colocou diante dele, mas não ao alcance das mãos.

Era pequenina e esguia, pernas longas, finas, desajeitadas. Media mais ou menos uns dez centímetros de altura. Suas quatro asas, semelhantes às das cigarras, batiam sem parar. Seu vestido era esvoaçante e negro. Calçava botas escuras de cano alto. Nos dedos exibia anéis, as unhas eram garras e a pele enrugada, cinza, como a de uma múmia milenar. Os olhos azuis escuros vítreos pareciam bolas de gude. O cabelo branco e comprido estava preso por uma tiara de prata.

— Vá embora! Tudo o que eu desejo é paz.

— A paz é só uma ilusão. Ela não existe. Deixe de ser carrancudo. Somos amigos. Encare os fatos. Podemos nos divertir juntos, sabia?

— A que preço? Já tenho muito peso sobre os meus ombros, não preciso ter mais pecados me atormentando a consciência.

— Esqueça a culpa. Não existe mais salvação para você.

— Você está enganada.

— O pecado é somente um conceito cristão.

— E o que você acha que eu sou? Rezo todos os dias para que a minha alma seja salva.

— Pensei que já tinha desistido disso. De acreditar em um Deus que não existe.

— Não blasfeme ou corto sua língua.

— Ai que medo! Não me faça rir. Você sabe que nunca conseguiria me pegar.

— Quantas vezes eu tentei?

— Algumas centenas de vezes. Esqueceu? É a senilidade afetando a sua memória? Hum... é bem verdade que faz bastante tempo que você não tenta.

— Então fique esperta. Vá embora, tenho coisas pra fazer.

— Sugar um pescoço? — perguntou irônica.

— Poderia esvaziar todo o sangue sujo do seu corpo minúsculo em segundos.

— Sangue de fada é uma iguaria que você nunca terá, nem nos seus melhores sonhos.

— Não se preocupe, pois eu não sonho. Quando me tornei vampiro depois do abraço eu sempre mergulho na escuridão quando fecho os olhos.

— Pobre homem, quase me faz chorar! Sempre falando nesse tal abraço.

— Não fosse pelo abraço, eu teria vivido minha vida como uma pessoa comum. Poderia ter morrido quando a morte viesse me levar.

— Então deve agradecer ao sujeito que o abraçou. Pois, ainda está aqui para desfrutar da existência. Está vivo e não morto.

— Estou vivo e morto. As duas coisas. Posso sentir que estou vivo quando acordo no início da noite e sei que estou morto quando deito no caixão antes que chegue o dia. Como poderia agradecer ao maldito que me abraçou, que sugou o meu sangue e me tornou um vampiro?

A criaturinha ficou quieta. Não estava interessada em irritá-lo demais.

— Sou o que sou hoje, pois o vampiro que me amaldiçoou desejava apenas me desafiar. Queria que eu desacreditasse de Deus, que eu perdesse a fé. Mas isso nunca acontecerá. Sou o mais fiel crente das forças de Deus. Sempre fui desde que assumi a batina.

Dizendo isso, o vampiro se calou. Os dois se aproximaram de uma estrada.

— Não me acompanhe ou esmagarei essa sua cabecinha de borboleta!

— Prefiro ficar com você. Estou entediada hoje. Talvez sua companhia me anime um pouco. Minhas madrugadas são solitárias.

— Procure outra companhia.

Ela ficou em silêncio dessa vez e se afastou começando a acompanhá-lo bem de longe.

Na rodovia, os carros vinham em alta velocidade. Eram poucos. Essa tarefa simples não exigiu de seus dotes sobrenaturais. Depois de atravessar a estrada o vampiro levitou por cima de um charco, não queria molhar ou sujar ainda mais as vestes já puídas pela ação do tempo. Talvez fosse hora de arranjar um manto novo. Mas gostava daquele. Parecia um monge beneditino com aquela farda.

As sandálias tocaram o asfalto de uma rua sem movimento. Percebeu que estava fraco. Levitar exigira muito do pouco da energia vital que circulava em suas veias quase secas. Os postes apresentavam lâmpadas elétricas de luz amarela e fraca. As habitações mais próximas eram casas de pessoas humildes. Caminhou por entre as vielas pouco iluminadas. Alguns sujeitos que encontrara pelo caminho pareciam voltar do trabalho, outros se embebedavam no balcão de bares sujos, e prostitutas ofereciam os corpos pouco vestidos na entrada de bordéis. Traficantes encostados em muros de esquina aguardavam clientes para vender drogas em pacotinhos. Em geral, ninguém se preocupava com sua presença, pois os trajes que usava indicavam a sua miséria e a falta de dinheiro nos bolsos. Além disso, os pedestres que passavam muito próximos a ele desviavam, como se pudessem sentir uma espécie de aura pestilenta capaz de gerar repulsa. Dessa maneira, o vampiro transitava sem ser perturbado. A fada o seguia voando bem acima das ruas. Evitava o olhar dos humanos.

O vampiro continuou sua caminhada. Enfim, avistou a igreja do outro lado da praça. Era simples. Nada mais do que um prédio de alvenaria com uma cruz de madeira sobre a porta dupla. Não costumava abrigar em seu interior mais do que vinte fiéis. Mesmo assim, ele nutria respeito pelo prédio. Afinal, qualquer igreja, por mais pobre que fosse, sempre trazia a presença de Deus mais para perto da comunidade. Para ele, além disso, tinha também fins práticos. Sabia que nos fundos do terreno havia um depósito repleto de coisas que, de tempos em tempos, afanava. Não tinha dúvidas de que roubar se tratava de um pecado. No entanto, era um desvio pequeno se comparado com os assassinatos que cometera. Todos foram praticados em momentos de sede incontrolável. Tentava justificar para sua própria consciência que não era um sujeito desalmado ou desajustado. Sempre antes de se entregar ao sono pétreo que o invadia antes de amanhecer, rezava uma quantidade razoável de ave-marias e pai-nossos buscando o perdão. Rezar com fé ajudava-o a encarar sua sina desoladora de viver como um maldito imortal, um vampiro sugador de sangue.

Havia um homem com o seu cão sentado na porta da igreja. Os dois pareciam descansar. Subitamente acordaram pressentindo a aproximação do vampiro. O sujeito o advertiu:

— Vá embora! Não preciso de outro mendigo por aqui. Essa paróquia é minha. Só minha.

O cão esquálido e de pelos negros se colocou de pé em alerta. Rosnou. Os olhos vermelhos pareciam bolas de fogo e a boca espumava.

— Posso estar vestindo um manto puído, mas não é um trapo para que você me chame de mendigo.

— Mendigo ou não vá embora! Essa área é minha.

— Desculpe! Eu não desejava importuná-lo. Pensei que você estivesse dormindo. Por que não fecha os olhos e esquece que me viu? — baixou o capuz. O vampiro costumava ser eficaz quando utilizava seu poder de persuasão. Porém, por algum motivo que desconhecia, não conseguira convencer o sujeito, que agora o encarava olho no olho.

— Observando-o melhor, consigo enxergar algumas coisas em seu passado. Diga, você é ou não é uma ovelha desgarrada? Posso ver no fundo dos seus olhos os crimes que já cometeu. Por que você resiste ao dom da noite? Os humanos servem apenas para nos divertir.

— Do que você está falando? — perguntou, evidentemente embaraçado.

— Você sabe ao que me refiro! Não se faça de idiota. Quantos pescoços você já dilacerou?

— Quem é você para me fazer acusações? — o vampiro gostaria de poder fulminá-lo com o olhar.

— Por aqui, sou mais antigo do que a sua laia — o mendigo apontou um dedo ameaçador para ele. — Tenha respeito enquanto fala comigo! — pelo canto da sua boca mal cheirosa, escorria uma baba repleta de viscosidade amarela.

— Um demônio! — a fada que acompanhava o vampiro de longe resolveu se aproximar.

— Não se meta em nossa conversa, inseto! — ameaçou o mendigo. — Não sou motivo de diversão — a voz assumia um tom profundo e grave. — Não estamos em um zoológico para que você fique me classificando — naquele instante os globos oculares dele ficaram brancos como o leite.

— Como bom cristão, eu nunca duvidei da existência de demônios — disse o vampiro com certo asco. — Sabia que mais cedo ou mais tarde encontraria um de vocês.

— Somos muitos. Como poderia duvidar? Cada um de nós faz o serviço que lhe compete, conforme a hierarquia. Alguns humanos, é bem verdade, não precisam de nossa influência para encontrar a perdição, sem dúvida, agem por vontade própria, são capazes de roubar, mentir, assassinar e outras coisas mais sem ter o mínimo contato conosco. Pra falar com sinceridade, eles nos poupam muito trabalho. Porém, muitas vezes, para despertar o mal em alguns, é necessário interferir. Veja esse aqui de quem me apossei. Era pai de família. Amoroso, honesto e dedicado aos cultos religiosos. Precisou de vários conselhos balbuciados ao pé da orelha para me receber. Um sujeito resistente, tenho de admitir, pois foi um processo de longos anos para ocupá-lo.

— Já é hora de deixá-lo em paz — as palavras do vampiro soaram como uma ordem.

— O que está tentando me sugerir, sanguessuga?

— Não é uma sugestão. Deixe esse corpo agora! É uma ordem!

— Há, há, há, essa é a melhor piada que já escutei em milênios. Cai fora! — ameaçou com a voz cada vez mais bestial e perturbadora.

O vampiro colocou a mão num bolso interno do manto e pegou um livro surrado, velho, carcomido pelo tempo.

— Em nome do Senhor, abandone esse corpo agora — berrou o vampiro.

— Vá se foder! — depois do xingamento, as copas das árvores na praça começaram a balançar e redemoinhos de vento levantaram poeira na calçada onde se encontravam.

O pretenso exorcista abriu a bíblia e começou a ler uma passagem.

— Não seja imbecil. Pare de ler isso! O Deus que você venera não se importa com você ou com qualquer outro — o demônio desdenhou.

— Cale-se! — o vampiro começou a rezar.

— Que ladainha irritante! Você não tem fé! É um vampiro. Uma criatura das trevas — a voz do demônio demonstrava cada vez mais confiança.

— Sua língua é suja e cheia de mentiras, Satã!

— Quem dera eu ser um príncipe como Ele. Sou um lacaio. Faço parte da Legião. Sou apenas um soldado!

— Deixe em paz este espírito, coisa imunda. Vá embora!

— Pega ele! — o demônio deu um tapa na anca do seu cão de guarda.

O animal, ao ouvir o dono, quase instantaneamente, modificou o seu aspecto raquítico e doentio. Em segundos, tornou-se uma coisa de quatro patas monstruosa. O corpo aumentou, pelos grossos e negros se eriçaram, o focinho dilatou projetando uma boca maior repleta de dentes acavalados e perigosamente afiados, os olhos tornaram-se bolas de fogo e as narinas expulsavam fumaça com cheiro de enxofre. Saltou em direção ao inimigo. Sua bocarra encontrou o braço do adversário em uma mordida precisa. A dor fez com que a mão do exorcista deixasse a bíblia cair longe do seu alcance.

Fazia semanas que o vampiro não bebia. Força era algo que, no momento, estava faltando. Precisou agir rápido, antes que não pudesse suportar o ataque. Sem titubear, cravou os dentes no pescoço duro do animal. As presas longas entraram na pele e o sangue espirrou invadindo a garganta seca. O líquido era azedo, teve vontade de vomitar, mesmo assim, resistiu ao gosto, sentia que a cada gota seu corpo enfraquecido se revitalizava.

— Ele tá escapando! — escutou uma voz esganiçada gritando perto do seu ouvido.

Levantou a cabeça e os olhos, sem tirar os dentes do pescoço do cão que se debatia tentando escapar. Logo a bocarra largou o seu braço. O vampiro com algumas sucções já se sentia mais forte. Aquele sangue era diferente de qualquer sangue de outro animal que bebera antes. Finalmente, largou o bicho quando viu o demônio dobrar uma esquina e sumir da sua vista.

— Vai atrás dele! — sugeriu a fada.

O vampiro não discutiu. Com o sangue quente circulando em suas veias, sentia-se renovado e disposto. Correu. Sua velocidade era mais rápida que a de qualquer atleta olímpico naquele instante. Em segundos, chegou ao final da quadra, ainda em tempo de avistar o demônio entrar em uma viela. Continuou a perseguição.

O soldado demoníaco olhou para trás e, ao perceber que não conseguiria fugir do vampiro, parou e, encarando-o, perguntou:

— Por que você não desiste?

— Também sou uma espécie de soldado. Um soldado de Deus!

— Você não vai conseguir me tirar daqui. Vou ficar um bom tempo utilizando esse vaso estragado! Qual o problema com você? Nada mudará sua condição. Você é uma sanguessuga, entende? Outra doença que caminha sobre a face da Terra assim como eu. Somos iguais.

— Não. Somos diferentes. Eu sou diferente. Não nos compare.

— Suas preces nunca serão escutadas pelo seu Deus. Portanto, esqueça, nem tente me exorcizar!

— Eu sei que Ele me escuta. Um dia vai me atender. Tenho outras maneiras de tirá-lo daí sem precisar rezar — dizendo isso, pulou no pescoço do homem e começou a sorver de forma frenética o sangue tão ruim quanto o anterior. O demônio praguejou e berrou enquanto teve forças.

Os olhos do vampiro chispavam, seus caninos longos rasgaram a jugular, as mãos de aparência frágil tornaram-se tenazes, impossibilitando o movimento da vítima, uma aura negra emanava sobre as duas criaturas das trevas. Poucos minutos se passaram. O sugador de sangue não deixou uma gota. Sentia-se um verdadeiro animal selvagem. Naquele momento, era uma besta, sem sentimentos, sem razão, apenas instinto.

— Assim é que se faz! — disse a fada. — Já era hora de se alimentar de sangue humano. Chega de misericórdia, não acha? Cada criatura deve traçar o seu destino de acordo com a sua natureza — ela voava um pouco acima do alcance das mãos do vampiro que, naquele momento, nada disse. Ainda estava sentindo o sangue percorrer o corpo e enchê-lo de vida.

Logo falou em um tom amistoso, tentando controlar a selvageria que há pouco o dominara:

— Não se engane. Fiz isso por misericórdia. A alma daquele humano está salva da influência daquele maldito demônio. A morte é melhor do que a escravidão!

— Quando acho que você está no caminho certo, começa a falar essas bobagens. O que está fazendo? — o vampiro pegou o corpo nos braços.

— Vou enterrá-lo em campo santo.

— Seja rápido, então. Olhe ao redor.

O vampiro fez o que sugeriu a fada. Num prédio à sua frente, uma pessoa bisbilhotava da janela. O indivíduo tentou se esconder quando ele o viu. Na esquina de onde viera, havia dois sujeitos que presenciaram toda a cena. Saíram correndo ao serem fitados pelo olhar injetado de sangue.

Talvez pudesse alcançar os dois fugitivos e depois dar conta da pessoa no prédio. Sentia-se forte como nunca. Porém, respeitava os filhos de Deus. Não podia eliminá-los a sangue frio. Paciência. Mesmo que o tivessem visto, não saberiam onde encontrá-lo. Colocou o corpo sobre o ombro e começou a correr. Azar que mais pessoas o vissem. Foi tão rápido que, em poucos minutos, já começava a atravessar a autoestrada em direção ao seu lar.

Passou pelo bosque que circundava a sua igreja e, ao chegar ao cemitério, colocou o corpo sobre o capim alto. Deixou-o ali, enquanto a fada observava. Então, foi ao depósito onde guardava ferramentas. Pegou uma pá enferrujada e começou a abrir uma cova ao lado de uma lápide.

— Movimentada a noite hoje, hein? — a criaturinha voadora sentou-se sobre a lápide e colocou na boca um cachimbo. Acendeu em seu interior um fumo que recendia a incenso de cravo e canela.

— Tudo o que eu queria na cidade eram algumas velas e uma Bíblia nova — falou enquanto cavava rendendo-se à conversa.

— Hum. Por isso foi até a igreja. Prepare-se, aposto que você vai ter encrenca agora.

— E por quê?

— Coloque essa cachola de suco de tomate pra funcionar! Pessoas presenciaram você matando um homem e correndo com o corpo sobre o ombro. Deixe-me ver quantos problemas você vai ter... Primeiro, será a polícia que vai procurá-lo por assassinato. Depois... Caçadores. Bastará algum deles ler o jornal de amanhã e entender que se trata de um caso sobrenatural. Vão pipocar vários deles por aqui. E, talvez, para falar a verdade, é bem provável que os vampiros da cidade não gostem nada, nada de saber que existe por aí um idiota da mesma espécie que coloca a comunidade em risco.

— Cuidado com a língua. Não precisa me ofender!

— Sou uma *lady*, não digo para ofendê-lo. É apenas para lhe mostrar a realidade. Além de tudo isso, você matou um cão infernal e desalojou um demônio do seu vaso. Os sujeitinhos desse grupo são vingativos, pode ter certeza. Em breve, estarão procurando por você.

— Talvez seja melhor assim. Qualquer um deles que me achar dará cabo dessa minha existência inútil.

— Inútil? Como você é pessimista! Acaba de encontrar uma verdadeira razão para continuar vagando sobre a Terra e diz que a sua existência é inútil.

— E qual seria essa razão?

— Ora, não ficou claro? Expulsar demônios. Devolvê-los para o inferno. Não que eu me importe com a presença deles, mas parece que para você esse tipo de tarefa daria algum ânimo.

O vampiro parou de cavar.

— Mesmo que você tenha razão, não conseguirei escapar ou dar conta de toda essa tropa que você enumerou, quando eles me encontrarem.

— Diga pra mim uma coisa... Sou ou não sou sua amiga?

— Difícil admitir. Mesmo sendo a criatura mais irritante que já conheci, você é a única coisa que se aproxima de uma amizade.

— O que os amigos fazem por outros amigos? — vendo que o vampiro pensava antes de responder, adiantou-se. — Não precisa dizer nada, eu mesma dou a resposta. Ajudam-se! Vou fazer algo por você.

— O quê?

— Conheço um encantamento capaz de ocultar o local em que você habita. Ninguém conseguirá encontrar a sua igreja ou esse cemitério aqui, quando eu realizar meu trabalho. Somente outra fada com o mesmo conhecimento ou um mago do alto círculo arcano poderiam quebrar a minha receita.

— Isso é incrível. Então faça! — o vampiro se empolgou com a ideia.

— Claro, farei... Mas preciso de algo em troca.

— Eu sabia que não podia contar com você.

— Pode sim. É apenas um capricho. Preciso de um item para equipar meu laboratório. Gosto de ter prateleiras repletas de ingredientes.

— Nunca imaginei que uma coisa miúda como você pudesse ter um laboratório. Fica dentro do tronco de uma árvore? — o vampiro não escondeu o sarcasmo.

— Você se surpreenderia. Sou cheia de segredos.

O vampiro saltou de dentro da cova e depositou o corpo lá dentro.

— Já volto — ele se afastou indo até a igreja. Alguns minutos depois, retornou com um frasco na mão.

— O que é isso? — perguntou a fada preocupada. Não queria nada sendo usado contra ela.

— Não é para você — ele disse. — É água benta!

— E você pode com isso? — curiosa, ela queria saber.

— As armas do Senhor nunca me afetaram depois do abraço. É possível que minha fé realmente valha para alguma coisa.

O vampiro abriu o frasco.

— Filho de Deus, descanse em paz: Em nome do Pai, do Filho e do Espírito Santo. Amém! — o vampiro aspergiu a água santificada sobre o defunto.

Um vapor fedorento exalou do corpo e chagas se abriram. Uma sombra começou a sair de dentro da boca do morto. Em seguida, a sombra adquiriu a forma de algo monstruoso, meio homem, meio animal, com olhos de fogo. A voz da coisa era grave e soturna:

— Você não devia se meter comigo, sanguessuga! — ameaçou atacar, porém, antes que pudesse fazer isso, foi tragado por alguma força invisível vinda do interior da terra que a desfez.

— O demônio ainda estava no corpo! — disse o vampiro, sem dúvida, impressionado, assim que a sombra se dissipou por completo.

A fada, como se não tivesse presenciado nada demais, falou:

— Eu disse pra você. Ele não vai sossegar enquanto não se vingar. Provavelmente será castigado, por algum demônio de hierarquia superior, durante alguns anos, por ter voltado para o inferno sem nenhuma alma com ele. Depois das torturas, vai se recuperar e organizar alguma busca por você. Assim, aconselho: façamos logo nosso negócio. Meu encantamento protegerá esse lugar. Será seu esconderijo contra seus possíveis perseguidores.

— Ter salvo uma alma me faz acreditar que posso salvar outras. Eu aceito o trato. O que você quer?

— Um pouco do seu sangue!

— Qual a utilidade disso?

— Já falei! Gosto de guardar todo tipo de ingredientes em meu laboratório, principalmente, os exóticos — a fada pegou em uma bolsa um pote vazio e do cinto, uma adaga.

Voando, aproximou-se do vampiro.

— Estenda o braço e arregace essa manga suja.

O vampiro fez o que ela mandou e disse:

— Eu poderia esmagá-la agora, sabia?

— Eu sei. Mas você não fará essa bobagem. Meu encantamento o ajudará. Manterá esse lugar seguro.

— Pegue logo o sangue.

A fada fez um corte no pulso do vampiro. Pôde perceber que ele sentiu dor, mas manteve-se firme. Quando o vidro estava cheio, guardou-o de volta na bolsa.

— Temos um trato, então? Posso confiar em você? — perguntou o vampiro.

— Termine o seu serviço. Coloque terra sobre a cova e vá para a sua cripta descansar. Amanhã, quando acordar, verá que a noite, o campo e o bosque estarão preenchidos por uma bruma leve. Para sair e entrar do seu território, basta seguir uma luz amarela, esmaecida, quase apagada que estará localizada sempre aqui na borda do cemitério. Só você e eu poderemos vê-la. Exceto algumas criaturas muito experientes nas artes arcanas. Não se preocupe com elas, pois são raras.

— Você fará isso mesmo?

— Hi, hi, hi, você é muito desconfiado! — a fada bateu as asas bem rápido e se afastou como num passe de mágica.

O vampiro, depois de completar o enterro e fazer as orações fúnebres, entrou na igreja e desceu até o subsolo onde estava o seu caixão. Ao deitar, fechou os olhos caindo em sono profundo, sem ter sonhos ou pesadelos.

Na noite seguinte, ao acordar percebeu que uma neblina se espalhava pelo chão de pedra da cripta em que dormia. Subiu até o nível da igreja e observou o mesmo fenômeno. Lá fora, o campo e a base das lápides estavam mergulhados em uma bruma que mais parecia um tapete de nuvens pouco denso. As árvores haviam adquirido um aspecto doentio, troncos de casca enegrecida e enrugada, galhos raquíticos, folhas escurecidas, e sem qualquer ave por perto. Era como se o próprio ar da região tivesse sido contaminado deixando toda a região podre.

Avistou um ponto de luz amarelado e sutil. Por ali, devia ser a saída e a entrada de seu território. Decidiu que durante algumas semanas não sairia. Devia evitar o exterior, não queria ser pego de surpresa por algum inimigo. Aproveitaria as próximas noites para rezar, aplacaria a sede com devoção. E, assim que se sentisse seguro, começaria a caçar demônios. Com o sangue dos seus possuídos, poderia sobreviver e ao mesmo tempo libertar almas.

Em uma noite em que a lua despontava com luminosidade total no céu, atravessando a sutil bruma que encantava o seu território, decidiu sair.

— Vai caçar? — perguntou a voz conhecida. — Vejo que você está seco. Precisa beber.

A fada estava sentada sobre o topo de uma lápide e, ao seu lado, havia um menino. Uma criança de uns sete anos de idade.

— Quem é esse? — o vampiro fez uma pergunta ao invés de responder.

— Fiz uma pergunta primeiro. Por que não me responde?

— Vou sair. Você não deveria trazer ninguém para cá sem me consultar antes.

— Não se preocupe. Ele é meu. Só faz o que eu ordeno.

— O que você quer dizer com "ele é seu"? É só uma criança. Não tem pais?

— Não, senhor — o menino falou sem se apavorar com a aparência cadavérica do vampiro. — Eu vivia sozinho nas ruas. Agora tenho família.

— Uma maldita fada corrompida! Isso é a sua família, garoto?

— Você também é minha família.

— Não é querido e educado? — perguntou a fada para o vampiro mostrando evidente satisfação.

— Como assim, "minha família"? Não entendi! — o vampiro pareceu um pouco transtornado com aquela afirmação inesperada.

— Eu explico — disse a fada antes que o menino falasse. — Aprecio companhia e precisava de um auxiliar para o dia a dia. De onde eu venho, é comum raptar crianças para viverem conosco. Lá o tempo passa de maneira diferente, elas envelhecem muito devagar. Sua infância dura décadas. Porém, fui banida do meu mundo. Estou proibida de voltar para lá, ao menos por enquanto.

O vampiro não a interrompeu. Queria escutar a história. Era a primeira vez que sabia um pouco mais sobre a vida daquela criatura mágica.

— Durante trezentos anos, terei de viver no mundo dos homens. Não posso voltar para o meu lar. Se voltar antes de cumprir minha pena e for descoberta, serei executada. Como não tenho escolha, sou forçada a ficar por aqui. Assim preciso me adaptar. Não queria ter o trabalho de selecionar, entre as crianças humanas, um serviçal a cada cinco ou sete anos. Quando conheci você, percebi que de alguma maneira o seu sangue poderia me ajudar.

— E ajudou? — perguntou o vampiro sem esconder a irritação.

— Sim. Selecionei esse garoto entre alguns que eu observava já há alguns meses. Ele é esperto, aprende fácil e não vai mais envelhecer como os outros. No meu pequeno laboratório, sequei as veias dele e dei o seu sangue de vampiro para ele beber. Agora terei companhia durante todo o meu exílio sem precisar treinar novos meninos ou meninas a cada década.

O vampiro tentou agarrar a fada, mas ela voou antes que ele se aproximasse.

— Não tente mais isso! — a fada alertou. — Você não pode mudar o que eu fiz.

— Não sinta raiva, senhor! — disse o menino. — Eu vivo melhor agora. Não sinto mais frio. Não sinto mais solidão. Alguém se importa comigo. Não sinto mais fome...

— Você suga pessoas? — o vampiro voltou a sua atenção para o menino.

— Só um pouco. Nunca até o fim.

— Você é um perigo para os outros...

— Não é perigo algum — disse a fada. — Afaste-se dele, ou quer que o encantamento seja quebrado? Posso fazer isso num piscar de olhos.

O vampiro hesitou.

— Suma daqui com a sua cria. E não me arranje problemas.

— Não se preocupe. Não tenho interesse em ver outros vampiros que sejam nossa responsabilidade caminhando soltos por aí. Ele é obediente. Faz tudo o que eu digo. Enquanto ele viver, você estará protegido pelo encantamento.

— Vá logo! — vociferou.

O menino e a fada se afastaram sem se despedir. O vampiro não sabia se tinha feito a coisa certa. Poderia ter rasgado a garganta da criança quando teve oportunidade. Mas se tivesse feito isso, não poderia limpar a região. Seria alvo fácil para os seus perseguidores. Concluiu que valia a pena perder uma alma, ao menos temporariamente, para salvar muitas outras. Além do mais, tinha um pouco de esperança que o menino, ao longo dos anos, não se contentaria em seguir as regras daquela fadinha corrompida. E que, de alguma maneira, em algum momento, teria vontade de esmagá-la por tê-lo tornado um ente das trevas. Em seu íntimo, o vampiro, torcia por isso. Mas enquanto esse dia não chegava, era hora de exorcizar alguns demônios. Saiu de sua toca encantada.

# OLHO POR OLHO

*Nazarethe Fonseca*

**NAZARETHE FONSECA** nasceu em São Luís, Maranhão. Começou a escrever aos 15 anos. É autora da saga *Alma e Sangue*, composta por cinco livros e publicou contos nas coletâneas *Necrópole: Histórias de Bruxaria, Anno Domini, Meu Amor é Um Vampiro, Anjos Rebeldes, Sociedade Sombria* entre outras. Recentemente lançou o primeiro volume da série *Pandora - Controle Sobrenatural: a queda*. Mora atualmente em Natal, Rio Grande do Norte.
http://nazarethefonseca.wordpress.com/

## PRÓLOGO - PERTO, MUITO PERTO

NÃO CHOVIA. As estrelas na escuridão do céu eram como pontos luminosos tão distantes, que pareciam pequenos alfinetes de prata adornando veludo negro. O som dos insetos e animais estava por todo lugar no matagal. O cheiro de raiz e folhas eram uma mistura doce e enjoativa. A terra estava fria e acolhedora para toda espécie de vida que ali habitava.

O desequilíbrio daquele cenário cheirava a medo. O som era baixo, mas presumível. Passos. Uma corrida incerta, por vezes cambaleante, com paradas bruscas. Quedas, gemidos baixos, soluços que eram abafados num engolir amargo e resignado.

Observado do alto, o trecho de mato revelava uma trilha aberta de forma não linear. O cenário estava maculado pela intrusa. Braços e mãos empurravam e quebravam galhos e ramos. Feria e era ferida. Por todo lugar, o cheiro era de suor, seiva e raiz. E, ainda assim, fazia parte de sua desolação verde, conferindo-lhe a tragédia inequívoca.

A parada brusca, a queda pesada provocada por um obstáculo jogou a mulher no chão. As mãos crispadas na terra, o queixo a poucos centímetros da lama. Uma pedra. Sentiu dor nos dedos... O cansaço a vencia. Deveria ter fugido nos primeiros dias, as chances seriam maiores. Ali, sentindo o cheiro da terra, lembrou-se de quando era criança. As imagens inocentes repletas de luz e alegria a fizeram soltar o pranto de forma silenciosa. O mar, a liberdade, as ondas... Viu sua mãe, ela estava sempre por perto evitando que caísse. Enquanto as ondas a faziam correr e sorrir. As lembranças dera-lhe o ânimo de que precisava, num último e corajoso esforço, para lutar por sua vida. Logo estava em movimento, primeiro mancando, depois correndo e ignorando a dor, o sangue que sentia fluir do corte no pé.

Na escuridão, seu cabelo castanho-escuro se tornava negro. A pele delicada e pálida parecia feita de mármore. O rosto estava sujo, marcado pelas lágrimas. O coração doía no peito, a boca estava seca, respirava aos trancos, os lábios pareciam feitos de marfim. Estava além do limite. O medo era mais forte e seria ele, o medo, que faria a diferença entre a vida e a morte.

Foi ele que lhe deu coragem para atacar seu raptor, fugir de seu cárcere, atravessar um charco e continuar. A necessidade de sobreviver era maior. Sabia que deixava para trás um rastro. Precisava apostar em sua vida. Não era uma boa mão de cartas, mas era a única que possuía.

Seus olhos haviam se habituado à escuridão. Conseguia distinguir a trilha. Os cabelos soltos estavam emaranhados. A camisola de seda branca que vestia não a protegia do frio, rasgara-se e estava imunda. Parou por um momento, seus pulmões pareciam queimar. Quieta no escuro, ouviu o som da água. Ela sorriu e chorou no turbilhão de emoções que a sacudiam.

Se conseguisse atravessar o rio, estaria salva. Metros à frente, do outro lado da margem, havia uma estrada. Um mês atrás, num ritual estranho e perturbador, seu raptor a levou até aquele lugar. A manta estendida no chão. Seu toque frio e doentio. Sentiu raiva e nojo, afastou-se da árvore e olhou para trás, ao seu redor.

As pedras debaixo dos seus pés agora eram roliças e úmidas. Entrou sem medo e sentiu a angustia diminuir. O medo deu lugar à esperança, e continuou andando dentro da água rumo à liberdade. Avançou e sentiu a angústia diminuir, o medo dar lugar à esperança. A cada passo, a água engolia seu corpo, a correnteza estava mais forte do que previu, no entanto, não se detève. A água cobria seu peito quando viu uma sombra na superfície do rio. Estava na parte mais funda. Parada, buscou a sombra. E viu mais duas atravessarem o rio, rodeando-a. Depois mais uma, e outra. Parou e olhou em volta aterrorizada.

O murmurejar, o som do mato, seu coração. Afundou. Submergiu logo depois se debatendo ferozmente. Chocava-se contra algo ou alguém. Lutava para se manter na superfície, enquanto era puxada para baixo, mergulhada na escuridão.

O agressor era alto, forte e, quando se colocou de pé, trazia consigo a mulher. A mantinha presa pelo pescoço, elevada do rio. Em resposta, ela cravou as unhas em seus braços e mãos. Engasgada, de olhos arregalados, fitava seu agressor, que tinha na face molhada um misto de prazer e divertimento. Durou pouco, os olhos assumiram um brilho cruel e descontente. Num gesto, lançou-a em direção à margem do rio.

O baque do corpo foi esmagador. Dor, muita dor, uma cusparada de sangue e a certeza de ter as costelas quebradas. Reunindo forças que jamais imaginou possuir, a mulher virou o corpo e começou a se arrastar na margem lamacenta. Podia ouvir seus movimentos saindo da água. Pouco depois, ele apenas acompanhava sua caminhada patética e desconexa. A mulher que tossia sangue, enquanto via suas botas, o jeans molhado, seus passos despreocupados, indiferentes à sua agonia, que fora somente prolongada.

Foi quando ele parou e a deixou seguir num rastejar repugnante aos seus olhos. Um grito escapou dos lábios manchados de sangue, quando foi puxada pelo tornozelo. As mãos instintivamente cravaram-se sobre a lama. Tentava se agarrar em algo, mas só conseguiu deixar vincos fundos na lama.

Quando seu corpo foi virado, ela gruiu de dor. Os movimentos de suas mãos tentando empurrá-lo eram frouxos. Ele estava sobre o corpo frágil, machucado, trêmulo, os olhos escuros presos na face aterrorizada. Ela gritou quando a seda da camisola foi feita em tiras. Logo depois o joelho abriu-lhe as pernas. Meteu-se entre as coxas pálidas e, numa sucessão de movimentos firmes, ele a possuiu a seu modo bizarro. Cansado dos gritos, cobriu-lhe a boca com a mão firme, enquanto a boca buscou o seio.

Um minuto depois, a mulher arqueava o corpo numa luta movida pela adrenalina e o medo. Com os olhos arregalados, turvos, viu sangue, seu sangue. O homem sorria animado por sua luta. Quando ele se inclinou sobre ela uma segunda vez, a lambida percorreu do seio ao ombro, e subiu para a garganta latejante e frágil.

A carne foi abocanhada de forma selvagem. O grito cortou a noite encontrando somente o vazio que os rodeava. Tomada por uma onda quente de sensações, a mulher fraquejava. As mãos escorregaram e ficaram sobre o peito. Desfalecia tomada por uma frieza que fazia seu corpo pesar uma tonelada.

A água do rio tocava seus pés, lembrando-lhe o mar. A visão sumia aos poucos, piscar era impossível, perdia contato com as sensações. Via seu raptor. Mas havia algo além, o céu, e as estrelas. Seu sangue escorria pelo pescoço, pingava na lama e se misturava à corrente do rio, que a levaria para longe de tudo aquilo.

## O PASSADO – CENTRO DE OPERAÇÕES S1
## BRASIL, SÃO PAULO

Cecily Marcos chegou às nove horas em ponto. Passou pelo detector de metais e foi liberada. O guarda na recepção fez uma ligação informando sua chegada. Três minutos depois, um homem alto, de ombros largos, apareceu no saguão de entrada. Cabelos castanhos, olhos claros, pele branca, mãos grandes e bem cuidadas. O terno era negro e bem cortado, sapatos engraxados. À medida que se aproximava, ele a observava, evitando as pessoas que seguiam para o elevador.

— Meu nome é Fred Milles.

Apresentou-se de mão estendida. Cecily retribuiu o cumprimento e esperou que ele lhe mostrasse o caminho. O agente parecia um pouco desconfortável, e a jovem se perguntou o que teriam lhe dito. Provavelmente tudo. Notou o olhar dele sobre as pulseiras delicadas e discretas de couro que cobriam seus pulsos. O passado estava enterrado, ela mesma fez seu funeral. E não seria seu olhar curioso que o desenterraria.

Três dias antes, estava em New Jersey, em Princeton, dando aula, quando recebeu uma mensagem. Era de Nelson Mitsuo, agente especial e diretor da *S1 Brasil*. A S1, como é comumente chamada, é uma organização não governamental criada por um grupo de pesquisadores de dez países. Ninguém jamais verá agentes da S1 Brasil, eles estão dentro de outras organizações de combate ao crime. Os agentes buscam padrões específicos buscam padrões específicos. Algo considerado diferente.

Não raro, Nelson lhe enviava arquivos para que ajudasse a estudar e a definir o perfil de assassinos em série. Cecily era formada em psicologia, sociologia e medicina legal. O que achou estranho foi ele pedir sua presença. Não queria encontrar velhos conhecidos. Quanto tempo fazia? Seis anos, nove meses e dezoito dias. **É,** ela contava, na verdade, sempre contou.

Vestia o que considerava o uniforme padrão quando estava em sala de aula. Uma botinha de cano curto, salto quadrado, calças negras, camisa de algodão branco. Colete de lã fina em tom cinzento e terno ajustado. O cabelo castanho-escuro estava preso no coque frouxo mais perfeito. Quando chegaram ao elevador, deu-lhe passagem e só então entrou, fechando a porta na cara de dois outros agentes. Estava com pressa.

— Existe uma terceira vítima?

O homem a observou por um segundo e se perguntou como ela sabia da existência de uma terceira vítima. Eles estavam tentando manter o caso longe da mídia. Mas era difícil, quando um corpo aparecia. Os detalhes precisavam ser mantidos em sigilo, tudo que menos precisavam eram de confissões falsas, ou imitadores.

— Recebeu arquivos sobre o caso?

— Não. É apenas uma conclusão lógica. O assassino pegou a filha de alguém importante, ou vocês estão de mãos vazias.

— As duas coisas.

Confessou o agente acreditando que tudo que disseram sobre ela era verdade. Seus alunos a achavam brilhante e rigorosa, mas a tinham como uma espécie de deusa. Escreveu três livros sobre crimes violentos, que foram adotados como leitura obrigatória para os agentes da S1. Para alguém que foi considerada louca, havia se saído bem. Ficaram em silêncio, estavam no corredor quando Cecily recebeu uma mensagem de texto. O agente ficou curioso e pelo espelho viu o remetente: o rei.

— *Prepare-se, não é o que você pensa.*

A jovem mulher percebeu a observação do agente. Mas nada fez, sequer lhe lançou um olhar acusador. A mensagem a deixou alerta. O agente bateu e, um minuto depois, abriu a porta e lhe deu passagem.

Cecily Marcos entrou com passos decididos e observou a sala de Nelson Mitsuo. A decoração havia mudado, o estilo oriental limpo e com tons vermelhos fora substituído por cores que variavam do cinza ao negro. Madeira, metal e couro. Estilo e praticidade, ou seria frieza? Mas, ao ver

Eddie Larkin, compreendeu tudo. Para um bloco de gelo na forma humana, tudo estava de acordo.

O agente falava em um tom de voz quase inaudível ao telefone enquanto fitava a paisagem através da janela. Os dois passos que deu ao longo do tapete, enquanto ele falava ao celular, ajudaram-na a respirar. Um minuto depois, quando a ligação chegou ao fim, ele a fitou e seus olhares se encontraram. Nos olhos escuros do homem, houve um brilho de interesse genuíno, que foi substituído por sua indiferença habitual.

Fred Milles ficou onde estava, era o padrão diante de seus superiores, mas Cecily Marcos não seguia regras. Mais um ponto confirmado diante da extensa lista de defeitos, que lhe foram descritos como inadequados e destrutivos, se alguém quisesse manter uma carreira dentro da S1.

Nenhum dos dois quebrou o silêncio constrangedor que os envolvia. Eles se observavam silenciosamente. Dois grandes predadores prontos para lutar.

— Agente Milles, deixe-nos a sós.

O tom sugeria uma ordem suave, porém direta. A voz de Larkin em seus ouvidos fez o coração de Cecily disparar. Não desviou a vista um só minuto, sabia que um leve rubor cobria sua face. Não se condenou por isso. A porta se fechou sem ruído, e a jovem doutora continuou onde estava, muda e solene.

— Cecily...

— Dra. Marcos, por favor — recomendou a mulher, deixando seu desprezo por ele transparecer de modo oficial.

Ela tinha aquele direito, na verdade, já poderia ter dado meia-volta e o deixado falando sozinho. Nada ia mudar em sua vida, fora convidada como conselheira, mas podia dizer não, sem perder nem ganhar. Todavia, ela sabia que se ousasse sair, Eddie iria usar tudo que houvesse ao seu alcance para trazê-la de volta, para provar seu poder.

— Você não mudou muito — comentou, pondo as mãos nos bolsos da calça, empurrando o terno para trás.

— Onde está o agente especial Nelson Mitsuo?

— Nelson Mitsuo foi afastado. Estou assumindo o caso e a sugeri como consultora — explicou Larkin, recostando-se no seu birô para cruzar os braços sobre o peito largo e forte.

A revelação pegou Cecily de surpresa. Esperava que Nelson a tivesse avisado. Ele foi um bom mentor, e o único que a apoiou em sua decisão de deixar a S1.

— Por que usou Nelson Mitsuo?

— Se soubesse que eu estava à frente do caso, você teria vindo?

— Não — foi uma resposta seca e fria.

— Bem, agora tem sua resposta.

A revelação aborreceu Cecily, ele não tinha o direito de usar sua amizade com o agente Nelson para atraí-la para uma armadilha.

— Se queria a análise de um perfil, poderia ter me enviado os arquivos. É desse modo que trabalho com Nelson. Não trabalho mais em campo — disse segura.

— Merda Cecily! — rugiu ele, cansado daquele joguinho de autoridade e patentes. — Sou eu, Eddie — argumentou como se isso fizesse diferença.

— É, é você, sem dúvida alguma. E pelo que pude notar nos últimos dez minutos não mudou muito, mudou? — debochou Cecily, lutando com as mesmas armas.

— Por que não desce do castelo de gelo e me escuta?

— Dê-me um bom motivo.

A jovem mulher aparentava segurança e calma impenetráveis. Seu tom de voz era o mesmo que usava com seus alunos e pacientes. E isso irritou o homem à sua frente. Nos últimos seis anos, viu Eddie Larkin duas vezes na TV e em uma reportagem sobre a captura de um perigoso criminoso. Não mudara muito, preservava o corpo atlético, o cabelo negro, que mantinha curto, ganhou fios brancos nas têmporas, mas isso lhe conferiu um charme a mais. Os olhos azuis estavam escuros, uma indicação de que ficara aborrecido.

— Preciso de sua ajuda.

— Existem outros agentes, outros consultores. Você tem o apoio da agência, basta estalar os dedos e terá o melhor.

— Foi o que fiz, estalei os dedos — ele foi cruel e viu a jovem mulher semicerrar os olhos.

— Vai à merda, Larkin — disse, pronta para sair da sala.

— Espere — foi uma ordem.

O homem foi até a sua mesa para pegar algo, aproximou-se de Cecily, que havia parado junto à porta segurando a alça da bolsa com força, e a fitou com atenção. Um leve rubor cobria sua face, era raiva, mágoa e certamente frustração.

Eddie Larkin tinha uma fotografia nas mãos. Ela a recebeu e deixou que seus olhos a percorressem. Por um pequeno espaço de tempo, observou a mulher na foto e notou detalhes. Era sua mente de profissional que estava ligada. A imagem não era muito clara, e estava em preto e branco. Mas era possível reconhecer o rosto, a forma do rosto... Sem perceber, Cecily caminhou até uma das cadeiras, soltando a bolsa, e, por fim, sentou. A foto entre os dedos, o silêncio.

— Onde?

— No estacionamento do prédio de uma das vítimas.

— Não pode ser... Ela não faria isso...

A voz que já estava muito baixa sumiu, presa na garganta. O peito doeu, reclamou por ar, a foto caiu de suas mãos. Eddie a recolheu e se afastou por um momento, quando retornou, trazia consigo um copo com água. Cecily o recebeu e o sorveu em goles curtos, tentava manter o controle. Mas uma lágrima escapou e escorregou por sua face.

— Onde é o banheiro?

Com a direção definida, Cecily se apressou, ia vomitar. Dentro do banheiro de mármore e vidro, ela se curvou sobre o vaso. Minutos depois, foi para a pia e lavou o rosto. Tirou da bolsa um pequeno frasco de prata e, fitando-se no espelho, bebeu um gole. Depois de cinco minutos, voltou à sala de Eddie, que a fitou com interesse. Estava calma, havia recobrado o controle e um pouco de cor.

— Quem mais sabe?

— Meu superior e os envolvidos na investigação. Compreende agora o motivo pelo qual a chamei? E antes que pergunte, o caso é confidencial. Vazamento de informações será punido com afastamento permanente.

— Como se sente, Eddie Larkin? — começou a jovem mulher. — O que sentiu ao encontrar a prova de que estava errado? — a voz dela soava calma, mas cheia de frieza e nenhum contentamento.

— Fiz o certo, trouxe-a de volta para que faça seu melhor.

## MODUS OPERANDI

Cecily Marcos acompanhou Eddie até a sala onde os agentes envolvidos naquela investigação se reuniam. A fechadura tinha senha e cartão de identificação. A sala era ampla, clara. No centro, uma mesa grande de reuniões, sofás confortáveis. Uma pequena cozinha e banheiros. O quadro de provas estava montado, mas Cecily sequer o olhou. Foi apresentada à agente Margot Lopez, que deveria ter no máximo vinte e seis anos. Vestia o uniforme padrão, calças, camisa e jaqueta. Mantinha o cabelo negro e liso preso num rabo de cavalo. Ela mostrou para a doutora onde poderia pôr suas coisas e ligar seu notebook.

Quase que metodicamente, ela organizou seu espaço. Notebook, blocos de anotações, caneta e uma agenda de couro. Enquanto esperavam, fez uma busca no arquivo de vítimas usando a senha de acesso de Eddie Larkin. Dez minutos depois, estavam com o médico legista, que havia feito a autópsia dos três corpos. Cecily recebeu a pasta e, com duas passadas de folha, verificou as informações sobre os órgãos internos. Eddie dispensou o médico, que se afastou lançando um olhar frio sobre a recém-chegada, que o ignorou.

Colocou as luvas e entregou nas mãos de Eddie o bloco e a caneta.

— Ainda lembra como se faz? — perguntou num súbito e ácido bom humor.

— Sim, eu o uso sempre que posso.

Ela se aproximou do corpo da primeira vítima e começou a falar o que via. Margot notou que as observações que ela fazia eram um pouco diferentes das que foram feitas pelo legista. Foi de um corpo a outro examinando. Nenhum dos agentes conhecia. Eddie quase sorriu e sua mente foi invadida por lembranças. Aquele código metade palavras e números fora criado por Cecily, quando estavam em treinamento. Sentiu-se em casa observando-a trabalhar... Seis anos atrás, durante uma operação de resgate, eles invadiram a casa de um suspeito. A ordem era pegar o raptor vivo. Mas tudo deu errado, houve troca de tiros e o suspeito acabou morto. Vasculharam a casa e não encontraram as reféns. Enquanto todos discutiam a probabilidade de um esconderijo longe da casa, Cecily começou a examinar o homem morto. Cheirou suas mãos e se afastou. Olhou à sua volta como que guiada por seu nariz e descobriu um chaveiro. Nele havia um sorvete cor-de-rosa que cheirava a morango. E somente uma chave. De imediato, foi para a cozinha e abriu a geladeira. Havia leite, queijo, chocolate, uma caixa de *cupcakes*. Olhou o chão e viu marcas, arranhões no chão. Imediatamente, chamou os agentes. A geladeira escondia a entrada para um quarto. Quando a porta se abriu, havia escuridão e podridão. A luz precária foi acesa e mostrou um horror não desconhecido aos agentes. Havia gaiolas e nelas meninas de dez, nove anos. Infelizmente, a terceira gaiola estava vazia e o freezer cheio.

O agente saiu do seu transe e viu Cecily esquadrinhando os corpos, os órgãos. As luvas sujas de sangue. O olhar escuro verificando cada sinal e marca. Quando terminou, retirou as luvas e os cobriu. Havia terminado. Milles e Perez se entreolharam e, por fim, olharam para o seu superior. Eddie Larkin notou, durante o exame, que eles fizeram conjecturas, mas que Cecily os ignorou por algum tempo.

— A Dra. Marcos é um tanto excêntrica. Peço que a deixem trabalhar com seus métodos. Quando ela estiver pronta, vai ouvi-los. – avisou Eddie.

Na sala de reunião, a doutora trabalhava como alguém que monta um quebra-cabeças. Ela havia retirado as provas do quadro e refazia o esquema. Restou aos agentes esperarem que terminasse, e isso não demorou muito. Era visível sua concentração, agrupava fotos, escrevia notas e organizava as pistas. Avisados por Eddie, Margot e Fred ficaram em silêncio esperando. Margot percebeu que ela encontrara fatos novos, que dariam à S1 uma resposta definitiva sobre o que enfrentavam. Quando ela terminou, afastou-se do quadro e recuou para vê-lo como um todo. Margot notou que a doutora estava cansada e pálida.

Agente Larkin, suas suspeitas são verdadeiras. Estamos lidando com um tipo de assassino antigo, forte e sem remorsos — começou Cecily, para ser interrompida.

— Fomos informados. A S1 quer apenas a confirmação — disse Fred Milles muito seguro de si.

— Já viu um deles de perto? — perguntou Cecily suavemente.

— Não, nunca. Mas gostaríamos — respondeu Perez antecipando a resposta de Fred.

— Tem certeza de que está bem informado, agente Milles? Acredita poder lutar com uma dessas coisas?

No rosto do homem, um sorriso confiante brotou. Parecia se reportar ao seu treinamento, às prisões que fez. O modo que vencia nos treinamentos de luta corporal e até mesmo na excelente pontuação de tiro. No entanto, ao olhar a face da doutora Marcos, o agente ficou mudo e de certo modo constrangido. Um segundo depois, Eddie viu Cecily cruzar a sala e agarrar Fred pelo pescoço, encostando-o na parede. A pressão em sua garganta era feita com uma caneta.

— A coisa que está matando essas mulheres tem duas vezes o meu tamanho. A força de vinte homens, e, se eu fosse um deles, agente Milles, você já estaria morto.

Fred podia ver a íris da doutora Marcos e notou o tom escuro. Os lábios junto à sua face, o olhar para a faixa de pele exposta pelo colarinho. A veia carótida a um centímetro de sua boca, a qual parecia prestes a abocanhá-lo numa suculenta mordida.

— É, vejo que não — acrescentou, soltando-o de qualquer jeito.

Os olhos não passavam nenhuma emoção definida. Tudo era justificado quando se tratava de permanecer vivo diante de um vampiro. Por um momento, Eddie a desconheceu, como conseguiu ser tão rápida? Ela rendeu Fred Milles, e ele possuía o dobro de seu peso e tamanho.

— Não existe espaço para dúvidas diante dessas criaturas. Matar, para eles, é natural e prazeroso. Não haverá tempo para uma ordem de prisão. Querem sobreviver? Atirem primeiro e perguntem depois.

O aviso foi sincero e os fez compreender o motivo do ataque. Depois de um minuto, ela voltou ao quadro. Milles havia se recuperado do susto, mas tocava a garganta de modo preocupado. Havia algo mais naquela mulher.

— Eles têm algumas fraquezas, sol, fósforo líquido, decapitação, desmembramento, que podem matá-los. O sol é nosso maior aliado, se revisarem os relatórios, perceberão que todas as vítimas sumiram na sexta-feira.

— Com isso, ele ganha cento e vinte horas de vantagem – Eddie disse, compreendendo o padrão.

— Exatamente. As vítimas são levadas para o que eles chamam de "ninho" e lá ficam isoladas em gaiolas — falou, mostrando a mão de uma delas na foto. — O corte foi feito por lascas de metal. O líder desse bando chama-se Sebastian.

A voz de Cecily tornou-se mais baixa e pesada. No rosto só frieza e nos olhos um brilho frio, que Eddie identificou como ódio.

— Fiz uma pesquisa e quero que vejam algo. Apareceram outras vítimas, a maioria com a garganta cortada. Elas fogem do perfil das três garotas que temos nas mãos.

As fotos apareceram na tela de seu notebook. Loiras, morenas, ruivas. Nada aparentemente as liga a Sebastian e seu grupo.

— Percebam que todas foram mordidas — dizendo isso, mostrou as marcas disfarçadas pelo corte da lâmina. — São o que eles chamam de comida. As garotas são o passatempo do líder, mas essas vítimas os mantêm vivos. Donas de casa, trabalhadores, mendigos, prostitutas, vigias noturnos.

Cecily andava pela sala com os braços cruzados sobre o peito. O olhar nos agentes à sua frente.

— O que descobriu sobre a localização?

— Nada. O ninho fica muito bem escondido. Isso é vital, porque durante o dia eles são vulneráveis, é preciso segurança para que durmam — a voz dela tremeu. Ela foi até a garrafa de água e sorveu um copo.

Disfarçando o tremor nas mãos. Era seu tique nervoso, o calcanhar de Aquiles. Sua mente estava buscando respostas em um beco sem saída. Voltou e continuou.

— Após matá-las, ele as prepara cuidadosamente para não deixar pistas. Encontrei traços de shampoo e até alvejante. O ritual é parte da segurança do ninho, ele ama todos que cria. A preparação é um prazer doloroso, mas o mantém seguro. Ele não quer ser apanhado, não faz isso para chamar nossa atenção, faz porque é seu método. Vai continuar procurando o que busca. – a jovem parou e apontou para as fotos.

Cecily passou para a próxima evidência. Parecia menos agitada, falar do ninho a desconcentrava. As lembranças invadiam sua mente tirando-lhe a concentração.

— Qual é a fantasia? — perguntou Fred Milles.

— Nenhuma delas estava mantendo um relacionamento sério a ponto de receber um anel de noivado. Mas todas usavam um anel igual a esse. Ele as presenteia com a joia. Elas são suas noivas. Essa é sua fantasia.

Os agentes olharam as fotos das mãos das vítimas e perceberam o anel. Ele era igual, a única coisa que mudava em todos eram as pedras. Parecia bastante antigo.

— A camisola é branca, o anel é de prata, o desenho é o símbolo da imortalidade — desenho em forma de um oito na horizontal. — Ele está buscando uma companheira. Alguém que tenha tanta sede de sangue quanto ele. Uma fêmea para dividir a imortalidade. Notem que só a joia muda. Topázio, ônix, água-marinha.

— É parte do modo como as escolhe — disse Perez realmente impressionada.

— Sim, ele sabe suas idades, dia de nascimento, signo, cor do cabelo, olhos, pele, estatura e peso. Ela precisa ser especial, e isso significa que teremos mais corpos — dizendo isso, mostrou as fotos das jovens ainda vivas.

Era, de certo modo, chocante vê-las sorrindo, presas em sua rotina, sem saber o que o futuro lhes reservava. Tudo parecia brutal diante da forma como foram mortas.

— Precisamos localizar o joalheiro, Fred, veja isso — disse Eddie delegando as tarefas.

— Perez, vamos precisar da lista das jovens desaparecidas com o perfil das três primeiras.

— Ele já passou por capricórnio, vai seguir daí em diante. Faltam nove mulheres — comentou Cecily num suspiro cansado.

— Como ele as mantém por tanto tempo sem que ocorra uma fuga? — a pergunta de Eddie Larkin foi dirigida a Cecily. Estavam sós na sala.

— Ele as mantém sob seu controle com promessas e ameaças. Não houve uso de drogas, em momento algum foram dopadas.

— Nenhuma fugiu? — insistiu Larkin, fitando Cecily nos olhos.

— A terceira vítima pensou que estava fugindo. Ele a deixou acreditar nisso para então caçá-la. De algum modo, ela o enfureceu — revelou-se segura.

— O assassino a preparou como as demais. A camisola, o local... — afirmou Eddie Larkin, confuso.

— Seu rosto, braços e pernas estão cheios de vergões e pequenos cortes, o pé está ferido, provavelmente uma pedra. Havia água em seus pulmões. Já estão buscando similaridades – Sebastian a matou e a preparou para deixar no local que a encontraram. Note a faixa no pescoço, a camisola é diferente. Por isso, as costelas quebradas, a garganta dilacerada. Ele não deixa ninguém escapar. - afirmou segura.

— Como você conseguiu Cecily? — perguntou Eddie.

— Eu não fugi — a resposta simples e direta foi a única que recebeu.

## O RAPTO

O som era de vidro quebrado. Cecily saltou da cama de arma em punho e viu sua irmã, Angélica, lutando com um homem. Antes que disparasse, foi atingida. Bateu no chão com força, a arma correu pelo chão chutada por seu agressor. O abajur caiu, mantendo o quarto em semiescuridão, e deixou Cecily ciente do que ocorria. Estavam sendo atacadas. Usou tudo que sabia, mas os golpes foram detidos. Agarrada pelo pescoço, viu-se erguida do chão. Antes de desmaiar, viu sua irmã sair pela janela nos braços do estranho.

Despertou horas depois em uma gaiola. Conseguia ficar de pé, o chão era frio e o catre onde despertou fedia a sangue e vômito. Não havia muita luz, entretanto pôde ver as outras cinco mulheres que estavam presas junto com ela. As gaiolas eram individuais. Sobre suas cabeças, piso de madeira, frestas de luz e som. Ainda estava com seu short e camiseta do centro de treinamento. Todas as outras vestiam um camisolão branco de alças largas. Balançou as grades, testando a resistência do ferro, e só conseguiu ferir a mão numa farpa de metal. A ferrugem comia tudo, mas era difícil para alguém de mãos vazias abrir a gaiola.

— Já tentei forçar as grades, não consegui nada, como se chama?

A jovem da gaiola ao lado da sua perguntou.

— Cecily Marcos, e você?

— Samantha.

— Há quanto tempo está aqui? — a voz de Cecily tremeu. Sentiu medo do que ela lhe responderia.

— Vinte dias. Logo eles virão me buscar.

— Eles quem, quem são eles? — ela fervilhava de perguntas.

— Os que nos trouxeram. Você é a mais nova. Pietra está aqui há um mês — falou, apontando a jovem que gemia no fim do corredor.

Cecily não conseguia vê-la, mas podia ouvir seus gemidos.

— O que aconteceu com ela?

— O mesmo que com todas nós. Eles a tomaram, só que ontem a levaram para Sebastian... – a voz dela sumiu trêmula.

— Tomaram, como assim...?

A porta do corredor abriu, e Samanta e as demais garotas recuaram. Cecily não recuou, pelo contrário, olhou seus raptores de frente. O homem com o qual lutou se aproximou. Podia ver seu destemor e a avaliação que fazia de sua face.

— Não faça isso, recue — Samanta avisou num fio de voz —, não o encare desse modo.

— Quem são vocês? O que querem comigo e minha irmã?

Eles sorriram e, por um segundo, o coração de Cecily saltou no peito. O riso era de uma criatura perigosa e cruel. Um predador faminto. Manteve-se onde estava, mais por medo do que por vontade.

— Quero falar com Sebastian — falou reunindo toda a sua coragem.

O homem se aproximou da gaiola e a fitou friamente. Ela recuou temendo seus olhos vítreos e cruéis. Era pálido, como se não houvesse sangue correndo por suas veias. Não houve resposta, ele apenas abriu a gaiola e a puxou para fora e a conduziu aos empurrões.

Onde estavam? Andou por corredores de pintura descascada, portas com trincos tortos. Era um velho hotel, algumas portas estavam seladas por tábuas de madeira. Quando chegaram diante da porta de duas folhas, ela foi introduzida em um salão de jantar. Ao redor da mesa, viu jovens mulheres trajando roupas antigas de veludo e seda. Algumas tinham um lenço sobre o pescoço e comiam em silêncio, mantinham os olhos baixos. Ao lado delas, homens e mulheres tão singulares quanto o que a tirou da gaiola. Nórdicos ou franceses?

— Sou agente da S1 e exijo que nos liberte.

— Vocês mortais sabem ser engraçados nas horas impróprias — comentou. — A S1 é uma piada organizada por um ser tão faminto quanto eu.

O som e os risos percorreram a sala, só então viu Angélica, ela estava do lado direito do homem na cabeceira da mesa e, certamente, o líder.

— Você exige? — ele falou deslizando os dedos sobre o braço de sua irmã. — Tem certeza?

— Sim, exijo. Acha que nosso rapto vai ficar impune?

— Não, não acho. Mas não é um rapto. Não estou pedindo nada em troca. Vocês agora me pertencem — explicou, tocando o queixo de Angélica, fazendo-a olhar nos olhos dele.

— Quem é você, afinal? — disse a jovem pronta para agir.

— Sou Sebastian, e você é a adorável Cecily. Sabe, eu e Angélica conversamos muito a seu respeito. Ela já aceitou sua nova condição — ele falou beijando a mão da jovem mulher.

Nos olhos dela, só havia medo e submissão.

— Cecily, acalme-se, tudo vai ficar bem... — começou ela, tentando controlar a irmã, mas bem sabia ser inútil.

— Sim, vai, quando ele nos libertar e também as jovens em cativeiro.

Os olhos do homem a fitaram com admiração e malícia.

— Não há volta.

Enquanto falava, Cecily andou até ficar ao lado de sua irmã e, consequentemente, perto do líder. Pôde ver seu rosto, e nada de humano havia nele. A pele era esticada, sem rugas, as veias podiam ser vistas daquela distância e, no olhar negro, queimava um fogo sobre-humano, hipnótico. Os cabelos negros e longos lhe conferiam um ar selvagem e lascivo. Sentiu-se atraída por ele, e isso a enfureceu.

— Agora estão no meu mundo e, nele, todos vivem eternamente e aceitam minhas regras.

— Vai se foder!

O garfo foi cravado na mão do homem que a olhou pouco surpreso e aborrecido. Ele sabia o que viria, mas a deixou tentar. Gostava de ver a frustração no rosto dos que o enfrentavam e perdiam. Imediatamente, Cecily foi agarrada e afastada enquanto lutava. Sebastian puxou o garfo da mão e deixou o sangue fluir. Num gesto, tomou Angélica pelos cabelos e a trouxe ao peito.

— Veja meu poder — ele disse, estendendo a mão ferida para que ela a visse sangrar. Um minuto depois, avançava sobre a garganta de Angélica. Os gritos de Cecily se misturaram ao de sua irmã, enquanto via a ferida fechar-se à medida que ele sorvia o sangue.

— Não!

De um salto, Cecily sentou-se no sofá. Haviam feito uma pausa, e ela havia cochilado. O perfil do assassino estava pronto. Era preciso terem informações para dar satisfações à sociedade, mesmo que fossem meias verdades. O agente Milles apareceu depois de uma hora com o fruto de seu trabalho. Havia vinte mulheres desaparecidas que se encaixavam no perfil. Após uma segunda triagem, sobraram dez. Perez também tinha conseguido novidades.

— Os anéis têm cento e cinquenta anos. Foram feitos em 1864, encomendados por um comerciante de gemas, que pagou com uma moeda de ouro. Detalhe, era uma moeda Romana do século II d.C., chamada Aureus de Faustina. Uma moeda igual a essa está atualmente no museu de Portimão, em Portugal. A moeda foi cunhada entre os anos 152 e 156, durante a regência do imperador Antonino Pio, em homenagem a Faustina, sua filha e esposa do Imperador Marco Aurélio — Margot falava fascinada com a descoberta. — O joalheiro vendeu uma delas para um colecionador não identificado — disse, mostrando a foto que lhe foi enviada pelo celular.

— É, o vampiro tem quase mil anos de existência — disse Cecily, antes de atender seu celular.

Ela falava em francês. Aquilo era novo, Eddie não sabia que ela falava francês.

— *Estou muito perto agora.*

— *Ótimo Cecily. Vou mandar-lhe uma caixa, sei que vão precisar.*

— *Não é necessário que se exponha tanto. Acho perigoso.*

— *Você e seus amigos precisam estar prontos para o que vão enfrentar. Eu nunca me arrisco, criança* — *avisou a voz profunda e suave.*

— *Terei a honra?*

— *Sim, será toda sua.*

— *Obrigada, majestade.*

— *É sempre um prazer, Cecily.*

Quando ela se voltou, viu o olhar curioso de Eddie, mas não se deixou agitar-se, guardou o aparelho e fitou as fotos dos corpos no quadro. Foi quando se lembrou de algo que Samantha lhe disse quando foi trazida de volta à sua gaiola. Estava fraca, sentindo-se frustrada por não ter podido salvar sua irmã e a si mesma. Agiu como uma tola.

Logo depois de soltar Angélica, que caiu no chão sem forças, Sebastian a atacou. A mordida foi dolorosa e, enquanto ele sugava, sentia o mundo girar à sua volta.

Samantha segurou a mão de Cecily e tentou lhe passar apoio, enquanto chorava no catre imundo.

— Existe um meio de fugir — murmurou a garota pálida. — Ouvi a conversa, enquanto se alimentavam... — a voz dela tremeu. — O inverno está chegando e Sebastian vai procurar um lugar novo e quente. Ele teme o inverno – quando formos movidas, poderemos fugir, pelo menos uma de nós.

— Ele não permitirá — era a voz sussurrante de Pietra. — Lembre-se de Marta — a voz dela vacilou num quase soluço.

— O que houve?

— Ele a trouxe de volta e... Matou-a em nossa frente — disse Samantha num fio de voz. — Mas, mesmo morta, ela o denunciou — a frase foi dita com prazer vacilante e logo triste. — Sebastian desconfiou e fugiu. Eles nos colocaram em um caminhão e viemos para cá

— Como? — quis saber no mesmo tom quase inaudível.

— Os mortos às vezes levam mensagens — sussurrou Samantha se afastando da grade e se encolhendo no canto de sua cela.

Imediatamente, Cecily saiu rumo à sala de exames, precisava ver as amostras retiradas do estômago das vítimas. Verificou o conteúdo de cada saco e, por fim, encontrou um pedaço de látex. Dentro dele, um pedaço mínimo de papel, as letras foram escritas com sangue. Era a localização de uma área próxima à zona rural da cidade. Afastou-se tirando as luvas, estava muito pálida, deu dois passos e desmaiou.

## LUZ E ESCURIDÃO

Os puxões de Angélica eram fortes, assim como sua mão firmemente fechada sobre o pulso de Cecily. Ela a conduzia pelos túneis embaixo do hotel abandonado rumo à saída.

— Precisa ir agora. A promessa dele não vale muito e logo Apolo vai despertar. Quando o desenterrarem, ele vai querer vingança — dizia a jovem mulher decidida.

— Não, não irei sem você — rugiu Cecily enfrentando a irmã.

Angélica parou sob uma das velhas lâmpadas, e Cecily percebeu o quanto ela havia mudado naqueles últimos cinco dias. Ficou esquecida na gaiola por oito dias até que foi levada à presença de Sebastian. Ele e Angélica estavam juntos. Cecily compreendeu que eles agora eram um casal. Ao ouvir as ordens do líder do grupo de vampiros, cuspiu no rosto dele e foi entregue nas mãos do vampiro que havia desarmado durante o rapto. Ele chamava-se Apolo. Um apelido justificado pelos olhos azuis e o cabelo muito loiro. Apolo avançou para mordê-la, mas ela estava pronta para ele.

O pedaço de ferro que arrancou do catre foi cravado no pescoço dele. O sangue esguichou, atingindo-a. Pôde senti-lo no paladar.

O líder se levantou da cadeira que ocupava e se aproximou do vampiro ferido. Mandou que o levassem e se aproximou de Cecily. Com o ferro na mão, tentou atacá-lo, mas foi empurrada com força. Ela pôde ver seu ódio, as súplicas de Angélica. Mas nada adiantou, ele a agarrou e a colocou sobre a mesa vazia do salão, e a mordeu no pescoço. Sugou avidamente, quando se afastou, fez o mesmo nos pulsos. Ele a mantinha desperta, enquanto a exauria vagarosamente. Por fim, parou. Mas antes que a levassem, ele a fez engolir um cálice de vinho e parte de seu sangue. Ficou jogada no catre por muito tempo entre a vida e a morte. Até que, em uma noite, levantou-se e comeu o que lhe serviram. Não havia se transformado, nem morrera como esperado.

Tocou o rosto da irmã e viu a pele, os olhos luminosos. Lágrimas escorreram de sua face. Angélica virou o rosto e empurrou no peito da irmã uma mochila. Abraçou-a com força e beijou seus cabelos. Andou poucos passos e, escondida atrás da pesada porta de metal, mandou-a embora. Vendo-a resistir, Angélica a empurrou e se expôs à luz. O sol a queimou, ela rugiu de dor e fechou a porta, separando-as.

Do lado de fora, o sol atingiu Cecily com força. Sua pele ardia, queimava, mas não a matou. Olhou à sua volta e se viu rodeada por desolação e aridez. Os túneis a levaram para a superfície, o lugar todo estava sob a areia. Caminhou pelo deserto sem conseguir se localizar. Quando, finalmente, caiu desacordada à beira da estrada, foi encontrada por um caminhoneiro. Despertou no hospital e nada do que falou foi levado a sério. Desacreditada por todos, tentou fugir e teve um colapso ao ser trazida de volta. Cinco dias depois de ser isolada, pediu para falar com o médico e revelou estar confusa; desmentiu-se. Foi submetida a seis meses de tratamento psiquiátrico para, enfim, ser liberada. Abandonou a S1, recomeçou sua vida do zero.

Despertou na sala de Eddie Larkin, ele estava ao seu lado e a fitava com preocupação.

— O que aconteceu?

— Você desmaiou, há quanto tempo não dorme, ou se alimenta?

— Seis horas, acho.

Ela viu sua bolsa junto ao sofá, o frasco de prata. Ele teria visto o conteúdo?

— Localizamos um prédio abandonado, fica antes do parque, em breve teremos respostas. Trouxe-lhe roupas de campo, espero que sirvam, prepare-se, vamos sair logo — disse, afastando-se.

Vestida completamente de negro, Cecily apareceu na sala de provas e ficou conhecendo os detalhes da operação. Eles quatro e mais quinze homens estariam naquela operação. O telefone de Eddie tocou, ele atendeu e, em minutos, saía da sala. Quando reapareceu, trazia uma caixa consigo.

— Chegou há uma hora e está endereçada a você.

Ela se aproximou da caixa e viu o selo real. O rei parecia gostar de estar no limite das coisas, do poder. Como culpá-lo? Jamais. Não depois de tê-la salvado da loucura e da morte. Amarrada na cama do hospital psiquiátrico, Cecily olhava a lua através da janela. Sua luz azul estava sobre seu pijama branco. Os pulsos doíam, as cintas de couro que os prendiam machucavam sua pele.

— Como vai, pequena guerreira?

— Veio me matar? Ótimo, apenas se apresse ou perderá sua chance, estou morrendo.

— Sim, está. Logo entrará em colapso. Todavia, não vim matá-la, seria um desperdício de tão genuíno ódio. Vou dar-lhe uma escolha e um dom, uma maldição controlada. A oportunidade de conhecer meu mundo.

— O que quer em troca? — quis saber, admirando a beleza clássica, o modo suave como andava até chegar ao seu lado no leito.

— Seu silêncio e lealdade. Nada mais.

— Estou pronta...

— Sim, está. Não lhe tomarei nada, apenas lhe darei uma visão diferente do mundo.

O homem de cabelos ruivos e olhos verdes cortou o pulso e deixou algumas gotas de seu sangue cair sobre os lábios ressecados e pálidos de Cecily.

— Carreguem suas armas com essa munição.

Falou, colocando as caixas sobre a mesa e explicando como deveriam ser usadas. Havia para vários calibres e todos tiveram o suficiente.

— Para maior desempenho, atirem no peito, sobre o coração e na cabeça. Lembrem-se de não deixá-los se aproximar demais. As cápsulas negras têm núcleo explosivo, isso faz um bocado de sujeira.

— Quem produz esses projéteis? — Fred Milles perguntou, quase inocente.

— Se eu disser, você terá de morrer — disse Cecily, quase sorrindo. — Apenas aproveite a diversão. Agora temos uma chance.

Uma hora depois, estava no local. Os homens haviam se espalhado e cercado o perímetro para evitar vazamento. Começou cinco minutos depois. A equipe tática foi na frente atirando e enfrentando homens e mulheres que, ao serem atingidos pelas balas, incendiavam vivos e explodiam em pedaços. Portas eram derrubadas, e os vampiros expostos aos disparos. Fogo e sangue sujavam paredes e corpos. Eddie e Cecily estavam logo atrás. Todos estavam com coletes e protetores nos pescoços. Milles e Perez ficaram encarregados do porão com o resto dos homens. Eles precisavam salvar as reféns. Gritos, disparos e rugidos se misturavam numa sinfonia conhecida de Cecily.

Em meio à confusão dos disparos, Sebastian apareceu no segundo andar. Na mão uma espada longa e nos olhos o convite era só um, ele queria Cecily. Um segundo depois, estava diante dela e de Eddie. A primeira braçada jogou o agente contra a parede e a segunda arrancou a arma das mãos de Cecily. Estavam no centro do prédio, ela evitou dois golpes de sua lâmina. Mas sabia que ele apenas a testava. Finalmente, ele a agarrou e num salto desapareceu no terceiro andar.

A queda arrancou sangue da mão de Cecily, mas ela ficou de pé e enfrentou Sebastian de frente.

— Vejo mudanças. E então, como é ser parte do meu mundo?
— Não sou igual a você.
— É bem pior, é uma maldita mestiça — cuspiu.

Eddie Larkin se levantou em meio aos escombros e correu para a escada segurando o flanco. Havia sangue, mas nada que pudesse detê-lo. Correu para as escadas e os viu chegar. Eram rápidos, fantasmas de negro que, com espadas e armas, salvaram os homens que restavam da equipe tática. Não podia ficar, tinha de ajudar Cecily.

— Hoje vou terminar o que comecei seis anos atrás e sua irmãzinha não deixou.

Afirmou Sebastian, avançando em direção a Cecily. Mas algo se interpôs entre eles. Um vulto delicado, mas forte. Os cabelos escuros, as roupas de couro, apresentaram uma vampira forte e poderosa. Era Angélica, em suas mãos, uma espada.

— Você me deu sua palavra lembra? — ela cobrou do vampiro.

— Dei, mas você me traiu, deixou que ela fugisse e depois partiu. Traiu a mim e seus iguais. – cuspiu o vampiro.

— Deveria tê-lo matado quando dormia ao meu lado, depois de torturar e assassinar tantas inocentes — a vampira falava segura.

Cecily não conhecia aquela criatura, parecia com sua irmã, mas era seu oposto. Segura, bonita e forte.

— Não perca mais tempo.

O vampiro avançou e as espadas se cruzaram. A luta foi compassada e ágil. Cecily os via lutar e sentia-se inútil. Eddie Larkin apareceu no telhado de arma em punho. Ela correu para impedi-lo de atirar. Temia que atingisse Angélica.

Num recuo longo, Sebastian conseguiu fazer a vampira abrir a guarda e a traspassou com sua lâmina.

— Não!

Cecily correu e ficou à frente da irmã. Sebastian sorriu vitorioso e falou:

— Sua vez.

A espada lhe foi entregue por Angélica e, um minuto depois, ela lutava com um homem com o dobro de seu tamanho. Os golpes eram fortes, mas os detinha com segurança. Deixava a espada seguir os movimentos naturalmente. Empregava sua força de modo fluídico e conseguiu arrancar sangue do vampiro. Ele tocou o ombro, por muito pouco não teve o braço decepado. Num golpe de sorte, derrubou-a no chão com um soco no peito protegido pelo colete. A espada escorregou de suas mãos, e Eddie avançou atirando no vampiro que se desviou de todas as balas e o empurrou para longe. Angélica se lançou sobre ele rugindo. Rolaram no telhado de concreto, mas a essa altura Cecily já se recuperava e avançava de espada em punho.

Havia aprendido com o melhor dos professores, o rei. Sebastian, mesmo tendo mais poder e força, estava submetido à lâmina e, por ela, foi novamente ferido. Dessa vez, nas costas. O risco de sangue o fez fraquejar.

Eddie Larkin viu a vampira se levantar tocando o ventre ferido e manter distância dele. Um minuto depois, vultos negros tomaram o telhado. Eram os mesmos que apareceram para ajudá-los a vencer os vampiros do ninho. Nada falaram, não interromperam a luta que se seguia. Apenas observavam anônimos em seus trajes negros e máscaras de esqui. Aquela luta pertencia a Cecily.

Furioso, empurrou-a para a beirada do telhado e esperou derrubá-la, mas não conseguiu. Ela cravou a espada em seu peito e o empurrou para trás, caindo sobre seu corpo. O pé detinha a lâmina de Sebastian, mas sabia que não poderia detê-lo por muito tempo. Puxou a lâmina e o viu cair de joelhos.

Os homens de negro se aproximaram e afastaram suas espadas.

— Maldita! Desde que cruzou meu caminho, maldita seja!

O vampiro cuspia sangue e insultos. Era mantido firmemente no chão. Cecily segurou a costela. Sentia dores, mas estava bem e viva.

— Foi dado a mim o poder de sentenciá-lo por seus crimes.

— Uma mestiça! Não, ele não permitiria...

— Sim. Eu permiti.

O homem saiu das sombras do telhado e observou a todos. Era alto, porte altivo, cabelos ruivos, o olhar do mais profundo verde. Jeans negro, jaqueta de couro.

— Não me desonre desse modo.

— Você não tem honra, Sebastian. É um pária que se igualou ao pior da espécie humana. Matador de fêmeas inocentes, nada mais justo que uma delas o destrua.

— Esperei seis anos por isso, mas acho que existe alguém com mais direito de fazê-lo.

— Ela não tem coragem! — berrou Sebastian. — Sempre foi fraca, não merece ter meu sangue nas veias.

— Não, não mereço — murmurou Angélica de modo sombrio.

A vampira se aproximou de Cecily e, em vez de receber a espada, colocou suas mãos sobre as dela, sobre o cabo, e lhe sorriu.

— Morra pela lei dos homens e dos vampiros.

Juntas ergueram a espada e, quando ela desceu, o golpe foi certeiro. A cabeça do vampiro rolou e seu corpo caiu. Os homens de negro se afastaram sumindo um a um. A espada caiu ao chão e Eddie viu as duas mulheres se abraçarem longamente. Havia terminado. Lá em baixo, só havia o som das sirenes das ambulâncias.

— Não as estava caçando, tentava salvá-las dele — explicou-se Angélica. — O rei deu-me permissão para encontrá-lo.

— Eu jamais acreditei que o ajudasse — afirmou Cecily.

— Angélica, precisamos partir — o rei disse, fitando o agente Larkin que se aproximava.

Sua intenção não era de luta, mas de curiosidade. Algo que ele não apreciava. Aproximou-se das duas mulheres e viu Cecily o fitar agradecida.

— Obrigada, Majestade.

— *Au revoir ma dame* — disse junto ao seu ouvido. — Estaremos por perto, caso precise — disse, beijando sua testa de modo afetuoso.

As duas irmãs se abraçaram mais uma vez. E Angélica e o rei partiram do mesmo modo que apareceram nas sombras.

Houve cinco baixas na equipe tática, todo o resto havia sobrevivido graças à intervenção dos vampiros de negro. O que Eddie Larkin pôde compreender é que eles apareceram para garantir que nenhum dos vampiros do ninho sobrevivesse. Cecily deveria ter passado a localização. As reféns foram salvas, mas duas foram levadas pelos vampiros. Elas não eram mais humanas. Seriam ensinadas a viver dentro das leis, se não conseguissem, teriam de ser destruídas. Mas, para suas famílias, estavam mortas.

— Cecily Marcos, você tem muito para explicar sobre o "rei" — começou Eddie, andando rumo à ambulância, afinal, estava sangrando.

— Desculpe-me, mas é confidencial — comentou, percebendo uma pontada de ciúme em sua voz.

— Vi o modo como ele a olhou — comentou, enquanto a enfermeira o examinava.

O corte era grande, mas superficial, levaria alguns pontos.

— Somos amigos, nada mais — afirmou, observando o sangue com interesse. Os olhos dela e de Eddie se encontraram.

— Cecily! — ele falou e a segurou. Um segundo depois, puxou-a para si e a beijou longamente.

A enfermeira afastou-se e deixou que seu paciente envolvesse a mulher que amava nos braços.

— Posso lhe dar o que precisa — sussurrou ele junto à sua boca.

— Eu não preciso de muito — respondeu suavemente, compreendendo que ele havia visto o conteúdo do frasco de prata quando desmaiou.

— Tenho o suficiente, Cecily Marcos.

— Perfeito, agente Eddie Larkin.

# ALL IN
*Alexandre B. Cabral*

ALEXANDRE CABRAL nasceu e cresceu em Niterói/RJ. É graduado em Comunicação Social e Direito e participou como crítico e tradutor do início do mercado de *Role Playing Games* – RPGs no Brasil, tendo escrito, no final dos anos 90, conhecida coluna quinzenal sobre os jogos de interpretação publicada em *O Globo*, jornal em que também traduzia e editava as histórias em quadrinhos diárias, do clássico *Calvin e Haroldo* passando por *Recruta Zero, Hagar, Fantasma* entre outras. Teve seu primeiro conto, *Perguntas*, publicado na coletânea *Tukalash* editada após um concurso promovido pelo cultuado Centro Criativo Além da Imaginação. Sob o pseudônimo de Alex Vides escreveu um dos primeiros livros-jogos nacionais, *O Herói da Copa*, publicado pela editora Marques-Saraiva em bancas de jornal em 1994.

**R**OTINA ERA ALGO DE QUE Paulo não gostava, os caminhos de Brasília não lhe ajudavam em variar o percurso de carro da casa no lago norte até o escritório (a cidade era organizada e prática, mas nada criativa nesse aspecto). Para mudar um pouco sua rotina, tinha adquirido o hábito de mudar a forma de subir até o sétimo andar. Às vezes, ia de elevador social, outras, pelo elevador de serviço – o que sempre constrangia um pouco os carregadores e entregadores ao vê-lo de terno e gravata ali. Eventualmente, ia até de escada, aproveitando o exercício.

Não era algo consciente. Havia sempre uma razão aparentemente lógica para a escolha do dia: *estou com pressa, melhor ir de escada; o elevador social vai ficar lotado, vou aproveitar e subir pelo de serviço e ainda escapo da muvuca,* mas, no íntimo, Paulo sabia que essas decisões não eram racionais, derivavam apenas do gosto por inovação, por novidades, ainda que nas menores coisas do cotidiano.

Não por outra razão, quando entrou no fim de tarde no escritório da consultoria de investimentos que dirigia na torre do shopping, tendo passado pela secretária, pelo estagiário e por dois funcionários em duas salas menores, o economista e advogado, consultor empresarial de quarenta e dois anos, não esboçou grande surpresa ao encontrar um jovem desconhecido sentado na cadeira em frente à mesa em que trabalhava, ergueu as sobrancelhas e desenhou um sorriso contido nos lábios como quem encontra algo fora do lugar e acha divertida a descoberta.

O rapaz era loiro, de cabelos lisos, cortados curtos, e meticulosamente penteados para trás. O corte não era tanto que o fizesse parecer um ex-militar, nem tão pouco que indicasse algum amor ao rock escondido por debaixo do paletó que envergava.

A roupa toda, aliás, era muito bem cortada, visivelmente nova (e cara): paletó cinza-escuro, combinando com a camisa social, cor creme e de gola estilo americano, e a gravata de seda vermelho e prata que refletia a luz difusa da sala de maneira discreta. Para surpresa de Paulo, pois raro em alguém daquela idade, o estranho usava prendedor de gravata e abotoaduras, um conjunto da *Mont Blanc*.

Ele aparentava uns vinte e cinco, vinte e seis anos e estava sorrindo quando Paulo entrou. Manteve os olhos, negros e curiosamente destoantes dos cabelos, muito claros, fixos no anfitrião. Seria um homem bonito, de dentes extremamente brancos, não fosse o nariz pontiagudo que lhe dava um ar de fuinha.

— Posso ajudar? — emendou Paulo, aproximando-se lentamente e estendendo a mão. Era bem maior que o jovem, em altura e corpulência. Tomou nota mental de apertar-lhe a mão sem muita força.

— Espero que não, Dr. Paulo, na verdade — respondeu o estranho, cumprimentando com uma força que Paulo acreditara, até aquele momento, que apenas seu *personal trainer*, um fisiculturista negro de um metro e noventa, tinha na mão — eu vim aqui pedir que me atrapalhe.

Esboçando um sorriso, o anfitrião fez o gesto típico para que o jovem se sentasse novamente, acomodou-se na própria cadeira, mexeu inconscientemente os dedos para aliviar a dor do aperto do visitante, arrumou alguns papéis na mesa, ligou a tela do *desktop* que iniciava sempre com o editor de textos e apertou o botão do ramal da secretária para pedir água e café (anotando mentalmente para repreendê-la depois, por deixar um desconhecido entrar em sua sala), tudo enquanto aproveitava para sutilmente observar de perto o jovem e possível cliente.

Paulo tinha outro hábito, *hobby* adquirido nas longas horas de trabalho com os editores de texto, produzindo artigos de economia e, depois, de direito e consultoria: divertia-se classificando as pessoas de acordo com a tipologia das fontes de letras.

Era uma brincadeira simples, mas, na opinião dele, infalível para sintetizar o perfil de quem o procurava: se o cliente era um jovem rico, inconsequente, buscando ganhar alto com muitos riscos, considerava-o um "**Comic Sans**". Quando o investidor era cauteloso, alguém que, se pudesse, geriria todos os investimentos colocando-os numa gigantesca poupança para render pouco e sempre, ah, esse era o previsível "**Times New Roman**". Por vezes, Paulo era consultado por pessoas práticas e objetivas, gente do tipo "**Arial**" ou, quando mais elegantes, eventualmente, um ou outro "*Garamond*".

Os segundos diante do jovem, sua expressão facial, o tom da voz, o doído aperto de mão e a roupa levaram-no de imediato a classificar o rapaz num novo perfil, "**Book Antiqua**". Aquela era mais uma novidade, pois jamais seu instinto associara essa fonte a um rosto.

A secretária entrou com água e café para Paulo, pois o cliente recusara ambos, e saiu.

— Bem, nunca me pediram consultoria para atrapalhar um investimento, Senhor?

— Cortez. Eduardo Cortez, Dr. Paulo. Perdoe-me por ser objetivo, mas não se trata de dinheiro, e sim de algo muito mais importante.

Paulo sorriu, terminando o café numa única virada.

— Senhor Cortez, sou economista e advogado, no meu mundo, não existe nada mais importante do que dinheiro.

Cortez ignorou a piada e disse, de modo seco, fazendo um pequeno estalo com a boca:

— Pôquer.

A menção ao jogo fez Paulo levar a mão ao queixo. O jovem loiro sorriu, mas não com os olhos, notou o consultor.

— Mais precisamente — prosseguiu Cortez —, Texas Hold'em.

— Entendo. Está interessado em abrir uma casa de pôquer? A legalidade dos torneios está bem assentada, o Ministério dos Esportes já reconheceu que o pôquer é um esporte mental e filiou a federação brasileira. Aqui mesmo em Brasília, temos pelo menos duas...

— Não, Dr. Paulo. Não vou abrir um clube de jogo. Eu vim convidá-lo para jogar pôquer, jogar comigo e com meus irmãos.

A conversa tomava um rumo muito diferente do que imaginara Paulo, o que era uma alegria naquele final de tarde de sexta, chuvosa. Gostava de surpresas e adorava pôquer, na verdade, era assíduo e hábil jogador, tendo uma pequena coleção de troféus que, por discrição profissional, guardava no escritório de casa (afinal, algum cliente "**Times New Roman**", menos informado, ainda poderia implicar com o carteado). Vinha, inclusive, de uma expressiva série de bons resultados, com premiações de relevo.

— Sr. Cortez, pode dispensar o "doutor", por favor. Aprecio muito pôquer, mas, tirando os torneios, costumo jogar em mesas apenas com velhos amigos, até porque, quando se trata de jogar a dinheiro, um bom *cash game* é mais gostoso e lucrativo quando se conhece os jogadores.

— Não se preocupe com dinheiro, Paulo — interrompeu Cortez, agora, sorrindo com a boca e os olhos. Esticava os braços na cadeira, gesticulando com eles no sinal universal de quem denota pouca importância para algo. — Colocaremos em jogo algo mais importante, como já disse.

— Mais importante que dinheiro. Certo. Como o que, por exemplo?

— Sangue.

— Sangue?!

— Sangue. Todo ele. O nosso ou o seu, essa é a aposta, esse é o *buy in*.

Então era isso. Garoto rico e doido, querendo brincar ou simplesmente fora de si, cheirado de cocaína ou coisa do tipo. Definitivamente, um "**Comic sans**"! Paulo tinha interpretado tudo errado e, acenando negativamente com a cabeça, começou a se levantar para mostrar ao garoto a porta de saída (precisava ensinar a secretária a identificar melhor os clientes, talvez uma tabela a ajudasse).

— *Sente-se.*

O pensamento veio da cabeça de Paulo, e seu corpo, acostumado a obedecer ao cérebro, obedientemente, sentou. Mas *a voz* no pensamento não era a do consultor, como sempre acontecia quando se pensava em silêncio.

Era a voz de Cortez.

— *Escute, parado e em absoluto silêncio.*

A sensação, se possível fosse descrevê-la em palavras, era como ser violentado mentalmente.

E Paulo ouviu, sem mover sequer os lábios.

— Paulo, já que me permitiu a intimidade, — disse o jovem enquanto se levantava, e sorrindo com olhos, boca e dentes se aproximava, tocando o peito de Paulo com o indicador direito — tenho observado você.

O consultor seguia paralisado, sem se mover, sem falar.

— Estive nos seus torneios, estive na mesa de *cash game* semana passada, em que você entrou com quinhentos e saiu com cinco mil reais, meu amigo. Você é bom, admito — e fez uma mesura com as mãos, inclinando a cabeça de um jeito tão elegante e *velho* que fez Paulo ter certeza, "**Book Antiqua**"! — Mais que isso, meu caro, você é exatamente o que procuro.

Paulo notou que estava respirando com dificuldade, estaria movendo o peito? Cortez arregalou levemente os olhos.

— *Fale, mas sussurrando, sem mover braços ou pernas.*

— Quem, o que é você? — murmurou o consultor.

— Um jogador. Um esportista. Apenas distinto dos demais predadores por gozar de uma expectativa de vida indefinida, desde que siga bebendo sangue humano, fresco.

Ajeitou-se de volta na cadeira, parecendo mais relaxado e sorrindo, dentes pontiagudos à mostra.

— Tenho certeza de que, se o governo soubesse da minha existência, o que seria muito difícil, considerando as habilidades da nossa espécie, eu ainda teria direito a algum tipo de bolsa, renda ou auxílio estatal, afinal, vivemos na era da diversidade.

— Espécie?!

— Ora, Paulo, não me faça perder a fé em sua inteligência. A capacidade de controlar mentes e passar despercebido, como fiz aqui, entrando no seu escritório, não são dons de meros mortais. Somos poucos, meus irmãos e eu, é claro, mas preferimos assim, o que nos leva ao convite para nossa mesa de pôquer hoje à noite.

— Eu j-jogaria com vocês! — Paulo era o mais controlado jogador de pôquer que conhecia na cidade, capaz de blefar sem nada nas mãos ou atrair as apostas dos incautos com o jogo vencedor, ganhando muito dinheiro, mas, naquele momento, duvidava se seria capaz de escolher qual lado pedir num simples cara ou coroa.

— Você sabe qual a maior força que move um ser imortal, Paulo? Eu, que estou vivo, bem, "vivo", digamos, *lato sensu*, desde o ano do Senhor de 1720, posso afirmar a você: não é o amor, não é o ódio ou a vingança, muito menos a ganância.

— Não?

— Talvez no início. Porém, tudo isso, com o passar das décadas, com o passar do primeiro século, acaba, se esvai, fica pálido, sem gosto. Comida sem tempero. Cerveja sem álcool. Só uma coisa é forte o bastante para fazer você se mover adiante.

— Sobrevivência? — chutou Paulo.

— Tédio.

A secretária entrou na sala para recolher a xícara e o copo. Ato contínuo, Cortez se moveu para trás dando um salto mortal tão gracioso quanto rápido. Paulo pôde notar que Dona Janaína sequer percebera a movimentação. Não percebeu quando o jovem loiro caiu atrás dela, praticamente sem ruído. Sequer piscou quando, apoiando uma mão na testa da senhora de cinquenta e cinco anos, que trabalhava com o consultor desde a abertura do seu escritório, há dez, Cortez forçou o pescoço, fazendo de uma só vez um arco até um ângulo impossível de noventa graus, quebrando-o, como quem torce a cabeça de uma galinha, como quem parte um simples graveto.

O som era obsceno, pois curto e muito baixo, quase inaudível. Era, de certa forma, mais um cúmplice daquele assassinato.

O corpo de Dona Janaína não caiu ao solo, pois, antes disso, o rapaz loiro e tão bem vestido cravou os dentes em seu pulso esquerdo. Quem entrasse na sala naquele momento veria uma cena impensável, como se o casal estivesse petrificado em meio a um passo estranhamente belo de tango. Janaína, com o pescoço quebrado retorcido para trás, tinha o sangue ainda quente das veias sugado por Cortez, presa pelo pulso aos lábios do seu algoz, o que durou não mais que alguns minutos até que ele estivesse saciado e a deixasse, lentamente, cair sobre o carpete da sala.

Paulo chorava, aos sussurros, sob o efeito do poder do visitante.

— Entende o que eu digo? — prosseguiu Cortez, limpando o sangue da secretária com um lenço cor magenta que sacara do paletó, agora aberto e incrivelmente sem qualquer mancha. — Tenho certeza de que você está emocionado nesse momento, coração acelerado, cheio de ódio, medo, ou ambos. Lágrimas?! Parabéns, Paulo! Ah, essas sensações, eu o invejo, meu amigo. Há muito tempo já não sinto mais nada quando me alimento assim.

O consultor reuniu todo o autocontrole e força de vontade que possuía, já pensando seriamente em renegar o ateísmo que até então o conduzira nas escolhas de vida. Sussurrou:

— Você vai me matar?

— Não, Paulo. Quer dizer, não, a menos que você perca — Cortez sacou um celular do bolso e pareceu digitar com velocidade espantosa algumas mensagens de texto ou *whatsapp*. — Entenda, cada irmão meu, seremos cinco jogadores ao todo hoje, seis com você, cada um de nós entra na mesa com fichas que representam recursos financeiros. Como deve imaginar, somos indecentemente ricos e todos capitalistas convictos, afinal, o direito de herança facilita muito que mantenhamos nossas riquezas "na família", se me permite a analogia.

Paulo estava ainda enfrentando aquela realidade, mas a curiosidade era realmente um traço forte de seu caráter.

— E eu, jogo como?

— Ah, somos bons anfitriões, você joga com o mesmo número de fichas, fornecidas sem custo. É o seu estímulo para dar o seu melhor. Mas as suas representam, além do valor monetário, todo o seu sangue. Perca todas e, ora, digamos que sairemos muito bem alimentados da noite.

— E se um de vocês perder todas as fichas?

Cortez sorriu enquanto se levantava e ajeitava a roupa, indo em direção à porta.

— É aí que desafiamos o tédio, Paulo. Não se superestime, você é pouco mais que uma peça da decoração. Costumamos jogar entre nós há muito, muito tempo. O pôquer é algo raro e, como dizem, bastam quinze minutos para entender as regras, mas se leva a vida inteira para entender o jogo, concorda? Temos usado o tempo de algumas vidas nisso e ainda o estamos entendendo.

Paulo sentia o movimento das pernas e braços voltando lentamente, mas não ousava pensar em se mover. Cortez caminhava lentamente até a porta.

— Uma vez a cada ano, convidamos um mortal para o jogo. As fichas que você ganhar, se ganhar, levará como prêmio, cada uma delas valendo cem mil reais. Se eliminar um dos meus irmãos do jogo, ele simplesmente se despede e vai embora com o prejuízo. Mas se um de nós — sorriu, novamente com olhos e boca e dentes — eliminar da mesa outro imortal, nesta noite, e somente nela, sem causar um conflito de proporções terríveis na nossa sociedade, podemos destruí-lo ali, naquele momento, tomando tudo o que lhe pertence.

Restava a Paulo uma cartada.

— Tenho escolha?

— Caso não queira participar? Tem. A mesma que dei à secretária. Sei onde você mora, Paulo. Seria algo mais lento, muito mais lento do que presenciou. Mais doloroso também, é claro. Contudo, eis o acordo, se for ao jogo e sair vivo, jamais nos verá novamente. E poderá ficar muito, muito mais rico com as fichas que levar.

— Aceito — e a voz de Paulo saiu alta somente nesse momento.

— Excelente! Sabia que podia contar com você. Mande os outros funcionários embora e diga que vai se reunir com a sua amiga aí no chão. Depois, vá para casa e esteja no endereço que enviei para seu celular às 20h. Não se atrase, somos pontuais em família.

— Dona Janaína... — balbuciou o consultor, olhando com expressão de nojo para o corpo no chão.

— Fique tranquilo, já acionei minha equipe de limpeza. Cada um de nós tem uma. Depois que você sair, os vestígios serão apagados. Lamento informar que sua secretária sofreu hoje um sequestro relâmpago e será encontrada amanhã na beira de uma BR, sem carro, sem bolsa, nua e morta — e olhou para o cadáver com o sorriso que realçava os dentes pontiagudos —, com o pescoço horrivelmente partido.

※

O ditado era antigo e Paulo gostava sempre de lembrá-lo: o Texas Hold'em é um jogo de pessoas e fichas que, por acaso, tem umas cartas no meio.

Justamente por isso, tinha a exata noção de suas chances de sair vivo daquela noite serem mínimas.

A cada rodada numa mesa de Hold'em, o jogador recebe duas cartas fechadas que os outros não podem ver. Elas começam sendo distribuídas ao *small blind* e ao *big blind*, jogadores imediatamente à esquerda do botão na mesa que marca quem está na vez de dar as cartas (entregues uma a uma por quem faz o papel de *dealer* ou crupiê). Os jogadores na vez de *blinds* (ou *pingos*, em português) são obrigados a já deixar uma aposta na mesa (o *small*, metade da aposta mínima, o *big*, a aposta mínima inteira).

Em seguida às primeiras apostas de todos, feitas olhando apenas as duas cartas que cada um tem pra si, o *dealer*, de uma só vez, vira três cartas – é o *flop*. Tanto essas três quanto a carta seguinte (o *turn*) e a última (o *river*) comporão, ao final da mão, um total de cinco cartas da mesa, comunitárias. Todos os jogadores que estiverem participando da rodada combinam as suas duas cartas fechadas com as da mesa para fazer o jogo mais alto.

Os jogos que se formam com as cartas da mão do jogador e as comunitárias podem ser, em ordem crescente de força: *Carta mais alta* (ninguém formou um jogo, vence quem tem a carta mais alta, na ordem normal do baralho, de 2 – a menor ao Ás – a maior); *um Par*; *dois Pares*; *Trinca*, *Sequência* (cinco cartas conectadas como: Cinco, Seis, Sete, Oito e Nove, ou Dez, Valete, Dama, Rei e Ás, sendo a sequência maior mais forte que a menor); *Flush* (cinco cartas do mesmo naipe); *Full House* (uma trinca e um par na mesma mão); *Quadra*; *Straight Flush* (sequência de cartas, mas todas do mesmo naipe) e o maior jogo de todos, o *Royal Straigth Flush* (do Dez ao Ás, na sequência de mesmo naipe).

A cada intervalo dentro da mão, se ninguém apostou ainda, o jogador pode pedir "mesa" (ou *check*, significando que não apostou nada, mas quer seguir no jogo); dar *fold* (descartar as cartas sem mostrá-las, saindo da mão) ou apostar qualquer limite de fichas. Havendo uma aposta, todos os demais são obrigados a pagar seu valor, se quiserem seguir naquela mão; dar *fold*, ficando fora daquela rodada, ou, ainda, reaumentar a aposta, elevando o valor para seguir jogando.

O jogador que faz a mão mais alta ganha o pote, o total de fichas que foi posto em jogo. É nas apostas, levando em conta a posição da mesa, quantidade de fichas e o jeito de jogar de cada um, que acontecem blefes, contra-blefes e cálculos de probabilidade, e é onde mais entra a habilidade do jogador, que precisa saber contra quem, quando e em que circunstância apostar.

Quando mais de um jogador permanece até a última rodada, tendo pago todas as apostas após o *river*, todos mostram as mãos, revelando suas cartas ocultas para descobrir quem ganhou – é o *showdown*.

Declarar um *all in* significa apostar todas as suas fichas de uma só vez no resultado daquela mão e tanto pode significar uma forma de conseguir o máximo lucro na mão que o jogador sabe que ganhou, quanto um tremendo blefe para tirar os demais da mão e ganhar o pote sem nenhum jogo de verdade – ou qualquer outra coisa de um extremo ao outro desse espectro.

Definido o fim da rodada, o botão de *dealer* passa para a esquerda, para quem foi o *small blind* na rodada anterior, e o jogo segue, com a mudança das demais posições na sequência.

Já era difícil sair de uma noitada de pôquer contra bons jogadores com lucro, dada a complexidade do jogo, embora Paulo até o conseguisse com certa regularidade.

Agora, fazer o mesmo contra aquele tipo de criatura que Cortez revelara ser? Como evitar que ele lesse em sua mente as cartas que tinha, ou o obrigasse a dar *fold* com uma mão vencedora, daquela forma irresistível como tinha feito Paulo se calar no escritório? Como ter esperança de ser melhor do que seres que praticavam aquilo há décadas, senão séculos?

Paulo foi para casa, tomou um longo banho, comeu a refeição deixada pela cozinheira, requentando-a no micro-ondas. Engraçado como aquele ritual simples, diário, parecia tão precioso agora que sentia a proximidade da morte.

Poderia ser a última vez que o executava.

Vestiu-se como em geral fazia para jogar, calças confortáveis de sarja, tênis novos, camisa de malha cinza e um blazer preto por cima, mas, desta vez, talvez por vã esperança de que houvesse mais blefe e menos poder real naquilo que Cortez mostrara ser capaz de fazer, acomodou na cintura o revólver seis tiros calibre .357 Magnum de seu pai, policial federal já falecido, que o deixara de herança.

A arma era proibida para posse e porte civil (e Paulo nem tinha porte), o que lhe renderia uma condenação pesada se fosse preso. Naquele momento, porém, a chance disso acontecer era infinitamente menor do que a de morrer. Paulo era ótimo calculando as probabilidades de qualquer coisa.

O consultor não afastava a hipótese de que um tiro, mesmo daquele grosso calibre, sequer fizesse cócegas em Cortez, ou nos outros ditos seus irmãos. Podia apenas supor, por histórias, livros e filmes que conhecia, o que eram eles, mas como o demônio o fora visitar no meio da tarde, sem demonstrar incômodo com a luz do dia, sentia que podia apostar que nem tudo que sabia sobre aquelas criaturas com que imaginava estar lidando corresponderia aos fatos.

Levaria a arma, carregada e pronta para a atitude desesperada que se apresentasse, nem que fosse para privar os outros seres do prazer de torturá-lo ainda vivo se perdesse. Afinal, como dizia outro verdadeiro lema entre os adeptos do pôquer de qualquer lugar do mundo, não se confia em jogador.

༆

— Boa noite, posso pendurar sua jaqueta?

A mulher que atendera a porta da cobertura luxuosa da quadra 212 da asa sul de Brasília, cujo endereço Cortez enviara por SMS, era branca, de seios médios, olhos castanho-claros e cabelos compridos e avermelhados num tom escuro. Tinha um belo rosto e deveria ter, no máximo, seus dezenove anos. Estava completamente nua, mostrando os seios médios, firmes e rosados e um corpo magro, mas sem exagero, com quadris largos e pernas longas que, apesar do medo da situação, não escaparam ao olhar instintivo de Paulo.

— Obrigado, prefiro ficar assim.

A jovem acenou para que entrasse, baixando os olhos ao gesticular. Adentrando a grande sala da cobertura, Paulo pôde vislumbrar um verdadeiro salão, pintado em tons claros, finamente decorado.

Ao contrário do que imaginara ao dirigir até ali, não havia móveis antigos, espadas na parede, candelabros ou outras relíquias no imóvel. A iluminação era toda projetada para destacar algumas colunas e ilhas com vegetação ou objetos contemporâneos de decoração, a maioria em tom pastel ou branco, com pequenas peças escuras aqui e ali (esferas, blocos, pirâmides).

Havia um longo sofá em L e dois pares de poltronas, e, em todas essas posições, mulheres igualmente jovens como a que o recebera na porta, estavam sentadas, nuas, bebericando algo ou provando bandejas com doces e canapés. Elas riam, bebiam, comiam e, sem parar, acariciavam-se levemente (Paulo viu um suave beijo na boca, uma massagem no pé e muitos abraços e toques com as mãos enquanto caminhava). Tinham em comum belos corpos e variedade de cores de pele e cabelos. O consultor contou uma negra, duas mulatas, duas loiras com aspecto sueco e uma morena de cabelos curtos cuja gargalhada lhe pareceu estranhamente familiar e de mau agouro.

O ambiente era dominado por uma elíptica mesa de pôquer colocada do último terço da sala, maior que qualquer uma que Paulo tivesse visto.

Sua base era de mármore escuro, assim como as bordas. O tecido, de feltro verde-esmeralda, parecia denso, fundo. À frente de cada uma das seis cadeiras de couro colocadas à mesa, já haviam fichas separadas em iguais quantidades, peças que, de onde Paulo estava, poderia jurar serem feitas de marfim, apesar de coloridas.

Cortez estava em pé, na cabeceira da mesa e, com aquele sorriso felino, gesticulou para que Paulo se aproximasse. Aparentemente ele era o último a chegar, pois já havia quatro homens no salão do apartamento, cada um próximo a uma das meninas. Com a entrada de Paulo e um gesto de Cortez, todos se aproximaram da mesa, lentamente.

Homens? Não, não exatamente, pensou o consultor.

— Paulo, meu caro, quase se atrasa. Seria terrível se não pudéssemos contar com você hoje. Terrível para você é claro. Ótimo que tenha vindo. Animado?

— Como poderia não estar? — disse, já exercitando o cinismo que era necessário para jogar pôquer, ainda mais naquelas condições, enquanto tomava assento na cadeira oposta a Cortez, do outro lado da mesa, colocando assim, obrigatoriamente, dois jogadores de cada lado, entre ele e o anfitrião.

Observando a escolha do assento, Cortez sorriu.

— Esplêndido, vamos direto ao jogo. Senhores, tomem seus lugares e permitam apresentá-los ao nosso bom amigo, Dr. Paulo, eminente advogado e consultor de investimentos da cidade. Paulo, estes são meus irmãos.

Cortez apontou um a um enquanto se sentavam.

— O Coronel.

A farda vermelha com detalhes brancos do homem que se sentava imediatamente à esquerda de Paulo era antiga e gasta, mas ainda assim seus botões, dourados e polidos, reluziam. Visivelmente, não era brasileira, dadas as cores e a faixa branca que a ela se sobrepunha, com um brasão que Paulo, ótimo aluno em História, não identificara.

O Coronel era moreno, de estatura baixa e magro, aparentando ascendência indígena pela cor da pele e dos cabelos, muito lisos. Deveria ter, se Paulo não soubesse melhor a essa altura da situação, seus quarenta e poucos anos, e os cabelos lhe caíam à altura dos ombros. Portava um sabre do século XIX na cintura, embainhado. O cabo da arma refletia a luz ambiente. Ao ser mencionado por Cortez, ele somente acenou com a cabeça, concentrado em contar as fichas. "**Century Gothic**" classificou-o o consultor.

— Heitorzinho.

Ninguém daria mais de dezessete anos ao jovem que sentou na segunda cadeira à esquerda de Paulo. Era muito branco, tinha cabelos loiros cheios e cacheados, desalinhados, a cobrir as orelhas, olhos pequenos, aparentemente azuis, que reluziam na luz em que estava, com um brilho anormal. Usava um *headphone* de último tipo ligado a um *ipod* nano e vestia-se como qualquer jovem o faria, com jeans e um moletom leve, com o símbolo de alguma banda ou marca que Paulo simplesmente desconhecia. Ao sentar, fez um sinal de *hang loose* olhando para o consultor:

— Tá na merda, hein, parceiro?

Foi simples para Paulo esboçar um sorriso amarelo diante do comentário (sincero), bem como enquadrá-lo como mais um "**Comic Sans**".

Cortez balançou negativamente a cabeça com o comentário de Heitorzinho e, pulando a própria cadeira, seguiu a apresentação.

— Guilherme.

O jogador que sentou na terceira cadeira era calvo, e essa talvez fosse a única coisa normal de seu aspecto. Tinha a pele amarela, daquela cor que o cabelo de um idoso por vezes revela no fim da vida, mas que nunca vira na tez de um ser vivo. Trajava um tipo de manto marrom, como de um monge franciscano, mas fixado por um largo cinto de couro (este novo, destoando do tecido da roupa). A boca era um rasgo, puro e simples, sem qualquer resquício de lábios. Os olhos, leitosos, aparentavam ser os de um completo cego (mas se voltaram para Paulo tão logo Cortez falou o nome da criatura) e as orelhas, largas, grandes e pontudas, pareciam não ter divisão interna.

Paulo, observando-o na tentativa de disfarçar o asco, conseguia pensar apenas num morcego. Inadvertidamente, sentiu um tremor de medo a ponto de derrubar, com a mão esquerda, a parte de cima do seu monte de fichas.

— *Crudelius est quam mori semper mortem timere* — disse Guilherme, inclinando levemente a cabeça e revelando uma surpreendente bela voz de barítono.

O latim de Paulo lhe serviu apenas para entender que se tratava de algo sobre a morte, mas enquanto o Coronel e Cortez se entreolharam e riram, Heitorzinho (que havia tirado os fones do ouvido), traduziu:

— Guilherme disse que temer a morte é morrer duas vezes.

Paulo conseguiu acenar positivamente com a cabeça e, em sua mente, listou Guilherme como "**Bookman Old Style**".

— Por fim, mas não menos importante — seguiu o anfitrião —, Demétrio.

O homem na cadeira à direita de Paulo aparentava estar no final de seus trinta anos, tinha cabelos castanhos lisos e bem aparados, olhos negros e barba bem feita. Vestia terno e gravata (um conjunto bastante usual, azul-marinho, com finas listras brancas, e uma gravata preta com sutis detalhes prateados). Preso ao paletó, usava um *pin* conhecido de qualquer morador do Distrito Federal que trabalhasse na área pública, pois usado pelos servidores do Senado Federal.

Isso explicaria muita coisa, pensou Paulo, associando imediatamente o hábito de chupar sangue com a atividade política.

Demétrio foi o único a estender a mão que, por instinto puro, não por coragem, o consultor apertou, aliviado com o fato da criatura não usar de força além da mais normal para concluir o cumprimento.

— Boa noite, Paulo, sua fama o precede.

Típico "**Garamond**", anotou em silêncio Paulo.

Demétrio sorriu revelando uma arcada dentária tão branca e quase tão afiada quanto a de Cortez, que agora se sentava à mesa. Ao mesmo tempo, cada uma das meninas do salão se aproximou dos jogadores (exceto de Paulo) estendendo os pulsos para que escolhessem de qual se alimentar.

Sem surpresa, Paulo observou que as mulheres pareciam ter prazer silencioso ao assim serem sugadas, contorcendo-se lentamente no processo para, em seguida, irem se deitar nos sofás e cadeiras, abraçando-se. Algumas dormiam e, a julgar pelos gemidos, algumas tinham atingido ou estavam tendo orgasmos pelo simples fato de terem sido degustadas.

A ânsia de vômito com a cena veio veloz, só controlada quando a ruiva que o recebera, que estava ao seu lado sem que ele tivesse percebido, estendeu-lhe um copo do uísque escocês da marca e idade que costumava tomar ao jogar.

Paulo deu um gole apressado que sorveu quase toda a bebida, sinalizando com o olhar para que a mulher repusesse a dose.

— Senhores, conhecem as regras — disse Cortez, já tendo sentado e contado suas fichas —, nada de assustar, digo, mais ainda, nosso convidado. Nada de influenciá-lo ou intimidá-lo. Lembrem que os outros sentiriam o uso de nossas habilidades sobre o bom Dr. Paulo e a noite, tão agradável, não acabaria bem com nossa discussão. Alguns dos irmãos têm dúvidas sobre as regras? Creio que não, pois jogamos há tempo suficiente.

— As fichas, confirmamos os valores? — interrompeu Demétrio.

— Sim, querido irmão — respondeu Cortez, que conseguia fazer a palavra irmão soar como ofensa. — Teremos a aposta mínima em duzentos mil reais, cem mil pro *small*. Cada um, inclusive o Dr. Paulo ali, jogará com as fichas totalizando cem vezes a aposta mínima. Não haverá como comprar mais fichas, e todos conhecem as consequências de perder tudo para o mortal ou, pior, para um dos nossos.

Cem vezes o *buy in*, pensou Paulo – significava estar jogando com vinte milhões de reais em fichas!

Caso saísse no lucro ou, Deus permitisse (a religiosidade de Paulo aflorara nas últimas horas), se ele simplesmente saísse vivo com algum número de fichas, poderia estar muito mais rico do que jamais seria e em apenas uma noite.

Arriscar a vida já não parecia um mau negócio.

Observando Paulo do outro lado da mesa, Cortez limitou-se a brincar com o botão, de ouro amarelo, maciço, com detalhes em ouro branco e brilhantes, que designava a posição de dar as cartas e que, naquele jogo, por tradição, sempre era colocado inicialmente diante da cadeira do anfitrião.

༄༅

Apenas depois de muito tempo, por volta da terceira vez que passou por ele o objeto, Paulo observou que o desenho central do botão de *dealer* era o de um crucifixo. Diante da facilidade com que os demais jogadores manipulavam o objeto, percebeu o quão estava perdido naquele circo infernal em que se metera.

A verdade é que, nas três primeiras horas de jogo, mal participara de cinco mãos. Sempre que pagava uma aposta ou, mais comumente, aumentava alguma anterior de Cortez ou Guilherme, o Coronel ou Heitorzinho pagavam ou aumentavam a jogada a níveis que variavam de três a cinco vezes o valor que ele próprio aumentara.

Paulo costuma ser agressivo no pôquer, mas, como temia, os demais jogadores sabiam que ele tinha muito mais a perder naquele jogo do que eles, especialmente quando o enfrentando diretamente, então, como as cartas não estavam ajudando muito (não havia visto um Ás sequer e nenhum par *pré-flop* chegara às suas mãos), Paulo se via obrigado a dar *fold* e desistir no meio de várias mãos.

Estavam usando os aumentos, talvez de forma combinada, para emparedá-lo e garantir que naquela noite não apenas as belas jovens desnudas seriam usadas como alimento.

De fato, concluiu, as criaturas o estavam sangrando em fichas. Mas o tempo não fora de todo inútil. Pôde observar o jogo dos adversários.

Guilherme era extremamente contido, tendo jogado apenas duas mãos e ganhado ambas quando, antes do *river*, aumentara estupidamente a aposta no *turn*, em ambas as vezes, simulando uma possível trinca. Parecia ser um jogador calmo e que só apostava com real valor de jogo.

Cortez e Heitorzinho eram de longe os mais agressivos, jamais apenas pagando uma aposta, aumentando e reaumentando a todo o momento, além de jogarem quase todas as mãos, sem medo de perder fichas na tentativa e erro. Mas, se o jogo tinha um vencedor até ali, além de Guilherme (que jogara pouco, mas vencendo as duas mãos em que investiu), era o Coronel.

O militar ria a cada mão que, no *showdown*, mostrava-o vencedor. Havia reduzido a pilha de fichas de Heitorzinho e Demétrio em um terço, a dele próprio em pouco mais que isso. Não jogava mal, mas estava tendo sorte, com mãos iniciais boas e jogos que se formavam mesmo quando, em meio às apostas, pareciam estar perdendo.

Quando ganhava, grunhia algo entre as risadas que parecia ininteligível a Paulo. Na mão anterior, em que Heitorzinho pagou até o final a jogada e perdeu com sua trinca de Valetes, formada ainda no *flop*, para uma sequência do Coronel, formada apenas na última carta, o derrotado, balançando negativamente a cabeça, disse olhando para Paulo, como quem dá uma explicação pela jogada mal-sucedida:

— Esse guarani é um cagão filho da puta!

Agora Paulo reconhecia a farda, é claro. O Coronel era paraguaio.

O olhar que o militar deu a eles, depois do comentário, fez o sangue de Paulo gelar e teve como resposta de Heitorzinho o dedo médio da mão direita levantado, no gesto obsceno universal de desprezo.

O clima de enfrentamento seguiu enquanto ambos colocavam suas apostas obrigatórias para a próxima rodada, na qual seriam *small* e *big*, respectivamente, e só foi interrompido por Cortez que, primeiro a falar, depois de olhar as cartas recebidas, levantou a voz ao jogar fichas na mesa:

— Aumento para dez.

Cortez era o UTG, posição do primeiro jogador a falar antes do *flop*, tão desvantajosa que a sigla em inglês abrevia o termo *"under the gun"* – pois é como se o jogador estivesse com uma arma apontada contra sua cabeça. Ainda assim, havia aumentado cinco vezes a aposta básica (agora em um milhão de reais). Fazer isso naquela posição significava, geralmente, força real nas cartas (ter saído com um par alto nas mãos) ou muita disposição para blefar.

Guilherme e Demétrio desistiram e, após seus *folds,* Paulo olhou as suas duas cartas.

Par de Ases.

A mão mais forte do pôquer estava ali, olhando de volta para ele. A sensação equivalia a ser convidado para ir a uma festa tão esnobe que ficaria sem saber até que roupa usar.

Teoricamente, Paulo deveria jogar e reaumentar a aposta de Cortez, pois o par mais alto possível que detinha jogava bem contra um único oponente, sendo favorito contra qualquer mão, mas não ia bem contra vários adversários envolvidos. Ver um *flop* com três ou quatro adversários era pedir para alguém acertar uma sequência, uma trinca, ou mesmo dois pares, e ver seu precioso par de ases derrotado.

Naquele momento, todavia, Paulo resolveu confiar na leitura que havia feito dos demais jogadores. Com Guilherme e Demétrio fora, os mais seguros ou contidos, os demais iriam tentar tirá-lo da mão, como antes. Não precisaria aumentar, tinha certeza de que fariam isso por ele e melhor, disfarçando a força da sua própria mão.

— Pago — disse Paulo, jogando o valor equivalente ao da aposta de Cortez, outro milhão em fichas, no pano.

— !*Lo Aumento*! — sorriu, animado, o Coronel, que já tinha uma ficha na mesa, por ser o *small blind*, jogando fichas para totalizar vinte vezes a aposta básica (dois milhões de reais).

Olhando para o alto como quem reclama com a divindade suprema, Heitorzinho desistiu, deixando as fichas de *big blind* abandonadas.

— Pago seus vinte — disse Cortez, displicente. Cinco milhões e duzentos reais em jogo e novamente Paulo deveria decidir se pagava ou desistia da mão.

— *All in.*

– O que você disse, Paulo? — e enquanto Cortez perguntava isso, o consultor observou que todos o olhavam, sorrisos ou meio-sorrisos estampados na certeza de que, agora sim, poderiam ter mais um aperitivo na mesa.

— *All in* — repetiu Paulo, dando um gole no uísque e pousando a mão na sua perna direita, perto do lado da cintura em que guardava o revólver.

— *Fold!* – anunciou o Coronel, não sem Paulo notar que também ele já deixara a mão sobre a empunhadura do sabre.

— Pago! — gritou Cortez, ficando de pé e atraindo com o gesto, ou talvez por algum silencioso comando, as mulheres novamente à beira da mesa, ao mesmo tempo em que revelava sua mão: um par de damas, de copas e ouros.

Estavam em disputa as apostas do Coronel e de Heitorzinho, todas as fichas de Paulo e boa parte das de Cortez (exceto as que o anfitrião tinha a mais que o consultor, que não entravam na conta).

Estavam em jogo quarenta e seis milhões e duzentos mil reais.

Paulo virou seu par de Ases – que eram de paus e espadas – devagar, porém de modo firme, quase como um desafio a Cortez.

Os demais se alimentavam, ávidos, nos gentis pulsos femininos ofertados, exceto o anfitrião, que parou no meio do gesto de morder o pulso da mulata que escolhera como petisco.

Cortez levantou-se e ficou ali, paralisado, sem tirar os olhos das cartas, ainda digerindo o fato de estar perdendo. Sabia bem que as chances de um par de damas contra o de ases giravam em torno de somente vinte por cento.

O *dealer*, naquela mão o próprio Paulo, virou as três cartas do *flop* num único movimento.

— Dama de paus, três de ouros e cinco de espadas! — anunciou Heitorzinho, que tomara para si a tarefa de locutor da jogada diante do silêncio geral.

Trinca de damas no *flop*.

As chances de Cortez haviam pulado agora para algo em torno de oitenta e nove por cento.

Paulo ajustou a mão em torno da arma, usando apenas a mão esquerda para dar as cartas, o que conseguia fazer com boa habilidade, apesar de sua vontade, naquele instante, ser de dar um tiro no baralho.

— Oito de paus — repetia Heitorzinho, hipnotizado pelas cartas, quando o consultor virou o *turn*.

Paulo tentava decidir, congelado de medo e desespero, se tentaria atirar em Cortez, no Coronel ou na própria cabeça para evitar o que o aguardava. As chances de vitória agora estavam reduzidas a quatro por cento. Quatro por cento de chance de viver! Havia cirurgias neurológicas de câncer com melhor perspectiva de sucesso.

Decidiu-se, o tiro seria em Cortez, tivesse ou não o efeito desejado, aquele maldito que o trouxera ali saberia o que é estar, literalmente, com uma arma contra a cabeça. Paulo praticava eventualmente com a arma do pai, daquela distância, não erraria.

— Paulo, você precisa dar a carta do *river* — informou Demétrio, educado, mas gélido, caninos estranhamente visíveis.

Dizem que, à beira da morte, as pessoas assistem a toda a vida passar diante de seus olhos. Paulo não teve essa experiência. Assistiu ao que não vivera. O filho cujo nascimento adiara, por sempre ter planejado tudo tão bem e não ser a hora certa. A viagem à Ásia, esquecida quando da abertura do escritório novo. O telefone da ex-estagiária, linda, com quem encontrara por acaso num restaurante mês passado e para o qual ainda não tinha ligado.

A mão direita encontrou a empunhadura do revólver e só então a coragem comandou que sua mão esquerda virasse a última carta.

— Ás de ouros! — gritou Heitorzinho, gargalhando alto com a carta que, trincando os Ases, mudou pela segunda vez o curso do jogo.

A frase foi a mais bonita que Paulo tinha ouvido em toda sua existência.

Os olhares dos demais jogadores, não sem decepção, Paulo observou, voltaram-se para Cortez que, paralisado, permanecia de pé.

— Adoro esse jogo — falou, baixo, o anfitrião, olhando com indisfarçado ódio para a mesa. — O pote é seu, Paulo. O jogo segue — afirmou, sorrindo, o que ressaltava o nariz de fuinha, e sentando para servir-se avidamente do pulso da mulata.

Agora o ritmo se invertera por completo. Paulo se encontrara e podia fazer as jogadas, blefar e aceitar pequenas perdas. Tinha confirmado a leitura sobre cada oponente e sua "tipologia".

O consultor evitou outra sequência do Coronel no *river* quando ele estava apostando forte por ter feito dois pares no *turn*. Assistiu ao calmo e calado Guilherme angariar metade das fichas de Demétrio quando blefou simulando um *flush de copas* que Paulo tinha certeza de que o morcego humano não tinha acertado, até porque, ele mesmo descartara duas cartas de copas antes do *flop*. Recolheu mais fichas quando blefou diante de um aumento de Heitorzinho não pago por ninguém, quadriplicando a aposta e vendo-o descartar a mão, sendo que ele próprio estava apenas com um sete e três de naipes diferentes na mão, um péssimo jogo. Largou duas mãos no *turn* evitando um *all in* de Cortez pago pelo Coronel que perdeu com dois pares contra um *flush* de espadas do anfitrião.

Foi assim, já para além de seis horas de jogo (sem que nenhum dos outros demonstrasse sinal de cansaço), que Guilherme aumentou a aposta para oito vezes o mínimo. Demétrio declarou *fold*, enquanto Paulo olhou sua mão.

— Pago.

— Pago — disse o Coronel.

— Pago — repetiu Heitorzinho.

Havia até ali seis milhões e quatrocentos mil reais na mesa.

Cortez, que estava com uma das mulatas em seu colo, desmaiada pela perda de sangue (que ele seguia sorvendo, agora de um dos seios volumosos da jovem), era o último a falar. Deixou o corpo da mulher cair com um baque seco no chão.

— *All in.*

Graças à anterior vitória contra o Coronel, Cortez estava de volta ao jogo e lançava todas as fichas à frente. Eram dezoito milhões de reais em fichas e uma ótima jogada a se fazer. Guilherme, que puxara os aumentos, era um jogador econômico, que raramente pagaria um *all in*. Os demais apenas pagaram o aumento inicial do morcego, ninguém reaumentara, o que possivelmente significava que não havia jogo forte o bastante para encarar um *all in*. A jogada de Cortez tinha sido bem planejada e, se Guilherme desse *fold*, Paulo acreditava que daria certo.

— Pago — declarou Guilherme, e o som pareceu propagar-se pela sala e voltar na cabeça de Paulo até a tarde daquele dia, até o momento em que ele encontrou Cortez, como uma epifania, uma revelação.

Paulo entendeu.

Guilherme poderia dar ele mesmo um *all in*, jogando suas fichas (em torno de três vezes tudo o que Cortez tinha) na mesa e, assim, obrigando todos os demais a saírem da mão (que ficaria cara demais com risco de eliminação para os outros), para que tudo se decidisse entre o anfitrião e ele.

Mas o seguro "**Bookman Old Style**" optara por apenas pagar.

Só havia dois motivos para isso: ou não confiava tanto na sua mão – coisa que Paulo ainda não vira naquela noite, já que o morcego jogava sempre com cartas fortes ou blefava (hipótese remota nesse momento), ou queria, na verdade, que mais alguém pagasse para aumentar as chances de eliminar Cortez da mesa.

— Pago — disse Paulo, jogando dezoito milhões de reais na mesa e ficando com pouco mais que os iniciais vinte para trás.

— *Fold* — repetiram, curiosamente ao mesmo tempo, o Coronel e Heitorzinho.

Todas as fichas somadas, havia cinquenta e quatro milhões de reais em jogo. Cortez não tinha mais o que falar, tudo que tinha estava na mesa. Guilherme e Paulo, porém, nessa ordem, poderiam apostar, pois ainda tinham fichas, e o que lançassem na mesa agora entraria num pote separado, para dividir entre o resultado deles sozinhos.

O anfitrião virou o *flop*, que de novo foi descrito pelo excitado Heitorzinho:

— Sete de Ouros, Cinco de Ouros e Ás de Paus!

— Mesa — disse Guilherme.

— Mesa — disse Paulo.

Cortez virou o *turn*.

— Nove de Ouros! — exclamou Heitorzinho e olhando Cortez, impassível, acrescentou. — Sua mão ganha do *flush,* Eduardo?

— Mesa — disse Guilherme.

— Mesa — disse Paulo.

Cortez se preparou para dar a última carta, olhando fixamente para Paulo. Não usou suas habilidades sobrenaturais, mas apenas o olhar, antigo e frio que lhe direcionara, sinalizava para o consultor que ele estava, naquele momento, tendo todas as emoções, embora negativas, que dissera buscar no jogo.

Mentalmente, Paulo sorriu e pensou, *de nada.*

— Rei de Paus! — gritou Heitorzinho, agora de pé.

— Mesa — disse Guilherme.

— *Fold!* — declarou Paulo, empurrando as cartas para frente e desistindo da mão sem precisar, já que Guilherme não apostara.

O Coronel, Paulo sabia, sem ousar olhar, também havia se levantado e mantinha a mão sobre o sabre.

Era o momento do *showdown.*

Guilherme virou suas cartas: Ás e dois de ouros. Formara um *flush* máximo.

Cortez parecia uma estátua. Ainda olhando para Paulo, virou a mão mostrando o Ás de Espadas e o Rei de mesmo naipe. Tinha feito apenas dois pares com Ás e Rei na mesa.

O anfitrião tentou falar algo. Talvez fosse demandar que se mostrassem as cartas de Paulo, o que seria obrigatório se todos tivessem dado *all in*, mas não era naquela situação, em que ele e Guilherme tinham mantido fichas a mais sem novas apostas. Talvez fosse gritar alguma oferta.

Paulo nunca saberia, pois Cortez havia perdido tudo, e o débito foi cobrado imediatamente. Enquanto o Coronel se lançou sobre a mesa brandindo o sabre, Heitorzinho emitiu um guincho inumano que fez Paulo e as mulheres taparem os ouvidos e se ajoelharem no chão, tamanha a intensidade da dor que vibrou em suas cabeças. Guilherme havia apenas se levantado e esticado o braço direito, Paulo o pôde ver segurando o ombro de Cortez, impedindo que se movesse.

A cabeça do anfitrião, arrancada pelo golpe do sabre do militar, rolou e caiu sobre a mesa, precisamente no topo da pilha de fichas.

Não havia sangue, Paulo notou. E enquanto o corpo como um reflexo treinado sentava, decapitado, de volta na cadeira, Guilherme, sorrindo, afirmou:

— Encerramos por hoje, cavalheiros?

༺༻

Ao chegar à casa, após dirigir meia hora até o Lago Norte, o amanhecer já se anunciava no horizonte e Paulo se permitiu sentar no sofá da sala de estar. Tremia.

Saíra vivo e, segundo os demais lhe asseguraram, a transferência dos fundos para ele começaria no dia seguinte, tanto em sua conta quanto na da empresa. A contagem das fichas deixara em suas mãos um verdadeiro prêmio de loteria, nada menos que vinte e seis milhões de reais. Pela forma com que as criaturas, alegres, despediram-se dele, Paulo pôde imaginar que Cortez não era muito bem quisto pelos seus semelhantes. Aliás, talvez eles se odiassem a todos mutuamente.

Sacou o revólver para guardá-lo.

Parou, congelado, ao ouvir uma tosse, daquelas altas e forçadas, propositalmente encenadas quando alguém quer chamar a atenção.

Virou-se, arma em punho. A silhueta de Guilherme em pé, ao lado da estante de livros do outro lado da sala, era a fonte do som.

— Sabe, isso seria inútil — falou o morcego, dando de ombros, esperando imóvel para ver se Paulo atiraria ou não.

O consultor largou a arma sobre o sofá.

— O que você quer?

— Só esclarecer um ponto. Assim como você, Paulo, sou muito curioso. Diga-me que mão você tinha no *all in* de Cortez?

Paulo riu. Todavia, a voz do morcego dentro de sua cabeça, novamente violentando-a, não lhe permitiria mentir.

— Seis e Nove de Ouros.

— Seis e Nove de Ouros, fez um *straight flush*! Estava com o maior jogo possível ainda no *turn* — falou Guilherme, contando pontos imaginários nos dedos —, mas deu *fold*. Por quê?

— Porque eu ficaria multimilionário, mas Cortez, vivo — e ao dizer isso, Paulo riu alto e sentiu a tensão enfim se esvair, caindo no sofá. Parara de tremer. Afinal, não fora o próprio falecido, anfitrião daquele jogo, que lhe dissera mais cedo que sangue valia mais que dinheiro?

— Excelente, Paulo! Aproveite a vitória — Guilherme falava, porém Paulo já não o via mais, apenas ouvia a voz de barítono se mover pela sala, em direção à porta, que se abriu lentamente. — Agora que Eduardo Cortez se foi, ano que vem acharemos outro irmão para jogar conosco. Sinta-se convidado a juntar-se a nós na próxima mesa.

— Jogar? — a palavra despertou Paulo do torpor de sono e alívio em que planejava se entregar. — Cortez me afirmou que nunca mais os veria se saísse vivo da mesa.

— Não conhece o ditado, Paulo? *Não se confia em jogador.*

E a porta da casa se fechou.

# ANUNCIAÇÃO

*Ju Lund*

JU LUND é gaúcha de Pelotas, Técnica em Turismo e Hotelaria e graduanda em Artes Visuais. Criou um blog que se tornou um Portal. Apaixonada por seus três gatos e agora mãe de primeira viagem. Autora do romance *Doce Vampira*, transforma seus melhores sonhos e piores pesadelos em contos e romances.
http://portal.julund.com.br/

— ESTAVA ASSIM, quando cheguei – explicava a eles a mulata alta, um tanto histérica. — Não tenho ideia do que possa ter acontecido!

— Muitas marcas, nenhum sangue — constatou o delegado, apontando para a moça que jazia nua sobre a cama bagunçada. — Chame o perito, temos um novo caso aqui.

— Mas, senhor, parece coisa de outro mundo isso! Dizem que vampiro é q... — confabulou o policial que o acompanhava, quando foi interrompido por seu superior.

— Cale a boca, Duarte! Não vê, sou um homem da lei, um delegado! Não posso acreditar nessas bobagens.

— Nunca saberemos ao certo o que aconteceu com ela... — choramingava a jovem, trêmula como se anunciando a incerteza futura.

Somente duas horas, somente duas horas. Somente duas horas.

Era o que me propunha desde que saí de casa, repetia mentalmente como um mantra. Somente duas horas, ficaria naquela festa peculiar. Emanuelle e Valquíria conheceram umas pessoas pela Internet e todos marcaram de se encontrar na tal pista.

Tinha plantão no dia seguinte e precisava voltar cedo para casa, não havia festa temática que me segurasse. Como toda estudante de medicina, vivia cansada e correndo. Bocejei.

— Vocês já os viram? — perguntei para as minhas duas amigas, que já se embalavam ao som de Zé Ramalho.

— Ei! Oi, Marília!... – disse Valqui, afastando-se para encontrar algumas das novas conhecidas.

— E voc... – comecei a falar por sobre o ombro, até perceber que estava sozinha.

À minha direita, Manu já dançava aos beijos com um cara baixinho e careca. Fui até seu encontro e, entre um rodopio e outro, sussurrei no seu ouvido que logo iria embora e elas teriam que se virar com carona.

Estavam mais que avisadas, pensei, revirando os olhos. Certamente, sairiam acompanhadas, o que sempre me preocupava. Carona de estranhos pode ser uma bela furada!

Manu arrumada com um gato nanico, Valqui em papo solto com as novas amizades e eu ali perdida. Após a breve constatação, resolvi desbravar o pequeno lugar. Precisava me mover ou acabaria dormindo de tão exausta.

O salão principal, era na verdade apenas uma sala. A casa deveria ser alugada para festas particulares, pois móveis quase não existiam. Além da sala, uma cozinha desativada servindo de copa, talvez uma antiga suíte, agora com uma mesa de bilhar e duas mesas. Um banheiro e um pequeno pátio acidentado completavam o local.

Fui nomeando cada ambiente até chegar ao bar, que mais lembrava a copa de uma quermesse. Um freezer horizontal, duas caixas térmicas, uma mesinha de plástico branco e a pia.

— Uma coca — pedi à moça de olhos claros e cabelos multicoloridos, que atendia atrás de um balcão improvisado.

— Só? — indagou entre espantada e divertida.

— Só isso, obrigada — respondi com a nota entre os dedos, entregando-lhe em seguida.

Ela sorriu, peguei a bebida e devolvi sua atenção com um aceno de cabeça. Voltei a olhar para a sala-pista de dança. Todos ensaiavam passos, dançavam em casais e arrastavam seus corpos suados de lá para cá.

Realmente, a festinha era temática, talvez pela proximidade da época junina, tudo ali era nordeste. O forró mais tipo raiz tocava alto, mas num clima intimista. Na caixa de som, um beija-flor invadia uma casa, distribuindo um mundo de beijos. A canção era linda.

Bebi um pouco do refrigerante e me embalei com a voz de Alceu Valença, ele agora cantava, até que uma mão alva surgiu frente a mim. Acompanhei mão, braço, ombro e cheguei aos olhos de um moreno alto que me convidava para dançar um xote.

Fiz que não com a cabeça, não muito simpática. Ele virou o rosto de lado, estudava-me. Pegou uma mecha de meu cabelo e cheirou. Eu o olhei intrigada. Ele aproximou seu rosto do meu e beijou minha bochecha, suave.

Olhou em meus olhos e devolveu sua atenção ao meu pescoço, que ganhou um beijo demorado. Meu corpo inteiro se arrepiou, não sei se pelo toque dos lábios frios ou se pela proximidade de um lindo estranho sedutor.

Envolvendo meu corpo, acolheu-me junto ao seu peito e, nos braços de um moreno misterioso, dancei sem pensar em nada. A forma como encaixava seu corpo no meu, seu aroma amendoado... Tudo me deixava delirante, encantava.

Abri um pequeno espaço entre nós, respirei fundo e encarei seu olhar escuro como a noite. Parecia um ser mítico. Boca fina, queixo másculo quadrado, nariz levemente empinado e um par de olhos do tipo asiático. Lindo.

— Qual seu nome? — perguntei sôfrega. — Qual seu nome? — repeti com a voz mais elevada, tentando me fazer ouvir acima da música de Elba Ramalho.

— Edgar – respondeu ao meu ouvido em sussurro.

— Essa festa, acontece sempre? — questionei, puxando assunto.

Ele apenas sorriu levemente, aproximou seu corpo rijo do meu e, balançando-me, recomeçou a dançar sem mais parar. Encantava-me seu jeito, seu olhar, seu acalento... Poderia me apaixonar, pensava meio zonza.

Sua boca percorria meu lóbulo, pescoço, ombros. Beijos, mordidas e chupões me tiravam o fôlego. A cada música, sentia que flutuava mais, entorpecida, na verdade.

— Quem é você? — talvez tenha sussurrado, talvez pensado.

Depois do que pareceu muito tempo, percebi que dançávamos no pequeno pátio, à luz do luar. Era mágico, louco, surreal...

— Seja minha — falou aos beijos e mordidas perto das saboneteiras.
— Seja minha.

Abri os olhos, tentando atenuar o estágio alucinado que me deixava. Encarando-me, seus olhos faiscavam e de seus lábios algo escuro transbordava. Seria vinho, tentei racionalizar. Apoiei em seu peito, desistente de pensar, minhas pernas falhavam. Pisquei. Quando retomei os sentidos, entrávamos pela janela de meu quarto.

Flutuávamos.

— Mas o que é... — tentei falar, contudo perdi as palavras e o fôlego ao constatar que ele se transformara.

De um belo moreno, agora nada restava além de alguns traços. Mais forte, segurava-me com garras, da boca brotavam caninos mortais e os olhos vermelhos desafiavam a própria lógica.

Voando ou não, estava nos braços de uma mítica besta fera. Um animal, um ser sobrenatural. Pensei em gritar, mas estava fraca. Fui jogada na cama, sem nenhuma amabilidade. Despiu-me em segundos, com força, debruçou sobre meu corpo nu e falou com voz rouca. De início não o entendi, então forcei minha consciência.

— Que caminho devo tomar? — perguntou-me seco.

— O que...O que você quer?! — questionei a criatura, confusa.

— Que caminho devo tomar? — replicou imperativo.

— Depende de onde você quer chegar — respondi por fim, simplesmente desistente.

— Que caminho você quer seguir? — indagou sem mais nada dizer.

— Só não quero morrer — afirmei segura, vendo sua face cada vez mais distante e notando a alma me fugir.

Pulsos, coxas, seios, boca... Nada era poupado, cada pedacinho do meu corpo era sugado com fervor. A última imagem que vi foi seu olhar negro e misterioso transformar-se novamente naquele belo moreno sedutor.

Sorri.

Suspirei.

Morri?!

༺༻

— Não deixe ninguém entrar, isso é cena de crime — vociferou o delegado ao policial de barba rala que barrava uma moça descontrolada.

— Valquíria! Sou Valquíria, moro aqui! — gritava ela, chacoalhando os longos cabelos loiros. — Manu! O que está havendo? Onde está Lauren? — berrava ainda na porta, contida pelo policial.

— Valqui! Ah, meu Deus, Valqui! — gritou em resposta a mulata já em lágrimas, correndo ao seu encontro.

— Puta merda! — exclamou alto o policial Duarte do quarto onde estava vigiando.

— O que foi? — indagou rápido o delegado sempre azedo, temia que a cena do crime fosse mexida. – Duarte, não toque em nada até a chegada do perito!

— Senhor, corre aqui! Ela está acordada! Merda!

— Que diabos...

Ao mesmo tempo em que apertava o cinto de suas calças, falava. Quase correndo, entrou quarto adentro, e foi quando viu a falecida sentada na cama. Ela espreguiçava-se.

— Santa Bárbara! Deus do céu! Ela estava morta... — dizia o policial, dando passos largos para longe da mulher.

A ex-defunta permanecia nua, mas já sem marcas alguma em seu lindo corpo. Nua, ela os olhava. Como se avaliando a situação, seu rosto não trazia expressão qualquer.

— Estou com fome — falou sem demonstrar emoção.

O delegado, agora pálido, não piscou até o momento em que notou algo pontiagudo esconder-se nos lábios de manga-rosa da ex-moribunda.

Seria possível...

Trancou a respiração.

༺༻

— Ouvimos os gritos, corremos para cá depois que tudo silenciou — contava o que parecia ser o zelador do prédio, acompanhado de outros moradores, para policiais que cheiravam a bolachas doces e se amontoavam no corredor do pequeno prédio residencial.

— Quantos corpos? — alguém com voz firme e jovem questionou.

— De duas mulheres, uma mulata e outra branca. Também de três homens, dois fardados.

— Dos nossos?

— Sim — respondeu com pesar uma voz mais aguda, talvez policial.

De onde me encontrava, ouvia tudo, inclusive seus batimentos cardíacos. Agitados, provavelmente não me notariam, estava segura. Sem saber ao certo que caminho deveria tomar, a partir dali, continuei transformada.

— Ai que nojo! — uma mulher grunhiu ainda no corredor, mas muito perto da porta. — Morcegos! — apontou para determinado lugar dentro do apartamento.

Gritos.

Sons abafados.

Saímos voando na calada da noite negra, meu moreno e eu.

# A FONTE
DA DONZELA

*Carlos Patati*

CARLOS PATATI é roteirista de quadrinhos de terror desde os 20 anos, sendo autor premiado, também contista e romancista. Mantém parceria com o desenhista Allan Alex, com quem criou o taxista *Nonô Jacaré*, cujas aventuras ocorreram em alguns dos principais gibis do país. É pesquisador de quadrinhos, autor do *Almanaque dos Quadrinhos* - Ediouro, 2006. Tem sido curador ou consultor de diversos eventos internacionais do ramo.

**Q**UANDO TERMINOU de abrir os olhos, com lentidão cultivada, a primeira coisa que notou foi o brilho das estrelas altas. A lua era um quarto minguante, o que tornava mais visíveis os corpos celestes, menos ofuscados de luar. Os seus espantados olhos, depois da vagarosa reconquista do foco, acompanharam, atentos, a passagem de um cometa lá no cimo das abóbadas. Primeiro, através do largo e translúcido curso d´água que passava bem na frente da boca de sua caverna. Mas logo encontrou modo de olhar direto para o risco de luz na escuridão do céu, quando sentou de outro jeito.

Suspirou, enquanto, devagar, sua mente se povoava das lembranças desenhadas pela cauda do cometa. Doeram um pouco, quando lembrou do sem número de encontros noturnos na sua trajetória. Das mentiras, das verdades e das indefinições, ou hipocrisias. Máscaras que havia usado sem dó, no seu já longo caminho. Exigiam muito. Conquistava, a cada época, nova e próspera identidade, não se pode negar. E então, sobrevinha a estação das perdas, quando recorria a silenciosas pausas, como a atual. A que estava acabando?

Quantas vezes não teve a atenção magnetizada, como agora, por uma estrela cadente? Momentos em que avaliou seu curso com cautela... Começou a procurar posição melhor. Ainda não compreendia o que se passava, mas havia novidades. Ruídos. E o sol mal tinha terminado de se pôr! Não era só o fulgor inesperado daquele crepúsculo a fazê-la estranhar o céu, esta noite.

Lembrou-se da última vez em que cedeu à curiosidade e, mais uma vez, envolveu-se com mortais. Fascinavam-na as mudanças dos costumes. Até parecerem naturais... Suas recentes visitas sinalizaram: o mundo mudou, de novo. Recordou o susto pessoal da última vez. A religiosidade diminuíra muito, porém não a capacidade das pessoas acreditarem nas coisas. Foi estranho. Procurou se preparar para novos sustos.

Hoje, por exemplo, é ponto pacífico, e há muito: não há qualquer limite superior do firmamento. O que um dia chamamos de abóbada celeste não passa de efeito dos limites da percepção humana na camada superior da... atmosfera. Não conseguiu conter seu sorriso, apesar do desconforto: já houve gente queimada viva, por dizer coisas parecidas... o mundo muda muito.

O discreto rumor da cascata quase não registrava presença em seus ouvidos. Costumeiro demais. Os poucos cicios em torno também não a surpreendiam. Mas era claro que havia novidades lá embaixo. Ganhou os parcos metros remanescentes até a boca da toca, e se içou, lenta, para trás da pedra tão cuidadosamente posta poucos passos à frente da abertura quase circular da caverna. O esforço físico pareceu impossível, mas suas reservas surpreenderam-na. Nem teria tentado aquilo, se a curiosidade fosse menos urgente.

Fitou os céus acima da vegetação copiosa, emoldurando a entrada da sua toca. Em seguida, respirou fundo, tomou coragem e olhou para baixo, de uma vez. Quase perdeu o fôlego. Depois daquele tempo todo, ainda precisava fingir que respirava, em certas ocasiões. Pretendeu aumentar seu sorriso, mas a essa altura já sabia: o que havia em seus lábios era um feroz, sedento esgar.

A cena com que deparou foi surpreendente. Nunca tinha visto tanta gente ali. Havia um bocado emergindo do bosque, diversas pessoas carregando estranhos volumes embrulhados, ou malas de metal. Em torno da piscina onde caía a queda d'água que passava quase na frente da sua toca, em minutos, havia mais gente do que vira no ano inteiro! E não pareciam caçadores, ou sequer que estavam procurando alguma coisa, a não ser, talvez... um ponto de vista? Só ficou mais calma um pouco depois, quando confirmou: não havia hostilidade no ar... não o suficiente para serem caçadores. Mas tinha gente disposta na área, sim! Apaixonados pelo que quer que fosse, o que vieram fazer ali? Situação curiosa...

Demorou bastante, até optar por aquele privilegiado, afastado retiro. Tinha seus motivos. A calma também faz bem. Não esperava por isso, que chegassem ali ... E aquela gente não estava a passeio! Ficou quietinha no seu canto, possivelmente durante anos. Muita novidade no mundo. Longe dos bailes, das rodas de violão, peças de teatro, saraus poéticos, artísticos ou sociais de qualquer tipo...

As pessoas é que têm o mau hábito de chegar em tudo quanto é canto. Sua alma, sua palma, não é isso? Se pelo menos não a acordassem... e trabalhavam o tempo todo! Agora não conseguia tirar os olhos de lá de baixo. Fazia tempo, não via gente assim. Todos suavam a camisa, mas pensando no que faziam, sem qualquer escravidão ou hierarquia visível... O que estavam fazendo ali?! Intuiu rápido: as histórias pessoais em torno ajudariam a montar o verdadeiro painel do momento atual do mundo, ante seus olhos impressionados. Não podia perder a calma, a oportunidade era rara. O principal agora era enganar um pouco a sede.

A piscina lá embaixo parecia um espelho. Na frente da boca da caverna, o fluxo d'água, durante sua queda rumo à dita, sublinhava ímpeto no ar, mas como a que caía não era muita, rumorejava mas não retumbava. A caverna, refletiu sua contente e cautelosa ocupante, estava bem mais discreta do que já havia sido, por causa da vegetação em torno da entrada. Tinha visto o lugar, pela primeira vez, sem qualquer verde nas suas imediações. Outra época. Com o sol hospitaleiro na pele, recortado pela folhagem que só chegava até perto da piscina natural, mas não a cercava, como agora... Noutra existência, é claro, na qual chegava a ter dificuldade de acreditar, a não ser quando acometida por lembranças fortes assim.

Hoje, só quem já viesse procurando, e fosse muito sagaz, ainda por cima, notaria sua toca. A própria pedra estava mais acidentada, cheia de plantas e rachaduras. O alto da falésia de onde caía a água do riacho parecia altar natural, pouso óbvio para uma pitonisa e seus mistérios. Esse efeito, sublinhado pela majestade do bosque e das pedras, tornava difícil de achar a linda piscina onde o rio renascia, perto da vereda aqui embaixo. Ainda mais porque fragmentos de nuvens, ou talvez neblina, esfiapavam- se no ar fino.

Eles conversavam, conversavam, e de repente saíam carregando peso, determinados, organizando e dispondo equipamentos tirados de dentro de imponentes construções de metal, com rodas. Rodas? Aquilo andava? Onde estavam os cavalos? Os trabalhos se aceleraram. Algumas pessoas assumiram posições demarcadas, e outras na assistência, com os olhos escancarados, cada qual tomando conta de algum equipamento estranho.

A impressionada, e antiga habitante do lugar, achou o trabalho interessantíssimo, mas não entendeu seu objetivo. Dali, podia ver tudo que estivesse acontecendo. Entender era outro problema. Às vezes, virava tudo um corre-corre enervante, e nada dela entender os motivos. Pelo menos, de lá de baixo, eles teriam que olhar com insistência e calma, para cima, se quisessem achar seu elevado cantinho. Uma atitude, claro, que só seria tomada se ela lhes chamasse muito a atenção, o que não tinha a menor intenção de fazer. No momento, pelo menos. Continuou quietinha, enquanto prosseguiam sua faina, às vezes, acendendo luzes e depois apagando. Havia de tudo. O burburinho não parava... mas havia momentos em que só falavam certas pessoas. Não havia nenhum ocioso, nenhum desencontrado ali. Cada um sabia o que fazer, até ela mesma... sem despregar os olhos.

Seu maior susto foi quando acenderam aquelas imensas luzes brancas, quase ofuscantes, que brilharam sem queimar. Recuou atrás de sua pedra. Não só a luz a assustou, como os lugares de onde saiu, daqueles inesperados candelabros portáteis com portinholas. Logo antes, haviam-na intrigado, e nem de longe entendera seu propósito. Fechados, eram só caixinhas de metal opaco... As luzes acesas, que viu pouco antes, embora não fossem velas, nem de longe a espantaram tanto.

Agora, enquanto alguns dos recém-chegados procuravam e demarcavam suas posições orientados por um tipo de "maestro", houve de novo a abertura das abas daqueles improváveis candelabros sem chama, cheios de fios emergindo da base dos postes que os sustentavam. A luz espantosa das brilhantes lâmpadas transfigurou o lugar.

Porque havia tantos fios no chão, ligando as coisas? Alguns bem grossos outros finos. Teve medo de processar tanta informação de uma vez só, e gastou alguns segundos certificando-se da disposição das coisas lá embaixo. Sabia que mudavam de lugar, mas nem todas. Contudo, decerto tudo aquilo alguma lógica tinha... mas esta, cruel, escapava-lhe.

O que mais lhe chamou a atenção foram certas caixas em cima de tripés, que eram de importância capital no trabalho. Todos, de algum modo, preocupavam-se com elas. Seu manejo era um trabalho difícil. Havia tubos se projetando para fora...diversos ajustes constantemente conferidos. Técnicos cuidadosos armavam-nas sobre tripés com pernas desdobráveis (que ideia!), e a seguir apontavam seus tubos e lentes para as coisas. O encarregado e seus auxiliares faziam inúmeros ajustes; revezavam-se no... visor do aparelho. Essa foi outra das palavras que captou no burburinho constante que aquela curiosa gente instalou no seu antigo retiro...

Foi quando teve de admitir, de si para si: a sede estava lancinante. Só não havia tentado tomar uma atitude, porque aquela gente era muito surpreendente. Ela ainda estava lenta. Consequência de sua alimentação recente... Agora até queria, mas entendeu: não estava em condições de irromper no meio de qualquer grupo, ou mesmo se deixar perceber. Havia uma lentidão imensa, na sua mente. Era preciso aplacar a sede um pouco, ao menos. No entanto, a situação era inédita. Nunca tinha visto tanta gente junta, ali! Nem equipamentos assim. E não tomaria atitudes apressadas. Não abdicaria de sua decantada sutileza, que tantos bons serviços lhe prestou no passado. Era uma questão de manter a calma e sua atual dieta, até estar forte o suficiente.

Eram pessoas estudadas as que estavam lá embaixo; isso era claro no seu jeito; mas estavam em boas condições físicas. Cada pulsação que a deixava sem fôlego. Além disso, trabalhavam com energia! Havia chefes, mas estes não precisavam ter o rosto duro o tempo todo, nem falar aos berros. Ela ficou interessadíssima, também, nos seus agasalhos e roupas leves, mas eficientes, desenhando surpreendentes silhuetas de homens e mulheres poderosos, que trabalhavam dedicados, bebendo paisagem com os olhos... enquanto ela, fascinada, não perdia qualquer detalhe deles, e começou a esperar sua hora.

Houve um outro momento que a deixou intrigada. Em pouco, estava claro que o principal equipamento presente era a tal caixa metálica com os tubos num dos lados. Certas pessoas e coisas pareciam se postar na frente desses tubos, e outras a se esconder deles. Que coisa curiosa! Era um modo novo de olhar? De estudar? Tanto pessoas como coisas eram muito preparadas, antes de se expor aos tais tubos. Intrigante, mesmo, essa curiosa caixa que dividia o mundo, era evidente, entre o que contemplava e o que escondia. Apertavam e giravam certos botões na dita. Dando comandos? De vez em quando, a dita caixa expelia uma caixinha menor, que eles substituíam por outra. E essa troca era feita com infinito cuidado e inúmeras anotações... Achou que tinha gente só para anotar, e isso importava tanto quanto carregar os pesos todos.

Teve que recuar, antes que não aguentasse mais e pulasse em cima de alguém. Enfrentar aquele aparato todo, que sequer havia decifrado direito, não pareceu prudente. Encolheu-se rente à parede úmida, no fundo da caverna. Havia uma modestíssima caça na região. Ela conseguia se manter com pouco. Repetiu isso, de si para si, durante longos minutos, de olhos fechados.

Não precisava emergir da caverna para continuar viva, coisa que, no começo, ajudou a ficar ali. Não era só o conforto das sombras hospitaleiras de seu passado... Precisava sumir. Tirou força dessas antigas decisões. Sua diminuta, modesta caça, ela capturava quase sem se mexer, enquanto passava as madrugadas relembrando deliciosas fofocas mofadas. Não estava só entocada, ali. Veio pronta para ficar um bom tempo quieta. Chegou a se alimentar, a aplacar a sede, sem acordar direito... Nenhuma situação tem um lado só. Agarrou um animalzinho incauto, um sagüi que se perdeu por ali. Isso a acalmou um pouco, embora não se comparasse com o que pressentia nas variadas veias e artérias humanas lá embaixo.

Ela rastejou suave, até seu observatório atrás da pedra, ainda com uma grossa gota rubra descendo-lhe o queixo. Era difícil não ficar atordoada. Estava vendo uma verdadeira reunião das crianças mais belas, mais dispostas, privilegiadas, às quais antigamente era tão difícil ter acesso! Com um suor, uma pulsação, cujos odores tiravam-na do sério. Na beira da sua piscina! De posse de cada máquina misteriosa... Aceitou, por fim, a inegável evidência.

Fazia já algum tempo, estava recolhida naquele cantinho com fama de inacessível. A presente situação era muito inesperada. As quinquilharias que encontrou com os visitantes anteriores, uns pobres diabos que chegaram ali meio aluados e a sós, não davam noção da variedade do incompreensível, ou quase, equipamento que os componentes dessa expedição trouxeram. Era muita gente, e o odor de seu sangue, o ritmo de suas pulsações atordoavam seus surpresos, deliciados sentidos.

Não faziam muito barulho, considerando o maquinário, isso, o maquinário com que trabalhavam. Não perderam tempo olhando a paisagem, depois que instalaram seu lugar de trabalho; era a tal caixa, com luzes acesas perto, que o fazia por eles. Havia pessoas que falavam o tempo todo, dando indicações. E outras em silêncio concentrado...

Havia uns trilhos que a mistificaram de todo, montados, com esforço, como foram. Em seguida, puseram em cima uma minúscula plataforma cujas rodas se encaixaram nos trilhos. E depois, a dita caixa que olhava, com seu tubo e seu tripé, foi posta no tal carrinho! Havia muita novidade no mundo, mesmo. Moveram-no cuidadosos, de um modo planejado. Outra coisa que a intrigou foi certas pessoas trocarem sua roupa por outras mais antigas, antes de se deixarem olhar pelos tubos da tal caixa metálica, num ritual complexo e confuso.

Lamentou seu cansaço tão profundo. Era noite, sim, mas não encontrava ânimo para sair de sua toca. De dia, estaria apagada além de qualquer despertar, é claro. Mas, de noite, já fazia muito tempo que não andava mais ereta na caverna, nem saía de lá. Sim, houve motivos para seu recolhimento, contudo tamanha falta de vigor, justo na hora em que aparecia caça de qualidade como aquela, era injustificável. Já bebera um pouco, cuspira fora só ossada dos bichinhos que sorveu, e ainda assim permanecia lenta.

Ela só queria pensar nos recém-chegados, no seu suor, nos seus odores, como caça. Desde que haviam chegado, teve que se conter; procurou recuperar o foco; não era tão importante assim decifrar aquilo tudo. Pouparia suas energias. Limitou-se a degustar os sons do misterioso trabalho daquela gente. Perceber que estavam ali a trabalho foi um alívio. Continuava difícil chegar à fonte da donzela. O diferencial deles era um espírito nitidamente mais metódico. Não estavam ali a passeio. Era visível, em alguns deles, dedicação lógica, rigorosa, de cientistas. A tal câmera registrava o que se enxergava através dela, era isso, para que se pudesse estudar depois? Havia, afinal de contas, algum conhecimento sendo extraído daquela trabalheira, mas ainda não conseguira avaliar direito como. Sua mente dava voltas e retornava à sua curiosidade.

Tinha que continuar quieta. Compreendeu isso assim que os viu começarem a estudar os caminhos morro acima. Chegavam a apontar máquinas parecidas com a câmera na sua direção! Mas ela se recolheu rápido, domando a sede que a fazia tão imprudente. Logo chegariam ali. Só questão de tempo. O que faria, quando acontecesse? Precisava esperar a hora certa. Quanto tempo teria se passado? Queria estar mais recomposta. Urgente caçar. Receber visitas, naquelas condições, era arriscado.

Ela repetiu, de si para si, a constatação cada vez mais patente: esses visitantes eram especiais! Houve um avanço tecnológico, e educacional, muito grande! Quanto tempo se passou, desde que se viu assim confrontada com engenhocas e mecanismos? Nunca tinha visto tantos ao mesmo tempo! Os equipamentos nas suas mãos eram muito inusitados! As próprias roupas que usavam refletiam mudança de atitudes...

Tão logo encontrou aquele esconderijo, há tantos anos, a segurança foi uma de suas primeiras preocupações. Tomou diversas atitudes para garantir isso. Mas só depois de se alimentar bem. O lugar, e ela o havia escolhido por isso, podia ser confortável, mas seu acesso era difícil. Toda uma época bem mais disposta e alerta. Comemorou com seus botões ter inventado aquela verdadeira trincheira na caverna, onde nem deu tanto trabalho se instalar.

Compreendeu diversas coisas sobre os recém-chegados, aos poucos. Havia um que sempre sabia para onde apontar a tal caixa de ver, e outro que resolvia os detalhes. O negócio todo era complexo, parecia científico, mas entre o que escolhia onde pousar o equipamento, o que fazia os ajustes, e os atores, era claro, era isso, os atores que trocavam de roupa, havia uma comunicação de artistas!

Para seu alívio, não demorou muito a aparecer outro animalzinho desavisado. A chegada dos jovens deu um susto na fauna lá de baixo. Uma pequena cotia, que rápido lhe encheu a boca, logo virou o novo bagaço que jogou fora. Boa surpresa! Fazia bastante tempo, não subia tanto bicho junto.

O prolongado estardalhaço da gente viva e operosa lhe fez bem: comeu sem sair de casa, olhando aquilo que era, sim, um curioso tipo de teatro, sem público!... Tinha algo de medido e científico, mas o modo como dançavam juntos – os elementos – não era tão lógico assim. Estava com tanta saudade das suas antigas conversas criativas... Querendo manter suas parcas energias, caçou muito bichinho sem mexer nada além dos olhos! Queria melhoria na dieta! Para isso, era preciso entender, ao menos um pouco, as novidades.

O mundo muda muito, mesmo. A seca curiosidade que sentiu chegou a coçar, quando eles resolveram parar tudo e comer. Não reconheceu nenhum dos cheiros que se espalharam... Seus olhos se arregalaram. Que gente surpreendente! Como comiam bem! Porque era uma sinfonia olfativa, o que estava chegando a suas comovidas narinas.

O gambá ia passando rápido, mas estacou, ante o olhar magnético que ela lhe dirigiu. Não teve a menor chance. Enquanto sorvia o tépido sangue do animal, que não quis colocar na boca, ela se sentiu mais vigorosa um pouco. Como no caso dos bichos que bebia, mesmo destroçando, deixou morrer fora de sua boca. O gosto daquilo era muito ruim, ainda mais ao ritmo das hipnóticas pulsações das veias daquelas interessantes, deliciosas pessoas, tão perto, mas tão longe... Foi com fúria que arrancou da boca o bicho quase vazio de todo. As cotias eram melhores, mas demoravam muito pouco. Nem uma onça, como as que já havia pego, compara-se a uma pessoa! Mas a hora correta chegaria. Sua sede estava imensa. Saberia se conter?

Não queria concorrência. Sempre achou que só valeria a pena criar novas bocas quando as perspectivas para elas, perto delas, fossem interessantes, o que não se podia dizer do pobre gambá. Nem da nova cotia que também teve o azar de passar por ali, pouco depois. Assim que bebeu seu sangue quase todo, por pouco não jogou a carcaça longe, mas se conteve. Pousou-a no chão.

Seu ponto de vista podia ser parcial, mas era bem seguro, o que nas suas atuais condições mais do que compensava. Estava claro, para ela, que, mesmo se recompondo bem rápido, não disporia, tão cedo, das suas habilidades costumeiras. Nunca estivera tão vulnerável, no meio de tanta gente viva... nem quando a mataram, ou quase, quando o mundo era mais jovem. Estava mais lúcida. Ficou menos sofrido controlar sua sede. Estava mais reconstruída.

A perspectiva da passagem de mais animaizinhos por sua toca foi um consolo. Sua sede bem aguda, mas já sabia: é preciso dar o passo conforme o tamanho da perna. Conservar forças, reconstituí-las com o que achasse mais à mão, era paciência conhecida por ser várias vezes vitoriosa no seu passado. Em pouco, estava acostumada às diversas vozes ecoando lá de baixo, e já tinha tanto nome como personalidade para os donos. No entanto, só se dedicou a acompanhar as palavras específicas, que se podia recolher da algaravia, quando algumas delas se associaram inesperadas, convocando lembranças antigas:

— Então, Celso Agenor, quando era pequeno, você imaginou que ia acabar trabalhando aqui, na...Fonte da Donzela?

Ela sacudiu a cabeça devagar, atônita. Aquele bendito nome continuava a existir!

— Ah! Ah! Ah! O cinema tem dessas coisas, né, querida?

Cinema?! Então era isso que eles estavam fazendo? Precisava entender melhor no que consistia. Não estava preparada para a ironia na resposta imediata:

— "Cinema"...

Ah, então aquilo que estavam fazendo não era cinema? Escutou, atenta, a resposta que não entendeu:

— Bom, pode não ser película, tudo bem. Todo mundo já sabe; o caminho é digital e eletrônico, não tem volta! Aquela conversa fiada que vídeo nunca permitiria a nitidez de imagem necessária... é marchinha do carnaval passado!

— Marchinha do carnaval passado?! Essa não, Celso, você se sai com cada uma...

— O que é que você quer? Eu convivi com muita gente de diversas gerações, tanto muito jovens quanto bem velhos! E isso, desde que eu mesmo era guri! Aí, o vocabulário ficou desse jeito... E tem cada vez menos gente usando película!

A outra abanou a cabeça, resignada. Dentro da sua toca, a quaserefeita, mas muito sedenta criatura, não perdia detalhe da conversa, ainda mais que o tal Celso parecia ser uma espécie de maestro dos trabalhos. Achou que até podia estar começando a entender a conversa, quando a interlocutora dele retomou:

— Pode ser... com certeza, esse convívio variado formou a sua visão de diretor... Você não se importa nem um pouco de fazer conviverem diversas épocas nas suas histórias!

— Ei, eu não tinha pensado nisso!

Os dois sorriram. Sua dedicada e sedenta ouvinte escondida saboreou a clara fraternidade entre eles. Nunca tinha visto homem e mulher trabalhando juntos, que dizer da atitude igualitária com que o estavam fazendo esses dois! E nem tudo que conversavam era só trabalho, pois o tal "cinema", que tinham certa dificuldade em definir, apaixonava os dois! Ela suspeitou que fazia isso com mais gente ali presente, porém continuou resolvida a não perder a conversa deles.

Isabel decidiu: quando pudesse, era com aqueles dois que queria conversar. Afinal, a tal caixa de olhar, a câmera, só fazia seu serviço depois que eles organizavam "o circo", que pareciam reger juntos. Ou era mais ele? Ouviu alguém usando a palavra "circo", entendeu que, no momento, era gíria e a adotou, de si para si. Aquilo parecia um curioso tipo de circo, mesmo.

— Não, sério; porque será que o nome do lugar era esse?

— Bom, né, cê sabe, isso é uma lenda que eu ouvia muito, quando criança... e a locação está pronta, aqui, mesmo que não seja essa a história que nós estamos contando!

Sua sedenta ouvinte continuava fazendo imenso esforço para manter a atenção focada naquela conversa, e não em nenhuma das outras que se desenrolavam nas imediações. Estava valendo a pena. Sua história prévia era tão marcante, assim? A moça continuou pressionando:

— Porque não? Eu vejo você muito mais entusiasmado quando fala de assombração, forças ocultas, fantasmas e por aí vai... do que do assunto realista do nosso filme policial!

A resposta dele foi triste:

— Ah, não tem quem ponha dinheiro num filme sobre uma coisa dessas... os patrocinadores acreditam é em realismo! Pelo menos, no Brasil....

— Já eu acho que você não tem procurado direito...

— Pelo menos, eu consegui vir filmar aqui...! E por acidente! Não era nem eu que conhecia a locação...

— Mas você conhece a história do lugar? Um canto desses, com um nome desses, com certeza tem uma! De repente, tem um filme aqui, sim!

— Bom, diz que um fazendeiro da região, antigamente... tinha uma filha linda. Quis arrumar um casório bonito para ela.

A pele da ouvinte, agora bem mais recomposta, arrepiou-se inteira, ao ouvir isso. Seria possível...? O tal Celso prosseguiu:

— A menina chegou à idade de casar, veio pretendente de tudo quanto é canto. A prosperidade do pai da noiva era conhecida. Ela ficou tão assustada com a ideia do pai entregá-la a algum desconhecido, por causa das políticas lá dele, que ela não compreendia e das quais não participava, que se perdeu no mato, quando a data foi se aproximando. Ele só compreendeu, apesar de todo o choro da garota, e da mãe, que sua filha conseguiu comover, que o casamento dela seria útil!

Depois de rápida pausa, ele prosseguiu:

— A menina sumiu na mata. E teve até capitão do mato tentando rastrear, mas não deu em nada! A danada sabia se esconder... Até que, muito tempo depois, começaram a chegar notícias de que ela tinha se jogado lá de cima da queda d'água, dessa que a gente pode ver daqui...pouco antes do mais persistente de todos os capitães do mato, Jesuíno Brilhante, chegar até ela. Diz que ele a viu se jogando de lá de cima...

— Poxa! Tem um filme aí!

— Será...?

— A gente pode inventar que essa menina virou fantasma... Aqui nessa fonte, que ela assombra até hoje!

Quietinha no fundo da sua toca, Isabel só se lembrou de seu nome agora. De costume, ele só aflorava, em sua consciência, quando era preciso tomar uma atitude. Isso já havia acontecido antes, mas ela não notou... Desta vez, conteve-se enquanto pode, mas, em pouco, não conseguiria mais fazê-lo. Precisava se retomar, de fato, de uma vez, já não bastava saber que esse era o seu nome... Teve que sair de lá de dentro. Conseguiu ficar quieta, no escuro, por longos momentos, e depois todos os seus gestos foram precisos. Surpreendente, ainda lembrarem daquela história! Ouviu, quando ele prosseguiu:

-Teve muita gente que a viu, no alto dessa queda d'água, ao longo dos anos, sabe, essa Donzela que fugiu! Gente que morreu pouco depois...

- Então, Celso?! Não tem um filme aí, não?!

Isabel precisou se afastar. Mal alimentada como estava, qualquer atitude teria que ser a definitiva. Pena, porque sua sede a formigou toda. Esgueirou-se pela escuridão noturna e pelas inesperadas sombras que aquela inesperada... filmagem desenhou na noite. Estava conseguindo decantar, do burburinho, algumas palavras importantes. Ainda ia se render a beber sangue de bicho?

O circo todo a impressionava muito, mais ainda de perto. Queria saber mais. Seria preciso muita lucidez. Mas a sede já a estava fazendo perder o autocontrole. Odores irados, artérias intumescidas, pelinhos revolvidos na brisa, tanta informação que cada próximo passo se tornou decisão complexa. Porque além do mais, muitas dessas informações eram deliciosas, de riqueza e textura que nem teria ousado imaginar. O mundo andava bem alimentado. Ao menos, aquela gente. Suando frio, Isabel conseguiu prestar atenção, enquanto se esforçava para continuar opaca e não atrair o menor olhar. Compreendeu: cada pessoa ali tinha uma função. Era acabar com qualquer uma delas, interromper os trabalhos, e atrair atenção. Enfrentar uma multidão, mal alimentada como ainda estava. Isabel se mordeu, ansiosa. Não tinha como esperar até o descanso, que com certeza seria de dia.

O chão começou a dançar sob seus pés, e ela queria sair de dentro do sufocante aglomerado humano. Acelerou o passo. O grupo era grande, mas acabava! Acabava! Ali na frente, tem umas árvores! Calma! Eles não eram uma multidão ensandecida querendo queimar alguém! Mas o medo a estrangulava, cada passo mais pesado. Muita gente junta... Saíra da toca cedo demais? Por fim, chegou do lado de fora e afastou-se do aglomerado humano. Compreendera umas coisas sobre a... tal caixa, e as luzes sempre perto. Soube ficar fora de seu alcance.

Não esperava pelas outras carcaças metálicas com rodas, na fímbria do bosque. Eram muitos, parados na região das primeiras pedras e moitas, depois da longa ravina. Não faziam a menor ideia de sua existência, mas continuou se esgueirando, cautelosa. O lugar estava silencioso. Havia onde sentar, dentro das tais carroças. Na frente dos assentos dianteiros, havia sempre curiosa roda. Isabel continuou trôpega, mas determinada.

Então a sorte sorriu: logo ao passar entre duas das mais longas carruagens mecânicas, flagrou um sujeito (Seria este o equivalente moderno de um cocheiro, naquelas carruagens sem cavalos?) adormecido sentado na "boleia" de uma das longas embarcações ali paradas, com a janela aberta. Apreciou o modo como o pescoço do adormecido "cocheiro" estava exposto à noite, do lado de fora do curioso veículo. Seu esforço foi só o de se por na ponta dos pés e começar, suave, por um beijo, de um jeito que o pobre homem nunca mais acordou. Embora resfolegasse alarmado, mexesse os braços. Mas se deixou tombar no seu mortífero engano, por fim.

Isabel teve que fazer o maior esforço para não beber o sangue inteiro do homem. Sua sede era tanta que, pela primeira vez, quase deixou acontecer, em muitos anos. Mas mordeu fora um pedaço do pescoço do desgraçado. Realmente, não era hora. Durante longos segundos, talvez minutos, o mundo rodopiou selvagem. Mas ela tinha força de vontade, havia ancorado sua percepção. Ele terminou de estrebuchar.

Logo distinguiu as silhuetas dos dois interlocutores, lá na frente. Aproximou-se veloz, bem mais senhora de si, pelo burburinho adentro. Discreta: secreta. Continuavam juntos os dois colegas. Ela, calada. Celso volta e meia trocava umas palavrinhas com um ou outro. Mas não se afastava da sua interlocutora principal. Qual seria a relação entre eles? Isabel ficou satisfeita de sentir uma tal curiosidade aflorar desse modo em sua mente. Já estava um pouco melhor...

Celso era lindo! A menina também, mas ele era lindo! Que atrevimento no olhar! Que cavanhaque! A moça, que, tanto quanto ele, não perdia qualquer detalhe do que se passava em torno, encarou-o e insistiu, bem quando Isabel se conteve para não chegar perto demais. Era imperioso não "ficar no caminho", contudo ouviu bem:

— A Donzela que fugiu... Tem um filme nisso, Celso!

Quando ela afinal falou, Celso já havia terminado de checar o roteiro com um ator, comentado alguma coisa sobre a luz e ficado quieto de novo, esperando que seguissem suas instruções iniciais. De modo que tomou um susto, mas não mudou de opinião:

— Poxa, você quando enfia uma idéia na cabeça, hein? Mas não é esse o filme que a gente tá fazendo agora!

Ela baixou a cabeça:

— Eu sei! Mas...

— É, veio muita gente atrás dessa tal Donzela, mesmo depois que se passaram anos... Os poucos relatos, quando falam de qualquer aparição, sempre se referem a uma bonita jovem, vista nas imediações, mas sempre de longe, muito tímida! Por outro lado, muitos dos que vieram atrás, não sabe, os mais competentes e determinados, diversas vezes desapareceram... aqui, na fonte da Donzela!

— Talvez, um projeto mais barato, realizado inteirinho numa locação só, eu tenha condição de vender!

Isabel não perdeu o brilho no olhar dele agora. Celso não precisou dizer nada. Sua amiga rodopiou, majestosa e rápida, enquanto se afastava, deixando-o perdido por um instantinho. Retomou as trocas de rápidas palavrinhas com outros membros da equipe e se afastou. Dinheiro continua sendo importante, esse tanto Isabel notou. Dado entediante. O resto da conversa, para ela, continuou sendo grego. Contudo, isso não a incomodava mais tanto. Havia muita sedução, muito interesse, circulando em torno do... cinema. Daquele... filme.

Óbvio que Celso e sua amiga não tinham acesso à informação completa. Engoliu o último grosso pingo de sangue em seus lábios, num gesto ágil, e evitou o desperdício. Fazia muito tempo, não se sentia tão bem. O mundo muda muito, porém nem tanto... Havia quem se lembrasse da sua história! Ainda hoje, nesse mundo cheio de máquinas e gente tão disposta! Tinha que fazer alguma coisa, entender-se com eles antes de acharem o cadáver daquele "cocheiro"... embora o tivesse deixado dobrado no chão, como quem estivesse do lado de fora da "carruagem". O mistério ficaria maior.

Isabel se lembrava não só de ter sido viva, como também jovem. Depois que morreu, conservou bastante a alegria de viver. Vida "comum", de seres vivos, só teve até a juventude. A sua intensidade, a sua coragem e os seus medos também. Todo o seu amadurecimento e "envelhecimento" posteriores se passaram na sua agora não tão nova, contudo durável, condição. A sede transfigurou tudo.

Ela ainda sabia direitinho como sua existência se transformara. Como teve a oportunidade de mudar. Quem mandou seu pai quase não deixá-la sair de casa e tratá-la quase como uma bonequinha, durante tantos anos? Tornou-a presa tentadora, desde cedo! Sempre soube de olhares famintos em torno... presenças tão claras, apesar de invisíveis, que, quando a caça começou, nem se deu conta... Só deu por si já envolvida. Ainda mais, porque muito se engana quem acha que vampiro não vai à missa... depende da força da fé do padre, é claro!!

E o da paróquia em sua região existia quase só para batizar, celebrar casamentos (muito mais feliz se houvesse vinho) e rezar óbitos... Foi durante a missa, sim, que sentiu os primeiros arrepios. Costumava chegar na igreja de noitinha, com a tia Gertrudes e uma criada. Daquela vez, o entardecer pareceu pesado, como se fosse preciso chover, mas as nuvens não encontrassem iniciativa para tanto.

Então aquela feminina, sinuosa sombra se aproximou... quando desceu da caleça e entrou na igrejinha, com a tia. Só enxergou a dita sombra num relance tentador. O suficiente. Sentaram-se. Tentou prestar atenção na missa. Mas não houve jeito. Sentiu sua nuca latejar. Olhou de relance, incomodada, para trás. Foi o suficiente para que o olhar da figura a capturasse, feito fina agulha entre os olhos. Um longo arrepio a percorreu. Virou de novo para a frente, devagar, esgazeada.

Seus lábios se abriram. Ela se levantou, de repente, com a cabeça já abaixada, e rumou, rápida, para fora da igreja, antes que a aturdida tia conseguisse fazer o que fosse... Lembrava-se de tudo, até hoje. Tantos homens já haviam tentado beijá-la... Divertiu-a, entre confusa e fascinada, constatar que foi uma mulher, a conseguir fazê-lo! E que mulher! Bom, ao menos, uma criatura com jeito de mulher... Foi encostada, com um gesto rápido e brutal, na parede do lado de fora da igreja; em segundos, abraçada naquela desconhecida, sentiu que o mundo era outro, arfando extasiada, ainda que dolorida, com veia e pele perfuradas e drenadas por sobrenaturais, deliciosas presas! Mas era forte; balbuciou:

— Q-quem...quem és tu? P-porque me fazes isto? D-deixa-me viver!

— Vida mesmo já não tens mais! Contudo, talvez, ainda haja como participares da existência...

— P-por favor...!

Cintilou algo de alegre nos olhos daquela sanguessuga criatura, que não descolava os lábios de seu pescoço, abraçada nela, naquele carinho sem fuga. Não que isso sequer passasse por sua consideração deliciada, de moça bem apalpada, transformada, transtornada. E a vampira por fim sussurrou, sibilante:

— Ora essa, tu tens força de vontade! Não digo meu nome para qualquer pessoa, pois pelo nome podes ser chamado... Mas vou te dar esse privilégio. Quem sabe, no futuro...? Eu me chamo Mircalla. Venho de lugares ignotos, neste e noutro muito antigo continente! Por isso minha fala ainda é um pouco dura... Na minha terra, o que acaba de te acontecer é bem mais costumeiro do que imaginas! Vais conhecer a sede, e percorrer a face do planeta, pois achei que tua beleza merece o imperecível! Os outros não passam de carcaças vivas... mero gado! Agora tens de aprender a lidar com esta tua nova herança... contudo, se o fiz tão bem, a ponto de viver tanto tempo aqui nesse...novo mundo, sem causar a menor suspeita, porque não tu? Será divertido ouvir contar as tuas aventuras e façanhas nos anos vindouros! Isso, é claro, caso tenhas a sagacidade de não sugar nenhuma veia até o final, por enquanto, ao menos. Não queres concorrentes. Eu mesma demorei a me render, à tua beleza! Mas chega! Já te disse demais! Educa-te! Já tens muita sorte de ter uma toca assim – e ela piscou – e saber prestar atenção ao mundo...

Isabel perdeu os sentidos. Só entendeu o que ouviu, e o que havia se passado, bem depois. Sua curiosidade chegou a arder. Nunca esqueceu. Havia entrado num outro mundo, embora sempre sem reencontrar a loquaz dona daquela silhueta, daqueles lábios... Empreendeu a sós o árduo aprendizado que a nova condição lhe custou. Conseguiu, com o tempo, amealhar conhecimentos suficientes para que sua "nova vida" não fosse tão limitada quanto a primeira.

Trucidou o pai, e seguindo a advertência da outra, teve a presença de espírito de não deixá-lo renascer, Assumiu, assim, o controle de suas terras, a partir dos cantos mais recônditos. Como a tão falada "fonte da donzela", onde morou durante tantos anos, antes de sentir necessidade de viajar; e para onde sempre voltava, quando precisava se recuperar. Desta vez, deixou passar mais tempo, foi só. E o mundo cheio de novidade... a sede forte, embora bem mais sob controle. Precisava era de se refazer com calma. Com um pouquinho de sorte, conseguiria até mesmo se alimentar de novo, antes que notassem sua presença na área.

Perto da beirada da piscina natural, reinava a vontade de fazer. Atarefados, seus visitantes trabalhavam dedicados. As luzes, o Celso, a câmera e os atores trabalhavam. Ninguém nem de longe viu a criatura saciada, mas ainda delicada, que encontrou caminho pedra acima. Isabel subiu o mais devagar que pode, para não desperdiçar forças. A situação tinha mudado muito, sua toca mais que nunca havia se convertido num esconderijo... o mundo estava muito novo.

O cansaço avassalador, as exigências que Isabel fizera a seu organismo subnutrido, e a clareza com que havia evocado suas lembranças, fizeram com que, uma vez de novo dentro da caverna, ela se rendesse, aliviada, ao pesado sono dos que têm muito a repor. A opacidade do escuro em torno pareceu-lhe um colchão fofo, no qual se deixou arrefecer tranquilizada.

Não saberia medir a demora do seu descanso, mas não foi muita. As poucas horas voaram como se fossem segundos. Mas ela notou: acordou bem mais disposta, e o burburinho lá fora parecia mais corriqueiro. Estava um pouco mudado. Isabel sentou-se, envolta em suas sombras, e procurou concentração. Sabia em torno de que vozes concentrar sua atenção. Porém, desta vez, o movimento não teve sequer como começar, pois ecoou um berro espantado:

— Tibúrcio! Tibúrcio?! Caramba, o Tibúrcio... o Tibúrcio tá morto!

Não era possível. Como descobriram sua caça tão rápido?!

Acorreram outros colegas impressionados, e o pobre diabo que encontrou o cadáver teve quem lhe trouxesse um espantado copo d´água. O homem desabou numa cadeira metálica que rangeu sob seu impacto, chorando a perda. Pessoas de diversas cores e aparências, todas integrantes da equipe, aproximaram-se, aturdidas, e também o fizeram. Era um mosaico humano que a oculta, prudente vampira não tinha notado antes. O mundo muda muito. Ficou satisfeita de notar: já estava ligando vozes e aparências de modo automático, com a ajuda do rápido vislumbre da equipe, que teve fora da toca. Não previra aquela emoção toda...

Celso quase teve um enfarte, quando se confirmou que não era um porre transatlântico, como ele chegou a esperar, da parte do Tibúrcio, de modo absurdo. Ajustou-se, cuidadoso, fervendo de raiva, na sua cadeira, que chegou a parecer inútil. Ficou lá quieto, por uns minutos, segurando a testa. Isabel notou que houve gente preocupada com ele, só pelo tom de certos sussurros se recobrando. Ela viu que Celso meditava acelerado. Seu silêncio falou mais alto que todo o resto em torno. O lugar podia ser lindo, mas filmar lá não era nada fácil... Os olhos dele já estavam injetados, quando Isabel os viu, rapidamente. Agora, então...!

Celso ficou envergonhado, quando notou: ficou mais preocupado com os atrasos inevitáveis, que nasceriam do incidente, do que com a perda humana. Continuou calado. Que fazer? Não conhecia o falecido tão bem, mas o pranto geral prendeu-o na cadeira. Era um sujeito querido. O dia de trabalho estava perdido! Andreia, que pouco antes achou possível fazer um filme todo ali, estava agora aturdida e calada, apoiada no encosto de uma cadeirinha...Só fez balançar a cabeça, e proferiu o inevitável:

— Mas o que foi... que aconteceu?!

Isabel chegou a sorrir. Saberia explicar direitinho... De fato, não esperava tamanha consternação. Que grupo mais íntimo! Sua dor era palpável. Eles se conheciam tão bem? Mas não era uma família, desde o começo Isabel apreciou o fato de que não era uma família que estava ali. Era um grupo de amigos, trabalhando juntos. Ou eram amigos porque trabalhavam juntos? A situação era nova para ela. Ouviu passos decididos, descendo degraus de metal e pisando na terra batida. Uma voz funda, que não tinha notado antes, soou emergindo de algum outro ambiente (Alguma outra das carroças sem cavalos?) e se juntou ao grupo de espantados, de modo muito executivo:

— Inacreditável! Como foi isso?

— Bom, parece que ele foi picado por algum bicho... mas ninguém aqui é médico legista. Deve ter cochilado, algum animal com um ferrão, sei lá, achou o pescoço dele!

— O pescoço?

— E deixou um pouquinho de sangue escorrendo!

A voz funda atalhou, decidida:

— A gente não tem tempo pra isso. É um assunto... pro legista, sei lá! Nós temos que tirá-lo daqui, e logo! É preciso reduzir o prejuízo!

— Lá na cidadezinha até tem um cemitério, mas eles não mandariam ninguém vir até aqui por causa... de um visitante!

Para delícia de Isabel, a voz funda retomou:

— A produção vai se encarregar das providências necessárias. O Tibúrcio era muito querido, e Deus sabe como ele era prestativo, além de excelente profissional...vai ser enterrado é lá no Rio, e a família vai poder prestar as últimas homenagens...Nós é que não!! Não tem como mandar todo mundo lá... Hoje não tem clima pra filmar. Mas amanhã... amanhã, a gente retoma! Tenho certeza que essa seria a atitude dele! Daqui até lá, vamos prestar atenção, não ficar a sós...

Com um jeito atordoado, outro sujeito atalhou:

— Mas o que... como foi mesmo? Que ele morreu?

— Picada de algum bicho venenoso... vem aqui olhar!

— Neste matagal, não dá nem pra pensar em pegar, o bicho! Tem que tomar muito cuidado, mesmo! Ninguém mais descansa sozinho!

— Só não consigo entender... A gente trabalha junto faz tanto tempo... Nossa última conversa não foi nem há um dia inteiro! Eu quero é sair daqui! Sair fora, entendeu?!

Foi quando Celso levantou a voz, o que Isabel, surpresa com os acontecimentos, mas continuando calada, apreciou:

— Vamos com calma! Eu concordo com a sua pressa em sair daqui! Mas nós temos que terminar o nosso trabalho! Falta muito pouca coisa! Em mais dois ou três dias, a gente vai embora! Enquanto isso, o Valdemar pode tomar essas providências que assumiu em nome da produção... não dá pra sair daqui voando, embora dê vontade! É preciso manter o profissionalismo! Ia ser muito pior sair daqui depois de todo esse sacrifício, com um filme inacabado, ou malfeito!

Houve diversas fungadas inconformadas, gorgolejos ressentidos, mas nada que pudesse se contrapor à posição do diretor. Era isso que o Celso fazia, não era? Dirigir a tal... filmagem! Isabel já compreendera: a dita câmera fazia algum tipo de registro do que se via através do seu visor... Estava tendo o privilégio, entendeu por fim, de testemunhar um curioso artesanato repleto de maquinismos... inimaginável, tão pouco tempo antes!

E Isabel, a despeito de si mesma, admirou a atitude do Celso. Nem sempre é o dinheiro, ou só ele, que manda, para que se faça um trabalho... coisa que só aprendera de fato, depois da vida com o mesmo sangue circulando nas veias. Nada disso mudaria muito o destino de Celso, claro. Ou quem sabe...? O destino é inescapável, feito um raio que cai na gente! Ela usou essa ideia muito tempo, enquanto estava se acostumando a ser quem agora era. Refletiu por mais uns minutos. Havia alguma coisa fora do lugar.

Deu um tapa na testa! Ninguém naquela equipe aceitaria tamanha fatalidade! Seu mundo, Isabel compreendeu, mudava rápido demais, para ser fácil aceitar qualquer situação como inelutável. Teria que lhes dar umas aulas... um bom curso não tinha que ser curto, e seria tarefa demorada, mas... deliciosa?! Mordeu os lábios, lenta. Não tinha mais muito tempo. Não estava totalmente refeita, ainda, era esse o problema. E havia esse novo, sutil, delicioso fato: pela primeira vez em muito tempo, tinha o que aprender...

Entendeu, entristecida: ainda não tinha como tomar uma atitude definitiva. Se matasse mais um, haveria um tal pânico que não conseguiria controlar a situação. Tinha que encontrar outro caminho... e eles, os seus "novos amigos", só pretendiam permanecer ali mais dois dias! Passou tanto tempo bebendo sangue só de quadrúpedes, não ia ser apenas o do Tibúrcio a restaurá-la por inteiro. Mas, decidida, fez o que não se permitira fazer durante muito tempo: examinou o funcionamento de seu organismo, por completo. Afinal, o que tanta gente toma por magia, não passa de compreensão mais profunda das leis da natureza! Hoje em dia, conseguia se ouvir com ouvidos bem mais afinados...

 Isabel se sentiu muito bem, durante e depois do rigoroso autoexame a que se submetera. Sua lucidez a agradou, mas como não sabia quando conseguiria se nutrir direito, o medo permaneceu. E ela sabia como pode ser terrível o medo lúcido... O essencial era que a dita sede não se tornasse aguda demais, nem tampouco ausente. Tinha forças para hipnotizar e até para subjugar... e a coragem? Ter um objetivo para o qual dispusesse de um pouco de tempo sempre a deixou alegre. Desde que se conformou com as novas regras da sua existência, conseguiu calma muito mais profunda, e bem cuidadosa determinação, ao tomar decisões. Mas, dessa vez, não conseguia parar de tremer... mesmo se sentindo mais inteira, como agora.

 Já estava bem mais recuperada. O sangue de Tibúrcio irrigou sua lucidez tão bem que ela afinal admitiu: já estava até em condições de praticar um morticínio completo, sangrento, era verdade. Pois talvez não houvesse outra opção... Sobrevivência imediata e alimentação se fundiriam. Só que a situação seria tão bombástica, o sumiço daquela gente repercutiria tanto, que ela rápido perderia o privilégio de seu antigo cantinho escondido: a toca onde tão bem se ocultava. Viajar seria muito mais urgente que qualquer pressão da sua curiosidade.

 E ela estava reencontrando tanta sutileza antiga... transformada! Estava vendo tanta novidade... Procurou se conectar com o pouco que não havia mudado. O discreto marulho da cortina d´água do riacho descendo escarpa bem na frente da boca da sua toca fez com que Isabel refletisse com mais calma. Quando sua atenção, por si só, mobilizava-se, de costume prestava atenção. Olhou em torno. A caverna parecia uma cela espartana. Embora ali dentro não houvesse quase nada, o lugar era pesado. Que contraste com a leveza e as cores lá fora! Mesmo a dor deles não resultava em preguiça e autoentrega...

Abraçou as pernas, apreciando a presença maior de carne e músculos sobre seus ossos. Estava se reconstituindo numa versão magrinha, nem de longe tão bem nutrida, ou interessante, como queria voltar a ser. Estava quase nua, também. Mexeu nos restos de suas roupas, só então atenta ao fato de que não passavam, e havia muito, de andrajos. Isso terminou de sacramentar sua nova e ousada decisão. Precisava tomar algumas atitudes. Por entre aquela perigosa, mas fascinante, gente contemporânea.

Sinuosa, silenciosa, desceu a escarpa mais uma vez, quase rente à queda da cascata. Tomando todo o cuidado para permanecer na sombra. Os respingos de água corrente não lhe traziam o menor incômodo. Impressionante a quantidade de informações que conseguira juntar sobre sua condição, desde que a havia assumido. Muita coisa do que se diz sobre vampiros pareceu ter fundamento, como o desgosto por alho, ou a sutileza das relações com as presas, em especial nos ambientes mais prósperos. Mas problemas com a água corrente, os símbolos religiosos em si, ou a capacidade de virar certos animais, eram preocupações sem fundamento. Exercícios de imaginação. Uma coisa é saber arregimentar os bichos, algo que sabia fazer, sim, de diversas maneiras, principalmente graças ao uso sofisticado que soube dar ao seu... magnetismo pessoal. Outra, é se transformar num deles! Chegou ao chão. Piscou de novo. Nada como cultivar o bom senso. Precisaria de toda a sua concentração...

Procurou os veículos, mais uma vez. Aquelas carroças sem cavalos tinham vários nomes distintos, com os quais não se preocupou mais. Seu negócio, agora, eram aquelas provisórias, precárias vielas... Como havia constatado, diversas janelas continuavam abertas. Ainda ficavam? Aliviada, notou que sim, mas atrás delas só assentos vazios, nem mesmo o mais prosaico agasalho permanecia acessível! De um lado, os membros daquela equipe eram pessoas que sabiam cumprir exigências grandes e precisas, no desenrolar de seu trabalho. E, como podia ver, abdicavam, e muito, de seu conforto pessoal, em nome do tal... filme. Do outro, seus sentimentos procuravam, e por vezes encontravam, expressão constante. Sorriu, quando notou ainda outro aspecto: pelas suas instalações, era visível: não abdicavam de certo espírito irreverente, um pouco anárquico. Havia diversas frases pintadas nas carcaças dos caminhões, um jeito jovial na sua tão rigorosa dedicação. Apesar do sumiço de todos dentro dos maiores ambientes provisórios da expedição, que vislumbrou pelo lado de fora, e do repentino gregarismo...

Agora que não estava tão sedenta, prestou atenção em diversos detalhes do labirinto provisório. O vento frio a incomodava. De onde tiram a ideia de que vampiros não se incomodam com o frio? Depende muito, do lugar onde a pessoa primeiro nasceu, antes de... "renascer"... Conhecia, afinal de contas, diversas histórias de vampiros nas regiões mais frias do mundo...

Havia, com certeza, muito mais janelas fechadas, na área, agora. Mas, brusca, a sorte lhe sorriu. Onde já se viu: abrir de repente um par de portas nos fundos de um dos tais caminhões (era difícil distinguir entre um tipo e outro de carroças sem rodas); e descer um carrinho inteiro de roupas, sobre rodinhas? Desceram duas mulheres juntas, uma empurrando o carrinho. A outra, um pouco envergonhada, por fim achou as palavras que procurava:

— Ah, eu prefiro olhar o figurino aqui fora, não gosto de lugar muito fechado, cê não fica triste não, né?

— Eu? De jeito nenhum! Você não cria problema, ao contrário, quer sempre nos ajudar! Mas eles, ih! Esse negócio de substituir roupa de personagem no meio da filmagem é de lascar o cano! Eles não têm dó, não sabem respeitar o calendário...! Agora vai ter um monte de confusão, porque o Tibúrcio faleceu... Desculpa pra tudo! — aí, a dona da voz se surpreende com o que disse, faz uma pausa, pigarreia, retoma. — É claro, esse é um caso que não tem jeito, mas eles podiam ser menos confusos, sim! Ô, gente complicada! *Cruizincredo, pé de pato, mangalôtreisveis!!*

Sua amiga e a oculta ouvinte das duas não tiveram jeito senão rir. Fazia muito tempo, não ouvia a expressão. Interessante ver como certas coisas continuam vivas... A tensão estava grande, cada um lida como pode. Atrás da imensa porta aberta, tão perto, mas tão longe, Isabel bebeu o som das suas vozes deliciada, tremendo, mas mantendo o controle. Que riso cristalino! Que flor perfumada! A outra, a que mexia mais nas roupas, também tinha uma voz linda, e Isabel, interessada, também soube adivinhar sua pulsação. Mas a primeira das duas, a mais alta, impressionava mais. Isabel nunca a tinha visto ou ouvido antes, mas sua majestade era inegável. Ela segurou uma das blusas que a outra lhe entregou, avaliou com calma:

— Hum... acho que é essa aqui, a Débora só finge que é discreta, né?
— Do jeito como se comporta...!

A outra sorriu, sapeca, para sua interlocutora. Só agora Isabel notou que as roupas no cabide de metal e sobre rodinhas (que coisa interessante!) eram bem diferentes das que as pessoas estavam usando, quando não tinham que estar...em cena? Mas ali não havia qualquer público visível! As tais roupas pareceram mais bem tratadas, luxuosas e simples, ao mesmo tempo. Ela olhou, de novo, por cima das roupas, para as moças. No momento, a mais baixa das duas, sem a menor cerimônia, superpôs outra blusa ao busto de sua companheira, que sorriu:

— Viu? Eu acho muito... "cheguei", pra essa hora!
— Tá bom, fica com a primeira, então. A cena não tem continuidade com nenhuma outra, não é?
— Acho que não... Mas a Joyce é que sabe?!
— Bom, ninguém falou nada, a gente manda assim mesmo!
— Legal!

A atriz, não podia ser outra a função daquela sinuosa jovem, de repente se retirou com a blusa, para decepção de Isabel. Ainda não estava tão rápida quanto queria. A outra virou-se para o cabide e fez menção de empurrá-lo para dentro do caminhão, de novo. Foi quando a vampira, durante rápidos segundos, deixou-se vislumbrar por esta, que de imediato ficou apatetada, segurando uma boina de repente convertida em precioso elemento, ou ao menos pareceu, pois ela não a largou mais. Isabel tentou se conter. Esperou uns segundos. Não conseguiu. Chegou mais pertinho da trêmula responsável pelo guarda-roupas, que estremeceu. Limitou-se a um rápido beijo, que só deixou um arranhão, e não tocou a enlevada com nenhuma parte do corpo, a não ser seus fugidios lábios. Não podia se render, mas a sede era tão forte, e elas estavam tão perto...!

A moça ficou quietinha, por uns segundos, enquanto Isabel, rápida, bebia de sua garganta, e com esforço a despachou. Ela afinal largou a boina. Isabel surrupiou umas roupinhas que já tinha escolhido, quando ainda olhava a cena de trás da porta aberta do caminhão. Vestiu-as, enquanto sua vítima, tonta, procurava apoio nas laterais do veículo. Assim que sua atacante sumiu, a mulher sacudiu devagar a cabeça, assombrada. Passou a mão, curiosa, distraída, no local de seu discreto arranhão. E o resto do dia meio tonta.

Isabel, com seus andrajos estilosamente arrumados por cima do figurino "emprestado", avaliou que não chamaria muita atenção, por enquanto. Parecia uma daquelas meninas meio subnutridas que pulavam de um lado para o outro, atarefadíssimas, de maneira que a sanguessuga nem tentou entender, só imitar. E então, pela primeira vez, desde que aquela gente toda chegou ali, Isabel conseguiu um ponto de vista importante: postou-se poucos passos atrás do lugar de onde Celso observava e dirigia a cena. Abriu bem os olhos.

As pessoas que se postaram à sua frente, vestidas de outro jeito, não havia mais dúvida possível, eram atores e atrizes. Que situação interessante! Os atores e atrizes que conhecia se moviam com muita ênfase sobre os palcos, e falavam muito alto. Estavam no tão almejado palco, afinal! Muita gente olhando, de perto como de longe... Seu poder de sedução tinha que ser ampliado, eram forçados a falar tão alto...! Essa gente aqui era outra coisa. Ainda não sabia como. Mas diferente. Muito mais do que Isabel havia percebido antes. Havia, nos trabalhos, planejamento bem rigoroso. Só dali de trás da cadeira do diretor, de onde Celso gesticulava enérgico, ela entendeu isso, seus olhos brilhantes.

Os atores, conduzidos por gente que rabiscava no chão, assumiram posições que Isabel percebeu terem sido planejadas bem antes. Agora estavam na frente da câmera. Havia outra, postada no outro lado, o que a deixou confusa. Mas os atores ficaram quase encarando a primeira, seguindo a instrução de Celso. O que havia no fundo, o cenário, como no teatro, também existia, mas aqui eles atuavam era ao ar livre, no pequeno bosque, na beira da piscina. Onde se meteu o público?

Haviam montado uma cabaninha que não resistiria ao menor sopro de vento, mas isso no teatro era mais precário ainda, porque nos lugares fechados, decentes, não bate vento, no fim das contas. Então, nada é durável, nem precisa ser. Mas ali, para aquela cabana, e as coisas nela penduradas, gastaram tanto tempo... No entanto, tudo isso logo perdeu sua importância, quando as luzes se acenderam e se puseram todos a postos. Uma moça, segurando uma pequena lousa negra, rabiscada de branco, postou-se logo à frente da câmera, bloqueando a visão de tudo. Que coisa curiosa! Celso disse, depois que umas outras pessoas também emitiram palavras sucintas:

— Som!

Ouviu-se um clique, vindo de uma caixa à qual Isabel não dera a menor importância antes. O sujeito que a operava estava sentado perto do diretor, num banquinho. Da caixa, protuberava, em direção aos atores, uma inusitada vara.

— Foi!

— Câmera!

Isabel agora virou o rosto em direção à câmera, que acendeu uma inesperada luzinha no topo. Nesse gesto, sua curiosidade precedeu as de todos os outros, menos a de Celso, que não tirava os olhos dos atores agora em posição. Isabel captou primeiro o gesto do operador, que também apertou um botão:

— Foi!

Então, a moça com a lousa segurou-a de modo rápido, na frente do tubo, puxou um de seus pedaços e o bateu no outro com força, só depois saindo do caminho. Celso atalhou:

— Ação!

Ela não teve tempo nem de ficar mistificada, quando a outra tirou a lousa da frente da câmera. No meio da equipe interessada, discretíssima, fascinada, Isabel não perdeu um só detalhe do que os atores fizeram, para se desincumbir de sua tarefa. Só agora estava em condições de entender melhor o que se passava, e o sorriso em seu rosto foi o maior de todos, em muitos anos. A atuação "em pequena escala", que viu esses tão interessantes atores desempenharem, permitiu resultados tremendos, e a seus olhos, imprevistos. As sobrancelhas arqueadas, os lábios tremendo, as lágrimas brilhando, tudo aquilo a impressionou demais. Quase chorou de comoção, mas era imperioso que não a notassem, e não desperdiçar forças.

Para seu deleite e surpresa, todavia, apesar do ar satisfeito com que viu a cena concluída, Celso emitiu, firme:

— Vamos fazer outra! — e o circo todo se armou de novo; as luzes se acenderam do mesmo modo, houve todos os ruídos de máquinas funcionando, mais uma vez; e as mesmas palavras muito sonoras, mais uma vez. Isso tudo logo antes dos atores, sem o menor sinal de protesto, repetirem tudo o que haviam feito. Está certo que no teatro se ensaia muito, mas eles haviam feito tudo certo da primeira vez, sem que Celso ou qualquer outra pessoa dissesse nada, ou seja, já vieram ensaiados! E ainda assim repetiram falas e gestos dedicados, como se fosse natural!

Com o efetivo progresso dos trabalhos, Isabel entendeu que a repetição, por algum motivo, fazia parte, sim. Sua admiração, não só pelos atores, como por todos os envolvidos, cresceu. O silêncio reverente, que soube manter, assegurou que não a notassem. A equipe era grande.

Celso era a força principal. Notáveis sua objetividade e sua capacidade de concentração. Se ele tinha qualquer fé, era no que estava fazendo. Isabel formulou a sensação, de si para si, usando palavras antigas, entreouvidas em alguma sala de visitas: era o tipo do sujeito que não está na vida a passeio. É claro que o entusiasmo de todos, naquela noite, estava comprometido. Contudo, não a dedicação do maestro. Não sua capacidade de comandar, nem a clareza de sua visão. Houve, por fim, bem mais tarde, o que pareceu a hora de terminar. Ele fez questão:

— Pessoal! Muito obrigado, mesmo! Hoje o rendimento foi excelente! Estamos cumprindo nosso novo prazo! Vai ficar demais! O Tibúrcio ia gostar!

Houve aplausos, mas Celso se afastou brusco. Um pouco trôpego, dirigiu-se a uma mesinha onde outro colaborador pousou rápido, para ele, xícara de alguma coisa fumegante. Celso fez um gesto grato enquanto dava um gole. Um momentinho depois, sentou-se junto à inefável Andreia, e encetaram longa conversa que, espantada, Isabel constatou, ainda era trabalho! Eles anotavam, rabiscavam, e anotavam de novo, numas folhas quadriculadas que ela abriu minuciosa. Metade do vocabulário que usaram foi latim, para sua interessada testemunha, mas Isabel já sabia que estava fascinada. Por fim, Celso levantou. Ia seguindo caminho, de maneira discreta, quando Valdemar se acercou:

— Olha só, gente, o Agenor montou uma roda de viola em homenagem ao Tibúrcio, que era violeiro, e dos bons! Quase toda a equipe, e o elenco, disse que vai...

Andreia foi rápida:

— Eu topo! Onde é? Tenho que passar na minha "barraca" antes, pra deixar essas coisas, mas vou lá!

Mas Celso retrocedeu, para alegria de Isabel, que ali pertinho, envolta nas fartas sombras noturnas, assistia interessada:

— Olha, eu agradeço o convite, mas não tô em condição, não. Muito cansado, e tenso, mesmo que a gente esteja conseguindo cumprir os compromissos, amanhã ainda vai ser um dia duro!

Valdemar e Andreia olharam-no compreensivos.

— Toma cuidado, hein? Vai direto pro teu *trailer*, então! E não abre mais a porta!

— Pode deixar... sorriu o diretor, desenxabido.

Afastaram-se. Celso enveredou na direção oposta da dos companheiros de trabalho, pelas ruelas provisórias, formadas pelas longas carroças sem cavalos. Ninguém notou quando Isabel seguiu atrás. Deixou que ele caminhasse um pouco, já conhecedora das veredas provisórias. Curiosa para ver onde ele ia querer entrar...

Teve tempo, é claro, de se postar, repentina, na sua frente, assim que o diretor parou embaixo do toldo levando à entrada de um *trailer* maior e mais elegante que os outros. Ele quase teve tempo de entrar, enquanto a vampira apreciava suas instalações. Continuava existindo o gosto pela hierarquia, sim. Mas os sinais tinham mudado. Celso deu o primeiro passo e, em segundos, tomou um susto. Isabel não disse nada, seus olhos brilhando embaixo da boina, que não esquecera de colocar na cabeça. Brilhando intensos.

Celso não resistiu:

— Caramba! Quem... quem é você? Como é que eu só te vi agora, no fim das filmagens?

Isabel mediu bem as palavras que, rouca, sussurrou:

— Não sou da sua equipe, não... — seus olhos faiscaram mais um pouco.

O diretor estava um pouco tonto, mas estranhamente, isso não era ruim. Virou-se, um pouco bambo, para encarar sua boca entreaberta:

— Não?

— Não... Eu... eu sou daqui da região, sabe?

E ele, com os olhos esgazeados:

— É mesmo?

— Fiz um curso de teatro na escola, e umas peças itinerantes, aqui na região! Ganhei até prêmio... Eu...

Apesar do cansaço, espraiou-se um amplo sorriso nos lábios de Celso. Fazia tempo, não via uma princesinha daquelas, além do mais cintilando de inocência, daquele jeito! Tentou se recobrar um pouco, e Isabel permitiu. Conseguira imitar o trabalho dos atores de cinema recém-vistos pela primeira vez. Se quisesse seu pescoço naquele momento, com tranquilidade, seria seu. Mas ela, parecendo moça tímida, titubeou um pouco, sobre aparentemente indecisos pés. Sabia muito bem o que estava fazendo. Celso pigarreou:

— Bom, o nosso trabalho aqui tá acabando, mas já tem uma outra produção sendo armada! Com esse seu rosto... esse seu jeitinho... eu topo até fazer um teste!

Foi a vez dele, de hesitar um pouco:

— Se você quiser... e puder... voltar conosco pro Rio de Janeiro, lá no estúdio, a gente faz um teste...! Antes de eu ter que "desproduzir" geral, mesmo!

Isabel, "feliz da vida", apoiou-se no poste do toldo, trêmula:

— O senhor... o senhor tá falando sério?

— Seríssimo!

Havia várias coisas que Isabel entendera logo, sobre vampirismo, desde que o seu começou. Outras nem tanto. Não sabia se a base de certos limites era religiosa, ou talvez advinda de algum outro mistério. Mas Celso acabava de atravessar um dos mais fortes! Afinal, continua sendo ponto pacífico: nenhum vampiro consegue entrar num lugar fechado, sem ser convidado! Muito menos num lugar de culto, como aqueles dos quais Celso havia falado... onde habitava, ela entendeu no ato, a intimidade da sua arte! A pureza da sua fé! Agora sim, Isabel poderia mergulhar, de corpo e alma, nos novos aprendizados que, tão repentinos, desenharam-se no seu horizonte... O mundo, mais uma vez, tornou-se atraente. Sua paciência seria recompensada. Mesmo que depois voltasse a se arrepender, viesse a se apaixonar mil vezes e sobrevivesse a todas as pessoas de quem chegasse perto, estava agora disposta a abandonar seu privilegiado esconderijo... a fonte da donzela!

# COLONIZAÇÃO
*Carlos Bacci*

CARLOS BACCI é revisor *free lancer*. Revisão gramatical e técnica. Copidesque de traduções do Inglês e Espanhol para o Português. Adaptação para livros de bolso. Graduado em Economia e Letras (habilitações em Português e Espanhol), ambas pela Universidade de São Paulo (USP).

H AVIA CANSAÇO EM SUA VOZ. E autoridade, também. Por isso, ao exigir silêncio pela segunda vez, obedeceram-lhe.
Perpassou o olhar pelo auditório lotado e, agora, expectante. Ele, titular de uma importante cadeira da universidade, fora incumbido de dar a aula magna, inaugurando mais um ano letivo. Seu último ano.

A sétima idade se aproximava; "deve ser isso", pensou. E com ela, a aposentadoria compulsória. Ou, como diziam os colegas, num misto de jocosidade, alívio e contentamento, a "sugatória".

Baixou os olhos para as folhas em que esquematizara sua fala, mas viu apenas as mãos, as unhas ultrapassando com boa folga a ponta dos dedos. Um costume que traía sua idade avançada: a moda entre os jovens era manter as unhas aparadas de forma a não deixar visível o esbranquiçado das bordas.

Ao começar a falar, ajustou o tom de voz, impondo-lhe vigor. Era necessário que a aula fosse um sucesso, que, ao final dela, os aplausos viessem fortes e sinceros. Precisava iniciar bem o ano. Necessitava de um ótimo desempenho durante todo o período.

Vamos deixar o professor com sua preleção. Fazia-a com costumeira competência, não há motivo para permanecermos ali. Mais interessante, acredite, é retroceder no tempo algumas horas.

Naquela manhã, na hora de dormir, o catedrático da área de Humanidades apalpou seu rosto. Um rosto que jamais pudera observar em espelhos, um objeto inútil. Ou em fotos, que mostravam apenas todo o resto das coisas à sua volta.

"O fenômeno de ter a imagem pessoal refletida ou capturada por fotografia ou vídeo é exótico para nós, mas não para outros seres conscientes", repetiu para si o que já dissera milhares de vezes às inúmeras classes de alunos por incontáveis anos. "Em outros planetas, isso é comum", aduzia.

Diante da estranheza, havia sempre os alunos que afirmavam não compreender o porquê dessa inusitada maneira de reconhecimento de sua própria individualidade, se bastava olhar para os demais, todos iguais, pelo menos em cada uma das sete idades. Ele sorria, deixando ver os caninos longos, o marfim refletindo a lua permanentemente cheia. E aproveitava a previsível pergunta para aprontá-los para o futuro.

Preparou-se para dormir. Deitou-se. Não se podia permitir devaneios, pois o dia era curto e precisava descansar. E esconder-se do sol pálido que iluminava pouco mais que o luar rotineiro, mas, não obstante, capaz de matar.

O futuro. Uma ideia longínqua para eles e tão próxima de si mesmo. Não conseguia evitar um sentimento de certa melancolia ao observá-los tão ignorantes da verdade. Melancolia. Era preciso cuidado. Sentimentos eram perigosos naquela sociedade.

Remexeu-se no caixão, irritado por não conciliar o coma. Os humanos assim chamavam esse torpor profundo de sono, talvez devido aos sonhos.

Para nós, a inconsciência era total, uma volta ao estado primordial.

Você deve ter notado que o narrador passou para a primeira pessoa. Acredito que, assim, eu transmito mais confiança no que digo. Sou um deles. Sei o que sou e o que sinto. Tenho certeza de como será meu futuro. Sou um privilegiado. A imensa maioria de nós crê viver sob um regime livre e justo, mas que na realidade é uma bem camuflada hemocracia, uma sólida ditadura do sangue, implantada por uma elite de sanguessugas que há eras mantém o poder.

Explico. Para isso, não tenho como escapar de algumas (poucas) palavras que, para vocês, humanos, são neologismos. O contexto lhes dará, todavia, condições de apreender seus significados. Somos sanguíferos, ingerimos sangue para sobreviver. Nossa sociedade imagina que os estoques de sangue, nosso alimento único, produzido por máquinas alquímicas que utilizam a energia lunar para transformar em hemácias as moléculas do pó cinzento que recobre todo o planeta, são inesgotáveis. E que basta ir periodicamente à câmara frigorífica mais próxima, introduzir seu cartão magnético de horas trabalhadas e retirar sua ração noitária.

Mentira. Não são. Longe disso. É privativo de nós, os privilegiados, o conhecimento da Verdade, e seu bônus. É somente nosso o entendimento completo do lema que baliza nossa sociedade: os fins justificam os meios.

A inversão de valores causa estranheza a muitos de vocês, sei disso. Nós os estudamos há séculos. Sei, também, que nosso ínclito padrão ético, que aos poucos vai se disseminando em sua sociedade, ainda enfrenta resistência. Mas, creiam, é apenas uma questão de tempo: o processo colonizador é implacável.

Perdão, estou me adiantando. Preciso, antes, completar a exposição dos fatos. Eu falava dos estoques de sangue. A suposta inesgotabilidade decorre do dogma da vida eterna. Seríamos imortais, com a exceção da vulnerabilidade ao sol. Eternidade e crescimento populacional é binômio que requer oferta de alimentos infinitamente elástica, como diriam meus colegas economistas. Traduzindo, sangue sempre abundante.

Além disso, a paz social está garantida pela ausência do medo de um eventual extermínio populacional que pudesse ser considerado em épocas de depressão econômica, graças ao propalado (pseudo) regime democrático e suas cláusulas pétreas, entre as quais a do direito à vida eterna.

Cônscios dessa proteção, todos trabalham satisfeitos durante as seis primeiras idades. O futuro, para nós (na realidade, para eles), é a aposentadoria eterna da sétima idade, que consiste em ser enviado para os longínquos planetas de repouso, onde aguardarão a chegada dos parentes e amigos mais novos para, juntos, usufruírem de mundos nos quais a noite, como a vida, é eterna. E onde o sangue, produzido no local por máquinas inteiramente automáticas, pode ser obtido sem necessidade de trabalhar.

Devido à longa duração de cada idade, é necessário manter o moral permanentemente elevado. Com esse intuito, em determinados locais e nos meios de comunicação, filmes mostram os atrativos e os entretenimentos de cada um desses planetas de repouso. A população pode escolher um padrão mínimo, a que todos têm direito, ou planetas diferenciados, contribuindo com certo número, maior ou menor, de horas extras de trabalho que revertem para um fundo de seguridade social chamado SPA (Sistema de Preparação para a Aposentadoria).

Penso neles, e a sensação de melancolia volta mais forte. Nem sequer suspeitam que aquelas máquinas não existem, que suas vidas são finitas e morreriam de inanição não fosse a misericordiosa solução compulsória, que ignoram por completo.

Ao chegar à sétima idade, embarcam felizes e confiantes em naves espaciais para uma viagem que creem ser de longa duração, em supostos sarcófagos criogênicos em cujo interior respiram, sem o saber, gases inodoros anestesiantes produzidos a partir da energia solar condensada.

Em total inconsciência, inermes e, segundo nossos cientistas mais brilhantes, insensíveis à dor por menor que ela seja, são transportados para a face oposta da mesma lua sempre cheia, queimada eternamente pelo sol pálido. Lá chegando, seus caixões abrem-se e os corpos são incinerados, ao som de uma oração fúnebre previamente gravada que repete sete vezes nosso lema. "Os fins justificam os meios", entoa, melodiosa e lentamente, o coro de vozes. Tudo automaticamente.

Resta-me agora completar a sexta idade com desempenho excelente. Quero muito participar da última etapa do processo de colonização de seu mundo, humano que me lê. Mas quero ocupar altos cargos, nos quais as oportunidades de sorver o sangue de seus semelhantes, literal e metaforicamente, sejam abundantes. Um aproveitamento medíocre me deixaria em condição inferior, ocupando uma posição de menor importância na elite dominante, obrigado a contentar-me com as migalhas do banquete. E, o pior, correr o risco de servir de boi de piranha.

Essa é toda a verdade. Por que a conto a você? Ora, por que não?! No máximo, irá lhe parecer mera ficção, um conto fantástico, nada mais. Nada que lhe possa parecer uma ameaça. Como já disse um humano, a grande jogada do diabo é fazer crer que ele não existe.

# PARSIFAL
## Marcelo Del Debbio

MARCELO DEL DEBBIO é hoje considerado um dos maiores pesquisadores sobre Ordens Iniciáticas, Oráculos e Ocultismo no Brasil. Autor de mais de 40 títulos de RPG, entre eles *Arkanun, Trevas, Vampiros Mitológicos, Spiritum* e *Hi-Brazil*, além da série *RPGQuest*. Também é conhecido pela obra Enciclopédia de Mitologia, que traz 7200 verbetes de mais de trinta mitologias diferentes.

ATO I

UM LONGO PRELÚDIO orquestral antecede o levantar da cortina, após o qual vislumbramos, no palco, o seguinte quadro:
Numa floresta – localizada nas montanhas do norte da Espanha Gótica – nas cercanias do Castelo "Montsalvat", Gurnemanz, um Cavaleiro do Graal, e dois escudeiros estão dormindo. Gurnemanz, após acordar e despertar os jovens, faz, com eles, as orações matinais, após o que ordena-lhes que se dirijam ao lago próximo, a fim de preparar o banho medicinal do Rei Amfortas, que, há anos, é acometido da moléstia de uma chaga que jamais se fecha...

...Gurnemanz e o estranho acabam de adentrar à Grande Sala do Castelo do Graal ("Montsalvat"). Prepara-se a grande cerimônia do Ofício do Graal (uma espécie de missa mística). O Santo Graal é trazido, guardado num escrínio. Amfortas é conduzido ao recinto, carregado numa liteira, derreado, enfraquecido e doente. Enquanto vão entrando solenemente, os cavaleiros (homens feitos) e os escudeiros (jovens, adolescentes e meninos) entoam cânticos de louvor ao

Cristo. "Conforme, certa vez, sob o tormento do martírio, Ele verteu, por nós, o Seu sangue, que seja hoje vertido o meu, com alegria, pelo heroico Salvador". Todos ocupam seus lugares. Ouve-se a voz interna do ex-rei Titurel, pai de Amfortas, que vive, semimorto, na tumba, "pela graça do Senhor". Titurel, que não é visto pelo espectador, fala, em voz profunda, a seu filho, o rei Amfortas:

"Amfortas, meu filho, estás pronto para conduzir o Ofício? Poderei ainda ver o Graal e continuar vivo? Ou devo morrer sem o amparo do Senhor?"

*Vitória! Vitória incontestável!* – pensou Felix enquanto se dirigia a passos curtos, porém decididos, para a escada de acesso do Cessna Citation X, o lustroso avião taxiado no hangar mais afastado e privativo do aeroporto de Congonhas, que o aguardava.

Sua estrutura pequena, pálida e atarracada, aliada à espessa barba e entradas visíveis de calvície, jamais revelaria sua verdadeira natureza aos poucos mortais que cruzaram olhos com ele desde que desceu do Bentley, acompanhado por meia dúzia de seguranças. Félix poderia ter ido para *il Palazzo* direto de sua mansão em um helicóptero, mas tinha um pavor atroz daquelas máquinas barulhentas de Leonardo da Vinci, preferindo aviões pequenos, pois eram como brilhantes caixões metálicos voadores.

Félix odiava ter de se deslocar. Odiava sair de dentro de seu castelo e odiava as reuniões organizadas pelo patriarca... mas, acima de tudo, odiava a cidade de São Paulo.

Porém, gostava de cruzar a avenida Brasil no caminho para o aeroporto; isso lhe permitia observar, durante alguns segundos, sua antiga mansão... ah, aquilo lhe trazia boas lembranças.

Um dos incontáveis paradoxos na vida de alguém que nasceu em 1496. Filho bastardo de um nobre, Félix foi educado na corte de Dom Manuel I, no período de maior apogeu dos descobrimentos portugueses. Tentou a carreira literária sem sucesso, pois lhe faltavam os talentos necessários. Porém, sua capacidade nata de bajulação ao príncipe herdeiro lhe rendeu as graças de Dom João III quando este subiu ao trono, em 1521, fazendo com que tivesse um cargo importante na Casa da Índia. Em 1534, poderia ter sido um dos agraciados com uma capitania hereditária, não fosse filho bastardo. Em vez disso, seguiu como parte do grupo de novecentos homens que aportou no que um dia seria o estado de Pernambuco.

Ao seu lado, Daniel e Dario, seus *protégés*. Daniel aparentava ter saído diretamente de uma foto em preto e branco dos barões do café. Seu cabelo curto e moreno e seu bigode espesso remetiam a um semblante do início do século, embora tivesse quase duzentos anos de idade. Júlio tinha cerca de quarenta e poucos anos, o melhor aluno de sua turma e um dos maiores e mais promissores advogados que Félix conseguiu encontrar. Maçom do trigésimo terceiro grau, condição *sine qua non* para entrar na próxima câmara.

Daniel e Félix sentaram-se nas primeiras poltronas, enquanto Júlio permaneceu na mesa atrás, revisando alguns papéis importantes do contrato de fusão e aquisição que estariam tratando naquela noite. O *Palazzo Van Hooves* era o centro nervoso de toda a operação. Uma fazenda no interior de Minas Gerais, cercada por três outras propriedades que a tornavam literalmente impossível de ser acessada por meio terrestre. Seu dono era praticamente uma lenda entre os *Strigoi*.

Nathanael Van Hooves, o vampiro mais antigo do Brasil, era o título pelo qual era conhecido ou, pelo menos, era por esse título que os vampiros mais antigos o conheciam. Para qualquer *Strigoi* com menos de trezentos anos, Nathanael era pouca coisa mais do que uma lenda.

Nathanael foi supostamente um Marechal Templário que teria sido transformado, logo após as cruzadas, em um ritual de Baphe Metis muito semelhante ao que os vampiros iriam presenciar na noite de hoje. De lá havia sido remanejado para o condado de Flandres, onde se estabeleceu como comerciante e banqueiro até a anexação a Borgonha, em 1405. Quando Maria de Valois casou-se com Maximiliano de Habsburgo, o ducado deveria passar para seu segundo filho, mas ela sofreu um acidente terrível e o domínio do território passou para os franceses. Segundo nossas tradições, a Guerra dos Cem Anos entre a França e a Inglaterra deveu-se a duas linhagens distintas de imortais, os *Strigoi* romanos e os *Ekimmu* egípcios. Nathanael permaneceu como chefe estratégico no Flandres, tornando-se um dos pontos principais na fundação das Companhias Holandesas das Índias Ocidentais, por volta de 1620. Além de Félix, Nathanael iniciou outros sete comerciantes na Europa.

Escolher alguém para passar a maldição de Nix não é uma coisa fácil.

Para entender como esse processo funciona, basta imaginar que vampiros não procuram discípulos ou herdeiros, pois são imortais. Procuram gerentes que possam trabalhar e ampliar seus negócios, mas sequer vislumbram a possibilidade de um *affair* independente ou de uma aposentadoria. E isso é mais grave ainda nos *Strigoi*, que possuem como principal característica o *Laço de Dominação*. Uma conexão de entrega sobrenatural através do sangue quase impossível de ser quebrada, na qual o Vampiro Mestre e o discípulo permanecem em uma irmandade; os pensamentos de um fluem como ações nos outros...

*Eu disse QUASE impossível de ser quebrada* – pensou Félix enquanto observava as luzes da cidade se afastando rapidamente pela janela da aeronave. Daniel foi escolhido no começo do século XIX, quando os malditos portugueses vieram para o Rio de Janeiro. Até então, Félix havia conquistado praticamente todo o poder político e estaria preparado para uma revolução se seus asseclas humanos não tivessem sido impedidos pela Coroa Portuguesa, em 1792. Com a chegada da família real e dos irmãos Leoneses, dois vampiros indicados pela Ordem Interna *Strigoi* vieram ao Brasil preparar o terreno para a posterior chegada de Nathanael, pois a Guerra contra a França estava enfraquecendo demais as colunas vampíricas inglesas.

Ao mesmo tempo em que foi destituído, Félix tomou conhecimento dos trabalhos de John Dee, trazidos ao Brasil por estudiosos que acompanharam a família real. Durante os estudos de alquimia, uma das aprendizes de Félix descobriu a chave enochiana que talvez possibilitasse sua liberdade do Laço Sombrio. Claro que isso não foi planejado por Félix. Um *Strigoi* jamais teria tal ideia, mas a bela Kundry não era uma vampira e nem estava presa a nenhum juramento de sangue... como rosa-cruz e alquimista candidata à transformação, fez as chamadas enochianas sob pretextos secundários de encontrar o segredo do Graal. No ano de 1888, não apenas os escravos humanos seriam libertos, mas também acabaria o laço sombrio entre Félix e Nathanael e, ao mesmo tempo, a vida de Kundry, já que um segredo entre duas pessoas apenas é um segredo se uma delas estiver morta.

Tendo perdido a Guerra com a França e conforme planejado por seus discípulos, o velho Nathanael utilizou-se de toda a estrutura construída e preparada durante as invasões holandesas para se instalar no interior das Minas Gerais, em uma Fortaleza impenetrável, *il Palazzo*.

Por outro lado, com a chegada dos portugueses, Félix foi remanejado para a Vila de São Paulo. Após a Independência, São Paulo recebeu o título de Imperial Cidade, e Félix tornou-se um dos vampiros mais poderosos do Brasil com a exploração do café. E isso foi uma mão na roda mais tarde, quando ele foi libertado do Laço Sombrio. Agora que está invisível aos olhos de comando dos antigos, ele pode agir e operar conforme sua própria vontade, sem levantar suspeitas... todo o poder da imortalidade sem nenhum laço de controle externo. LIVRE! O que mais poderia querer?

ATO II

*Ouvimos um curto e agitado prelúdio da orquestra, antes de abrir-se a cortina e depararmos com um aposento no interior do Castelo Mágico de Klingsor. Em meio a aparatos de magia, ei-lo, sentado ante um espelho. Num tom misterioso, ele monologa, dizendo que "é chegado o momento", "o tolo" se aproxima e "ela" será despertada para seduzi-lo. "Ao trabalho!", diz ele, concluindo seu solilóquio, e começa a clamar por "ela": "Surge! Surge ante mim! A ti, que já foste Herodias, Gundryggia e hoje és Kundry, teu senhor invoca!"*

*A cena em que víamos Klingsor e o aposento onde ele invocava Kundry, escarnecia dela, incumbindo-a da tarefa de seduzir o jovem estranho, desaparece ante nossa vista, imergindo, e dando lugar ao "Jardim Mágico", também pertencente aos domínios do castelo de Klingsor. O estranho acaba de chegar e, postado num ponto da muralha, contempla, com admiração, o espetáculo do ambiente, caracterizado por um colorido de beleza inebriante. De toda parte acorrem, em tumulto, as "donzelas-flores" (as tais mulheres "de beleza infernal", mencionadas por Gurnemanz, em sua narrativa aos escudeiros, no Primeiro Ato), exclamando, alvoroçadas, contra aquele que ferira seus "amados".*

O avião taxiava no pequeno, porém moderno, aeroporto no meio do nada. *Il Palazzo* era realmente uma construção impressionante; uma casa de engenho do século XVI, cercada de estruturas modernas de segurança. Outros seis aviões aguardavam ao lado da pista, além de pickups e jeeps. Nathanael havia convocado praticamente todos os *Strigoi* mais importantes do Reino.

— Imagino que a reunião não vá durar a noite toda — perguntou Daniel.

— Não, apenas o suficiente para as Iniciações — respondeu Félix.

Alguns dias atrás, Aldo Leonese, um vampiro português de mais de trezentos e cinquenta anos havia sido morto em um atentado Illuminati no Rio de Janeiro, durante os tumultos causados na Copa das Confederações, provavelmente distrações para a execução de um plano muito maior e mais elaborado. Quando esse tipo de problema ocorre, os *Strigoi* autorizam a criação de novos vampiros no Caminho Noturno, e aqueles que são treinados, observados e enlaçados por anos podem obter suas iniciações... como Dario Moschen, por exemplo. Mas havia algo maior. Rumores de uma promoção estavam circulando entre os mais antigos.

*Como disse anteriormente, vampiros não criam novos vampiros pensando em herdeiros, mas, de tempos em tempos, a inquisição, os templários, os illuminati ou outra ordem de caçadores abrem uma oportunidade de ascensão. É claro que nenhum Strigoi pensa assim, pois estando todos ligados pelos laços noturnos de irmandade, funcionam praticamente como uma gigantesca colônia de formigas, e algum trabalhador sobe na hierarquia e toma as funções daquele que caiu em combate. O mais provável teria sido Domenico Leonese tomar o controle sobre as ações do irmão, mas os problemas atuais com a Igreja Evangélica, tanto no Rio de Janeiro quanto no Espírito Santo, fizeram com que Félix conseguisse convencer Nathanael a colocá-lo no posto. Daniel ficaria com São Paulo, e o jovem Dario ficaria com as incumbências de Daniel. Uma vingança perfeita em quase duas décadas de preparação, com um leve auxílio indireto dos illuminati.*

Os Vampiros são escoltados até o Templo Maçônico que fica na Mansão principal. Quando chegaram, os outros vampiros já estavam reunidos, colocando assuntos triviais em dia. Uma das coisas mais impressionantes em relação aos vampiros é que a imensa maioria deles é completamente avessa à tecnologia. Muitos ainda a consideram magia e procuram se manter o mais afastado possível desses aparatos. Se não fosse a presença dos *ghouls* (humanos que são mantidos dentro do laço sombrio para servirem aos vampiros durante o dia e em seu descanso), a maioria dos *Strigoi* já teria sido descoberta e destruída. O tempo os trucidou como um tsunami.

Todos os vampiros devidamente paramentados com seus ternos maçônicos aguardavam a chegada dos últimos convidados. Nathanael estava no subterrâneo, em sua tumba. As lendas dizem que existem túneis secretos que se estendem por quilômetros ao redor das fazendas, com *bunkers* e armadilhas que fariam Indiana Jones ter medo do escuro. A casa principal não tinha janelas, tinha a ilusão de janelas... o que parecia ser vidro fumê era, na verdade, concreto com duas lâminas de vidro opacas que davam a ilusão de haver vidro ali... a casa era um enorme mausoléu à prova de Apolo. Não havia a esperança de filmes de Hollywood naquelas janelas.

Todos esses preparativos não eram sem necessidade. Quanto mais velho um vampiro fica, mais paranoico e cheio de manias ele se torna. Dizem que ao longo dos anos, o Sol causa cada vez mais problemas e o sangue que os alimenta fica cada vez mais fraco. Félix tinha uma ideia sobre isso: quando jovem, em uma rebelião, precisou atravessar um jardim até chegar a um poço onde estaria a salvo do sol. Conseguiu sobreviver, apesar das queimaduras chegarem quase aos ossos. Dez anos atrás, apenas estar na presença da irradiação de Apolo já o incomodava a ponto de sentir dor. Talvez a mera presença do sol no recinto seja suficiente para consumir uma pele quase milenar...

ATO III

*Os dois cortejos entram, entoando soturnos cantos funéreos, numa espécie de diálogo ritual. O primeiro cortejo diz, mais ou menos, o seguinte: "Ao Sagrado Ofício, conduzimos o Graal; e vós, a quem conduzis nesse esquife sombrio?" O segundo cortejo responde: "Conduzimos o herói, o Poder Sacro, o amado de Deus: Titurel." Prossegue o diálogo, acerca da causa de sua morte: o não poder de contemplar o Graal. Quando o cortejo que traz Amfortas indaga pelo causador de tal privação, o outro grupo responde: "Esse que aí conduzis: o guardião pecador." O cortejo de Amfortas afirma que, pela última vez, ele comandará o Ofício, ao que o outro grupo acrescenta uma forte exortação a Amfortas: "Guardião do Graal! lembra-te do teu dever, pela última vez! Pela última vez!".*

Na presença de todos os principais vampiros do Brasil, um servo toca um pequeno sino de prata três vezes. A pesada porta de madeira nos fundos do templo se abre, revelando a presença do Mestre de Todos.

*Para quem esperava um Brad Pitt ou um Antônio Banderas, tenho más notícias. Os vampiros de nossa raça não são escolhidos por sua beleza física, mas por sua competência administrativa. Praticamente não há mulheres em nossa linhagem. E quanto mais velho, mais feio. Uma das maiores desvantagens do dom de Nix é manter a criatura no exato pote de barro em que Deus o criou e, até pouco tempo antes do Renascimento, eram potes de barro bastante malfeitos... Um dos paradoxos mais interessantes em relação aos Strigoi é que quanto mais antigo o vampiro é, mais moleque ele se parece... na idade média, pouca gente vivia até chegar aos trinta e cinco anos. Os vampiros milenares, pelas lendas e pelas pinturas que já vi, são pouco mais que adolescentes e, ao mesmo tempo, possuem um olhar decrépito, como a própria maldição de Títono.*

Vestindo um terno maçônico impecável, o jovem soldado de feições romanas exala antiguidade. Não é fácil de se explicar em palavras, mas o próprio tempo parece se contorcer ao redor do demônio enquanto ele caminha até o centro do piso mosaico, parando próximo do altar de Tiferet.

Nathanael não precisa mexer os lábios para saudar os presentes. Suas palavras vibram como ecos distantes de um penhasco no âmago das consciências ligadas ao mais antigo. Para falar a verdade, o Mestre utiliza-se do mínimo de gestos e movimentos possíveis e, ao mesmo tempo, seu deslocamento é leve e preciso como se seguisse um relógio diferente de todas as outras criaturas na sala.

— Irmãos. Serei breve, pois temos muitos afazeres ainda na noite de hoje. Como todos vocês foram informados, a razão pela qual estão aqui hoje é a de iniciar sete novos irmãos nos mistérios do Batismo de Sabedoria de nossa mãe Nix. Nosso irmão Félix providenciou pastas contendo relatórios das atividades de nossos inimigos, recolhidas através de nossas centrais de inteligência após a destruição de Aldo Leonese. É necessário preparar nossos soldados para uma retaliação...

*Uma guerra declarada contra os Illuminati seria um movimento perfeito neste ponto do planejamento. Tendo acesso aos recursos de São Paulo e Rio de Janeiro, eu poderia movimentar as tropas do BOPE e as ordens magísticas inimigas até terminar de esmagá-los, causando uma ou outra baixa no fogo amigo durante os conflitos...*

— ... E fortificar os condados de São Paulo e do Porto do Rio de Janeiro com estes novos e valorosos cavaleiros.

Nathanael desliza até o altar das sombras e pega a *Taça da Boa e da Má Sorte*. Chama os sete candidatos até o altar, e os respectivos padrinhos para que os acompanhem.

— Antes de começarmos, gostaria de passar a todos os presentes uma última lição...

*Não consigo me mexer...*

— ...Um grande mal nos afligiu recentemente. Algo insidioso e pútrido, que necessita da intervenção de todos os antigos.

O Mestre Holandês desliza ao redor de Félix, enquanto os vampiros que estão ao seu redor afastam-se formando uma perfeita meia-lua, como se o fizessem em sincronicidade e sem nenhum ensaio prévio... como uma verdadeira mente coletiva.

*Com olhos amarelados como os de uma coruja, ele fita profundamente dentro de minha consciência e ali nada encontra.*

— Tudo o que meus filhos veem, eu vejo, tudo o que meus irmãos veem, meu pai vê. Você não é invisível, como acredita, mas uma mancha negra e persistente em nossa visão conjunta.

*Os poderes mentais de Nathanael congelaram cada músculo de meu corpo. As últimas palavras que escutei ressoar em minha mente antes dos servos me carregarem para as masmorras foram "Sim, o sangue que nos alimenta torna-se cada vez mais fraco... vampiros milenares precisam do sangue de vampiros antigos para sobreviver...".*

— Irmãos, ajudai-me a abrir a loja...

*A Grande Sala é tomada por um intenso esplendor luminoso, o Graal abrasa-se. Da cúpula desce uma pomba branca, que paira acima da fronte de Parsifal. Kundry, cujo olhar fixa-se em Parsifal, cai, lentamente, e morre a seus pés, redimida. Amfortas e Gurnemanz ajoelham-se, em atitude de respeito, ante Parsifal. Este, brandindo o Graal, abençoa e extasia a Assembleia dos Cavaleiros.*

Neste exato instante, em uma catacumba nos arredores de Roma, debaixo de um labirinto de túneis e corredores, um adolescente jovial e decrépito, cujas pupilas amareladas remetiam às da coruja *Strigoi*, acompanha com movimentos de mão os últimos acordes da Ópera Parsifal, gravada sob encomenda no teatro de Bayruth, em vinil.

A Ordem se restabelece.

http://www.aveceditora.com.br/